董啟章

二〇二二年十月十五日

本書封面及章名頁之字體，
取自十九世紀以香港字印刷的書籍，
特此感謝香港版畫工作室協助取樣及製圖。

香港字

遲到一百五十年的情書

董啟章

紙與石細語商量的對話
墨色烏黑至銀灰的變化

——梁秉鈞〈漢拓〉

上帝愛我，我知而信之。上帝仁愛，恆愛者，心交上帝，上帝亦心交彼。我處世效上帝，則愛充然無間，待鞫日無懼。愛者不懼，我之愛充然無間，則懼心泯矣。有懼者有憂，懼者不能擴充其愛。我愛上帝，因上帝先愛我。惡兄弟而謂愛上帝，則誣矣。已見之兄弟，猶不愛，則未見之上帝，焉能愛之。愛上帝者，亦當愛兄弟，此我所受之命也。

——委辦本《新約全書》
《門徒約翰》一書第四章第十六至二十一節

若要我以這個時代之靈來表達，我必須說：沒有人，也沒有任何事，能證明我將對你們宣達的事。證明對我而言是多餘的，因為我沒有選擇，我必須這麼做。我發現除了時代之靈之外，還有另一種靈，掌管著當代一切的更深處。時代之靈喜歡實用與價值。我過去也是這麼想，我的人性還是這麼想。但另一種靈迫使我不顧一切地說出來，超越證明、實用，與意義。充滿了人類的自傲，被冒昧的時代之靈所蒙蔽，我一直想要躲避另一種靈。但我沒有想到的是，這來自於無可回憶的過去與一切未來的深處之靈，會比一代一代變化的時代之靈更強大。

深處之靈取走了我一切的了解與知識，臣服於世間的無可理解與矛盾。他奪走了我一切無法為他所用的言語與文字，把理智與無理融合在一起，從而產生了終極的意義。

——榮格《紅書》

目錄 Contents

晨輝遺書一

Hong Kong
Type

1

那段日子的事情，就像前世的記憶一樣，許多都已經想不起來了。倒是我跨過睡房的窗子，準備跳下去的瞬間，當時的感受卻清晰地壓印在我心裡最薄弱的地方，久久不能磨滅，並且在往後的夢中不斷重複。

夢境動用上我全部的感官，放大到極限，以致有一種超出負荷的壓迫感。首先出現的是房間的白色雲石窗台，平日放在上面的雜物，好像書本、飾物盒、小擺設之類的，已經移到一旁，騰出一個足夠站立的空間。在那一方的空間中，躺著一把螺絲起子，和幾顆螺絲。目光往上移，鋁窗的窗花不知甚麼時候已經拆了下來。

明明是夏天，赤著的腳底踏上雲石表面，冰凍得教人渾身打了個冷顫。忍不住發抖的手，無法順利把窗子推開到足夠的闊度。也許是窗鉸老舊了，卡住了。探頭出去，幾乎可以感覺到悶熱的空氣不斷向上散發。

應該是晚上九點左右吧。四周卻出奇地寂靜。車輛在下面的街道上無聲地駛過。耳窩中只有我自己怦怦的心跳聲，和急喘的呼吸聲。胸口承受著巨大的壓力，有快要裂開的感覺。

對面的公屋大樓點著了許多燈火，白的黃的，冷的暖的，每一個窗子裡面，也有一個不一樣的故事吧。但此時此刻，沒有人留意到我，沒有人知道我的故事。

我的故事？我有甚麼故事？如果有的話，今晚也已經去到結局了吧。連結局也是那麼的微不足道。就算引起片刻的轟動，很快也會歸於寂寥吧。

啊，殉死！說得太美了。我連自己為甚麼要尋死也弄不清楚。那些前因後果，我已經徹底忘記了。在這個不斷重複的夢中，我茫茫然的，不知道自己為何站在這裡，扶著窗子，一隻腳跨到窗框外面。我幾乎要永恆地凝固在這個邊界上。

我稍一低頭，看到了那個字。我總是看到那個字。在對面公屋大樓的外牆上，靠近底層的地方，直排的三個大字，是大廈的名稱，其中一個字，和我的名字相同。方方正正的，類似常用的明體字。凸出的陽文，鑲在外牆上，在街燈的斜照下，光影分明。

這時候窗鉸突然一鬆，扶著的窗子往外一翻，上身重心向外一衝。下面街道上經過的巴士的車頂在眼前掠過。緊握著窗框的另一隻手，反射地往後拉，身體重心回到窗框的邊上。胸口緊束，呼吸突然停止，支撐體重的後腿軟了下來，整個人便往後跌回屋裡去。

後腦袋一陣劇痛，不知撞到甚麼家具，只覺自己倒在睡房地板上。迷糊中聽到狐狸在房門外猛吠，有撲在木門上的重擊聲。然後是爸爸叫喚我的聲音，急促的敲門，門鎖被大力扭動。我躺在地上，動彈不得，沒法出聲回應。不知過了多久，門被撞開，一團毛茸茸的東西撲到我身上。是狐狸啊！狐狸！然後出現爸爸模糊的臉，聽不清楚的聲音，接著便是完全的漆黑。

我好像進入夢境。是啊，當時是這樣，往後在夢中也是這樣，成為了夢中夢。一個不斷下墜的夢。下墜的過程很長，一直也不到底。我一邊向下掉，一邊看到周圍的景物。有寫在牆上的遺書，用紅色筆，開頭字體較小，較整齊，後面越寫越大，越潦草。但那不是我寫的。是另一個和我差不多年紀的女孩寫的。她在我之前，已經跳下去了。我不認識她，沒有看見她跳下去。她跳的地方，就在我家對面的公屋大廈的樓梯間。那天下午在鐵路站的便利店，聽到收銀的阿姐跟她的同事說：剛剛有人跳樓，就在屋邨那邊！廿零歲女咋！做乜咁傻？哎呀！冇陰公！阿媽養到佢咁大！我在旁邊聽著，覺得她們好像在說我。

我已經記不起那個女孩為甚麼要跳下去，也不知道我自己的行為跟她有沒有關係。在那個夢中，我看到那用紅色筆寫在公屋樓梯間的遺書，但我來不及讀出它的內容，因為我很快便繼續往下墜。至於我，也有留下遺書吧。應該是放在書桌上，在一張中文系系會的單行紙上，用我還算工整的字寫的。但我不記得內容了。我不知道遺書的去向，很可能已經燒掉了吧。

在下墜的過程中，我見到媽媽。她在其中一個位置，像是大廈的某個樓層，類似一個露台的地方。媽媽就坐在露台上的一張有扶手的椅子裡，手裡拿著甚麼，大概是在織毛衣。我記憶中的媽媽老是在織毛衣，織到一半就會發脾氣，把毛線扯散，把織衣針擲在地上。那些針會從地面反彈，飛到不知甚麼地方。那時候我會抱著頭，害怕給那些針插到。夢裡的媽媽沒有發脾氣，她抬起頭，微笑著望向我，但在下墜中的我來不及向她喊一聲，便很快地掠過了。我從下面往上回望，很想再見到媽媽，但是，當我看見媽媽穿著繡花拖鞋的腿從露台邊緣跨出來，我突然感到強烈的恐懼。我大叫出來：媽媽！別過去！我放聲哭叫，在空中揮動四肢，想抓住甚麼停止自己下墜，想爬回去媽媽所在的露台，想阻止媽媽的危險動作，但都沒有用。後來終於筋疲力盡，我便祈求：快點到底吧！快點摔個粉身碎骨吧！

這時候，我聽到一種既陌生又熟悉的聲音。那是機器的聲音，有節奏的，並不嘈雜的，反而是輕柔的，像音樂一樣的，撫慰的聲音。發出那聲音的是一台印刷機。在操作印刷機的，是我已過世的外公。年輕的媽媽站在外公旁邊，看著印刷機在開合和運轉。外公從印好的紙頁中抽出一張，交給我。紙上印著密密麻麻的中文字。我看不懂那些文字寫甚麼，便問媽媽。媽媽蹲下來，溫柔地指向紙頁的下方，說：看，這是你的名字啊！

我醒來的時候，發現自己躺在醫院的病床上。爸爸坐在床邊，雙眼通紅，緊繃著臉，好像在動用全身的力量防止自己潰散。爸爸平時是個溫文和善的人。上一次見到爸爸變成這樣，是媽媽死的時候。我以為自己已經死了，但渾身上下的痛楚告訴我，我還活著。奇怪的是，除了身體痛楚之外，我沒有任何情緒，就好像心給人拿了出來，放在別處。如果要說感覺的話，就是一種懸浮的，空洞的無感。

爸爸見我醒來，沒有說話，只是擠出笑容，握著我的手，在默默流淚。我不明白他為甚麼要哭，也不知道發生甚麼事。我和爸爸之間，好像隔著一段很遠很遠的距離。也許，就某種意義來說，我已經死去？我只是覺得很累，闔上眼又陷入無意識之中。

就這樣睡睡醒醒，不知在醫院躺了多久。醫生和護士來來去去，做了些不知是甚麼的檢查和診斷。我換了個雙人房間，旁邊的床一直沒有人。後來才知道，是爸爸擔心大房的電視機對我有不良影響，提出換一個安靜的病房。我不明白電視機為甚麼會對我有不良影響。爸爸沒有把我的手機帶來，我也沒有問他拿。日子過得很安靜，好像甚麼都沒有發生。

爸爸老是跟我說：不用擔心，好好休息，甚麼也不用想。我甚麼也沒有想，因為我不知道可以想些甚麼。我好像忘記了很多事情。記得的也只是些模糊的印象，零碎的細節，或者簡單的骨架。我知道自己曾經試圖自殺，但我不知道為甚麼，也沒有機會從遺書中得到提示。躺在病房的床上，外面的世界變得很遙遠，跟我沒有半點關係。

哥哥也來過，跟我說了一堆話，聽他的語氣是在教訓我。他一向都比爸爸嚴厲。但我聽不懂他說甚麼，所以也沒有覺得反感。我間中也有想起阿宏。他的身分是我的男朋友。我記得這關係是在不久前確認的，但我說不出這代表甚麼。阿宏沒有來，我也沒有很介意。後來才知道，他來過，但被爸爸趕走了。爸爸不准他再見我。因為沒有手機，所以也不知道阿宏的消息。

後來終於出院了。拿了一堆藥物，預約了到精神科複診。我也不理解是甚麼意思。總之，是回到家裡了。也不肯定是不是值得高興。

唯一感到開心的是再見到狐狸。狐狸是我們家養的柴犬。他的眼睛是看不見的，但我一進門他便向我撲上來，不住搖尾巴，舔我的臉，完全不像是失明的。我渾身一顫，眼眶一熱，有甚麼好像在我的心裡復活。

我回到那個房間。所有東西都收拾得整整齊齊，同往昔一樣。我察覺到，那個窗花已經裝回去，而且加固了。在醫院躺得太久了，身體變得很虛弱，便摟著狐狸，爬上床挨著。過不久爸爸進來，坐在床邊，給我看一個東西。

記得嗎？是外公留給你的。

他打開手掌，手心是三顆銀灰色的小金屬柱子。我逐一撿起來細看。每個柱子的末端都刻著文字。

你要記住外公給你取的名字啊！那是外公對你的祝福！

那三個字在我手指中拼在一起，左右反轉，刻著：賴晨輝。

我突然激動起來，忍不住落淚。

公公！媽媽！爸爸！對不起！對不起啊！為甚麼會這樣呢？我真的不知道！對不起啊！

請你們原諒我！

2

從死亡的邊緣回來後，我對很多事情失去感覺，就好像某部分的自己已經死去了。日子過得很安靜，在安靜中有巨大的不安，但為了甚麼而不安，卻又說不出來。

有很長很長的一段時間，我待在家中甚麼也沒有做。整天到晚不是望著窗外發呆，就是窩在床上睡覺。狐狸算是唯一和我有親密接觸的對象。我多麼希望變成一隻動物，只要吃喝拉睡，跟同類耳鼻廝磨，舔來舔去，就能夠滿足度日。

爸爸照樣是那個爸爸，對我呵護備至。從早到晚不停問我覺得怎麼樣，好點了沒有，有沒有哪裡不舒服。爸爸煮得一手好菜，那是媽媽不在之後學會的。我在家養病初期，他就像御廚服侍公主似的，不停地做出各種各樣的美食。到時到候，就會輕敲我的房門，柔聲地說：

阿輝，出來吃點東西好不好？

我才把食物送進口裡，他便會問我好不好吃，自己也露出大快朵頤的樣子。我當然會說好吃，但臉上只能做出牽強的微笑，無法顯示津津有味的表情。爸爸看在眼裡，一定會感到有點失落吧。無論好吃不好吃，我都想盡力多吃一點，好讓爸爸安心，但是胃口總是不爭氣，只是那麼地三扒兩撥之後，就嚥不下去了。結果還是帶著抱歉離開餐桌，而爸爸便會唉聲嘆氣地說：你咁瘦點得？咁瘦點得？

我一向是個聽話的孩子，自從發生了那件事，就變得更加聽話。我把手機和筆記型電腦交給爸爸保管。家裡的電視機也拔了電源。爸爸甚至連每天嘆報紙的習慣也戒掉了。我們和外面的世界完全隔絕。要不是可以從窗子看到街上，我幾乎已經忘記了世界的存在。

哥哥有時會回來吃晚飯，順便和我聊聊，語氣似乎也變得溫和，小心翼翼的，好像在觸摸一件易碎的玻璃物品似的。除此以外，獲准探訪我的，就只有小差。小差是我的多年好友，大家從小學就相識，一直念同一所學校，進同一間大學，不過她念地理，我念中國文學。

小差之所以叫做小差，是因為小時候成績不好，但又不至於非常不好。她形容自己是個小差的人，還不至於大差，算是不幸中之大幸。對於自己的外貌，小差也抱有相同的態度，所以活得稱心如意。相反，我讀書成績一向不錯，至少是班裡前十名，但卻老是覺得自己做得不夠好，每次派成績表都帶著抱歉的心情，愧對家長和老師。我常常羡慕小差，而自嘲叫做太差。

不過小差好像也變得有點拘謹，表面上還是那樣輕鬆地說笑，但說話到了某個點便欲言又止。譬如說到大學，或者同輩裡大家都認識的一些人。她也沒有怎麼談阿宏，只是說他好像很忙，很少機會碰面。對了，阿宏和小差是同書院的，在入學迎新時已認識。我是通過小差認識阿宏的，所以小差常說自己是我們的月老。但這月老現在卻疏於穿針引線了。她沒有帶來阿宏的消息，也沒有幫忙安排我們見面。奇怪的是，我竟然也沒所謂。

暫時休學的事是我親自和輔導老師說的。仙教授是我很信任的老師，我很喜歡上她的現代文學課，本來還打算四年級跟隨她寫畢業論文。爸爸早已跟仙老師說明了我的情況，所以當我接過電話的時候，也不需要多加解釋，只是表達了我的意願。她說了一些慰問的話，叫我不用擔心，好好休息。不知是聽到老師關切的語氣，還是很久沒有接觸到外界存在的感覺，我突然變得激動起來，哭著向老師說抱歉。

開始服藥之後，雖然大部分時間感到空洞的安靜，但間中還是會出現這種突如其來的反覆。有時候是受到某種刺激，但也有時候會毫無緣故地流淚。那段時期，我唯一離家的機會就是去看醫生。公立醫院精神科排期天長地久，爸爸向朋友打聽到一位私家醫生，在我出院後便立即帶我去看。對於要帶我外出，爸爸如臨大敵，謹慎地做好事先的安排，令過程暢通無阻。不過，在回程的時候，原定經過的某區還是「出了點事」，令爸爸頗為焦急，連忙叫的士司機改走另一條較遠的路線。

有一天早上，爸爸主動提出陪我到附近的公園散步。我並不特別想去，但也不覺抗拒，心想：既然爸爸說去，便去吧。我說不如帶狐狸一起去，爸爸卻說狗隻不能進入公園。我記起好像真的有這樣無理的事，忽然感到很沮喪，摟著狐狸哭了起來，覺得狗隻不能進入公園很可憐。狐狸大概會覺得，這個動不動就哭得亂七八糟的女主人很古怪吧。爸爸連忙改口說，如果想帶狐狸的話，就和他走慣常的路線吧。看到狐狸雀躍地擺著尾巴，我便決心一起出去了。

自從那天開始，我每天都會出外散步。通常在早上，有時午後會再去一次。後來我說：爸爸可以放心讓我自己去，我不是小女孩了，沒問題的。爸爸也覺得老是貼身保護我不是辦法，便不再限制我出門的自由。他給我一部新的手機，裡面載有基本的聯絡資料和應用程式，但沒有下載社交媒體。我答應他手機不會用來胡亂上網，只作出外聯絡之用。

那時候應該已經步入秋天，但天氣還是異常炎熱，走不到幾步就汗流浹背。經過通往鐵路站的天橋時，常常會看見穿著厚重裝備的警察在駐守。沒有警察的時候，就換上一些穿黑色運動衫褲的年輕男女。天橋兩側的圍欄、天花和地面，貼滿了印著各種圖像和文字的紙張。我不知道這些紙張為甚麼會貼在天橋上，也不知道它們想表達的是甚麼。紙張有時被大量撕去，但第二天又會貼得滿滿的。

回家後我和爸爸談起，他慎重地觀察我的反應，試探地說：

你是不是記起了甚麼？

我好像記起了某些模糊的夢境。

那你就當那些是夢境吧。只是夢境，對你不會有甚麼影響的。知道嗎？

我點了點頭，戰戰兢兢地問：

那我還可以自己出去嗎？

當然可以。看來也是時候，嘗試慢慢適應日常生活了。

我的散步範圍開始擴大到附近的車站和商場，一些人多的地方。我並不害怕途人，相反，我覺得縱使擦身而過，所有人都離我很遠。只要我不用直接跟他人交涉，我還未至於恐慌。至於買東西或點餐，雖然感到有點緊張，但慢慢地也克服了。我記起幼稚園的時候，老師帶著全班同學去超級市場，利用家長預早準備的零錢，學習到收銀處付款的情境。此刻的心情和當時很相似。我的身體逐漸回到人間，但我的心卻滯留在意識的邊緣。

過了一段日子，商場裡有一間店鋪即將裝修完畢，在外面貼了一張招請店員的告示。我抬頭看店子的招牌，知道它是一間售賣日式蛋糕甜點的連鎖店。我回家跟爸爸說，我不想整天無所事事，想找一份兼職工作試試。爸爸大感意外，露出難為的表情，揉搓著下巴，不敢當場答應。倒是當晚剛巧回來吃飯的哥哥，大力贊成我的建議，說：

阿妹無論如何也要面對現實生活。在恢復到可以回校念書之前，找點簡單的工作重建自信也不是壞事。

由於從小就沒有媽媽照顧，爸爸又忙於上班，哥哥便扮演了家長的角色。在外面他一直保護我，但在家裡他對我卻十分嚴格，有時甚至苛刻。他很早便學會成為一個堅強的人，所以對我怯懦退縮的性格常常感到生氣。如果溫柔的爸爸扮演了母親的角色，嚴厲的哥哥便代替了父親的角色了。他對我的鼓勵，很容易便會變成強制，令我感到加倍害怕，不敢違抗他的意思。現在他認同我找兼職的決定，反而令我惴惴不安起來了。

待店子一開張我便去上班。第一天心情難免緊張，甚至在前往工作地點途中，萌生過退縮的念頭。最後還是硬著頭皮，穿上全套制服，出現在全新裝潢的店子裡，和其他新入職的員工一起聽取經理的訓示。我發現自己的集中能力很有限，無法把握經理說話中的條理。我的心慌張得怦怦亂跳，但現在才後悔已經太遲。

原本以為在蛋糕店做銷售員的工作很容易應付，沒料到因為店子十分受歡迎，又是初次進駐本區，引來了蜂擁的人潮，爭先恐後，大排長龍，場面混亂，所有店員也忙得頭昏眼花。我向來是個笨手笨腳的人，連家務也不懂做，現在又頭腦不佳，要應付如此複雜的環境，真是自討苦吃。結賬出錯、忘記下單、失手打翻盤子、答不上客人的詢問，種種失誤，不一而足，多次被經理拉在一旁責罵。

同事也有嫌我礙事的，在旁邊單打幾句，或者向經理「篤背脊」者有之。當中有個男生有時看見我出錯，會默不作聲地幫我「補鑊」，我向他表示感謝的時候，他卻只是微微點頭，好像那是他的分內事似的。不過他自己也很容易忘記事情，有時又無故缺勤，多次遭受嚴重警告，自身難保，情況並不比我好很多。

下班回家，爸爸問我工作如何，我怕他擔心，都說沒有問題，只是回到房間才默默垂淚，心裡想：難道我自此便成為廢人，甚麼都做不來？當初說想重拾自信，怎料卻令自信被打擊得蕩然無存，哪有這樣拿石頭砸自己的腳的笨人？

記得那天是聖誕節前夕，店裡擠得水洩不通，預訂的蛋糕堆滿櫃台後面，每一張訂單也要花半天才能核准號碼，正確出貨。我從一個高大的男人手中接過訂單，抬頭一看，覺得對方有點眼熟。這時候男人叫出了我的名字，我才從他的聲線認出，他是我的中學美術老師。雖然不能說是喜出望外，但感覺卻是親切的，就好像收到久違的遠方友人寄來的信件一樣。可是，同時又彷彿被對方目睹自身不堪的處境，而尷尬得想找個洞躲進去。

你怎麼會在這裡工作？老師語帶驚訝地說。

我欲語難言，隨口搪塞地反問：

老師買蛋糕慶祝聖誕嗎？

他靦腆地笑著說：

我太太喜歡吃這家的蛋糕。

我只懂傻笑了一下，請他稍等，轉身去幫他找蛋糕。當時竟然忘記了，我手上還有之前的一張單未曾處理。我千辛萬苦找到老師的蛋糕，幫他包裝好向他遞出去。老師眼見店裡的狀況，也知道不宜多聊，便把一張名片塞進我手中，說：有空找我。

我向老師揮手，望著他把蛋糕盒子護在胸前，穿過洶湧的人潮，因為個子高大，到了很遠還可以見到他像戴著頭盔似的灰白頭頂。此時一個一直待在旁邊的中年女人突然發難，大聲投訴說：這家店只做熟人生意的嗎？明明是我排前面的，怎麼後來的卻先拿到蛋糕？

我手足無措地站在那裡，感到經理的手搭在我的肩上，把我拉到後面去，自己則堆滿了笑臉上前向那位憤怒的客人猛賠不是。

當晚我便被辭退了。

3

換下制服，從店裡出來，我不敢回家去。我本來和爸爸相約在家一起慶祝聖誕節前夕。我怎麼可以把這個可恥的消息帶回去，當作禮物送給他？我在附近的街道上徘徊，想起自己是個如此沒用的女兒，不禁傷心落淚。

探手到背包裡掏紙巾的時候，摸到一張硬卡紙。抽出來一看，原來是剛才老師給我的名片。在昏暗的街燈下，看不清楚名片上的字，但指頭卻觸摸到一種奇特的質感。我走到鐵路站入口燈光較明亮的地方，才看到那張米白色卡紙上，微微凹陷地印著老師的名字。「費銘彝」三個字，彷彿瞬間壓印在我的眼底，任憑我怎麼泛淚也不會變淡。不知是甚麼意識的驅使，我掏出手機，打了名片上那個號碼。

悲老師，我是你剛才在蛋糕店碰到的賴晨輝呀。

噢！是晨輝嗎？今天遇到你真巧！

老師很明顯沒料到我真的會打去，而且還是當天便打，一時間不知如何反應。我其實不知道要跟老師說甚麼，立即慌張起來。對方見我沒有回話，便繼續說：

你有話想說嗎？喂？晨輝？有甚麼事嗎？

沒事啊，老師，我沒事，我只是想——

說到這裡，我又忍不住哭了出來。在那邊的老師，好像有點不知所措，連忙說：

怎麼了？你沒事吧？剛下班嗎？

對不起，老師！打擾你了！

我嘗試掛線，但老師叫住了我：

喂！喂！你肯定有事。有事便要說出來，不要放在心裡。

老師，我——我——剛被炒了。

可能是消息過於突然，那邊頓了一下，然後才說：

你還在附近嗎？我出來找你。

不要麻煩老師了。不要緊的，真的，只是芝麻綠豆的小事。

沒關係，我住很近。——或者，你有空嗎？過來我這裡坐坐，我請你吃蛋糕。

不行啊！蛋糕是買給你太太吃的，我不能吃。

沒事的，她不會介意的。請你過來一起吃。你跟著卡片上的地址，沿著運動場走過來，我在泳池對面的路口等你。

聽著老師如命令般的說話，我像個乖學生似的照做了。聽說悲老師在我這一屆畢業之後，便辭去了教職，專注於藝術創作。我不是修藝術科的，和他不算熟，只是在普通美術課上做過他的學生。有時在課餘碰見，大家會站在走廊上聊一陣閒話，就是這種程度的關係而已。

他之所以稱為悲老師，原由是他那罕有的姓氏。有的同學發錯音，叫他「廢老師」，後來變成「廢佬」。發音正確的，叫他「悲嗚兒」，簡稱「悲Sir」，而我就習慣叫他「悲老師」。不過，叫他甚麼花名，悲老師都不介意。

我是個笨手笨腳的人，毫無美術天分，從來沒有得過悲老師的讚賞。奇怪的是，可能因為對文字有特別的感應，我的書法卻不差。有時畫的畫太醜，便在旁邊提字，挽回美感和分數。也許是因為我的字，令悲老師對我多少有點印象。我們畢業之前，我寫了幅字給悲老師，上面有他的名字。他當時說，那是他見過的寫他的名字最美的字，連他自己也遠遠不及。

從鐵路站徒步到圍村路口，不消五分鐘，遠遠便看見一個高大的身影站在那裡。初中時同學都以為，那樣的身材的男老師，不是應該教體育嗎？怎麼會是美術老師？後來才知道，悲老師最擅長的，是近乎體力勞動的木刻版畫。

悲老師不等我走近便主動迎上來，好像若無其事似的，並未追問我的事情，也沒有刻意觀察我的狀況。我跟著他去到圍村內的一間村屋。他租住的單位在二樓，一開門就溢出強烈的木材、油墨和紙張的氣味。雖說是個家，整個房子卻沒有多少稱得上是家具的東西。大廳中央放著大型工作桌，四周都是工具、物料、已刻製或半刻製的木版，牆上則貼著好些印刷出來的成品。有些很明顯是一個創作中的系列，刻畫著一些看不見臉面、全身赤裸的男女，在迷霧、火海或刀山之中，伸展著極端的肢體動作，似是痛苦掙扎，又似是出神狂舞。

他拿了張木椅子給我坐下，自己坐在一截矮木樁上，縱使如此還是比我高一個頭。工作桌的一角鋪了張舊桌布，上面放著今天買的那個蛋糕。那是店裡最著名的千層蛋糕，上面綴著草莓和藍莓等水果。他拿著餐刀，在蛋糕上比畫了一下，切了一角既有草莓又有藍莓的給我。

師母呢？不在家嗎？我先吃好像不太禮貌。

沒關係的，你先吃。不好意思，雪櫃沒有甚麼飲品，豆漿可以嗎？

我說可以，他便用一隻印有四腳蛇圖案的瓷杯，倒了豆漿給我。他回到我旁邊坐下來，看著我吃蛋糕，自己卻不吃。彷彿是為了減輕我的尷尬，他以隨意的口吻聊了起來。

你不是進了大學中文系的嗎？應該還未畢業吧？為甚麼會跑去賣蛋糕？

我半年前出了點事，現在正在休學中。

出了點事？甚麼事？可以說嗎？

我停下來，吞下嘴裡的蛋糕，舔了舔嘴唇，說：

我自殺不遂。

啊，是這樣嗎？

悲老師抿著嘴，用手指戳著眉心，好像在壓止自己做出過大的反應。

那又是為甚麼呢？

我低下頭來，說：

我也不知道。我當時暈倒了，躺了一陣子醫院。後來很多東西都記不起來，好像做了一場迷糊的夢一樣。之後雖然慢慢安定下來，但腦袋好像有點不靈光，沒法集中精神。世界老是飄飄然似的，很不實在。我以為找一份簡單的工作，可以幫助自己復元。怎料情況更差，店裡的事我完全應付不來。兩個星期下來，我已經被客人投訴好幾次。悲老師你說我是不是很無用？

怎會呢？你嘗試走出困境，十分勇敢，只是暫時不知道哪種方法對自己最有效而已。我對你有信心，你一定會好起來的。

老師的臉上露出笑容，令方正的臉變得柔和。碩大的身軀雖然並非肌肉型，但靠近看充滿份量。雙手因長期雕刻木板而顯得蒼勁有力，只有頭髮變得比從前更灰白，更粗硬，像由鐵線編成的一頂帽子，把頭頂牢牢蓋住。事實上，悲老師最多也只不過是四十歲上下，但卻隱隱然流露出些許落寞之感。

那老師你呢？辭了中學的教職，是為了專心創作嗎？

老師含笑不語，半晌，沉重地呼吸了一下，說：

本來是沒打算辭職的，不過那年暑假，太太突然過身了。於是便覺察到，還是應該盡快去做自己最想做的事吧。

我大嚇一跳，差點丟了叉子，說：

師母她已經不在？那老師你又——

我會不時買回來她喜歡吃的東西，感受她還在一起的滋味。

師母是為甚麼——

是長期病。也不是沒有心理準備的。不過來的時候，還是措手不及。

我放下叉子，掩面痛哭起來。

對不起，悲老師！我不知道你經歷了這麼大的傷痛！我還為了自己微不足道的小事來麻煩你！還吃了你為太太預備的蛋糕！我真是太過分了！

哎喲！你幾時變了個愛哭鬼？你以前是個厚臉皮愛頂嘴的傢伙啊！老師反過來逗我說。

哪有？

你不記得了嗎？我叫你們畫水墨畫，你交出來一幅書法，還跟我爭論說書畫同源甚麼的。

我是心平氣和地討論，哪有頂嘴？

好啦好啦，不頂嘴的話，就張大嘴把蛋糕吃乾淨吧。

剛吃完蛋糕，我的手機便響起來。是爸爸見我遲遲沒有回家，打來找我。我告訴他我在店裡碰見從前的中學老師，下班後跟他聊了一陣。掛線後，悲老師堅持要送我回去。

我家在鐵道的另一邊。我們取道游泳池後面的行人天橋，跨過鐵道，沿著公共屋邨旁邊的單車徑往南走。老師一路上沉默著沒說話，但卻給我一種久違的安心感。經過巴士站，在一排影樹下，我指向馬路對面的大廈，說：

我家就在那裡，八樓，從上面數下來第三層。我差點就從那個窗子跳了下去。

悲老師停下腳步，抬頭向高處望去，在黑暗中瞇著眼，說：

這樣吧，賴晨輝，萬一你再想從那個窗子跳下來，你要記住，悲老師就站在這裡看著。他絕對不想看見你跳下來的樣子。知道嗎？

知道了。

我的眼眶又忍不住濕潤了。

告別了老師，我走進大廈電梯大堂，發現爸爸在那裡等我。他望向馬路那邊，說：

那個人就是你老師嗎？

是啊，是費老師，教美術的。他今天來店裡買蛋糕給他太太。不過，他太太其實已經死了。

的確會是這樣吧。爸爸表示認同說。

進入電梯時，我說：

我今天被炒了魷魚。

是嗎？

對不起啊。

聖誕節不吃魷魚，回去吃火雞吧！

4

自從被解僱，我的狀況又打回原形，退縮到那個與世隔絕的透明泡膜裡。我盡量避免到商場去，害怕經過那間令我留下創傷的蛋糕店。

對於新的一年來到，我沒有半點感覺。過去的一年不堪回首，未來的一年也不會有任何展望。下學期除了繼續休學，也沒有更好的應對辦法。放眼望去，前面是無止境的懸空狀態。

對於我被辭退，爸爸的反應就像我小時候放學回家，告訴他在學校弄丟了水壺或文具一樣，完全不以為意。自從媽媽不在，爸爸就是以這種淡化一切的手法，去減低孩子們對挫敗或危機的不安。

也許是和媽媽長年相處的影響，又或者是他與世無爭的性格使然，爸爸總是迴避過激的情緒，把大喜和大悲排除在外。我默書得一百分或者贏了甚麼比賽，爸爸會說：是嗎？做得不錯啊！相反，如果是被罰或者被欺負之類的壞消息，爸爸也只會說：是嗎？沒甚麼吧？

這樣的去頭砍尾的情緒教育，的確促進了家庭和諧，在殘缺中維持著一種午睡似的靜好。哥哥因此變成一個不會感情用事，冷靜理性的人，但在同樣環境成長的我，卻變得畏首畏尾，對於熱情或冷漠、美善或邪惡，都缺乏應對的能力。換句話說，我害怕極端。

一個害怕極端的人為何會走上自殺之途，連我自己也無法解釋。難道自殺不是像世人所想，是極端之途，相反卻是溫和的出路？也許，當世界本身變得極端，死亡便成了唯一的淨土。

我無法好好思考任何事情。我不知道媽媽自殺之前，是不是陷入相同的困境。是的，媽媽是自殺死的，在我六歲那年，從舊居的露台跳了下去。我沒有目睹當時的情形。我當時去了參加幼稚園畢業典禮，是爸爸陪我去的，媽媽因為不舒服留在家中。

自我有記憶開始，媽媽老是不舒服，很少帶我們外出。和媽媽逛街或者去公園之類的經驗，屈指可數。我當時也不知道媽媽生了甚麼病，只記得她很容易激動，激動了就會大聲說話，或者擲東西，相反就是靜靜地流淚，或者發呆。

聽哥哥說，媽媽從前不是這樣的。大我五歲的哥哥，擁有很多媽媽帶他四出遊玩的記憶。去海洋公園就不用說，最遠還去過台灣旅行。我不知道哥哥的記憶是不是真確的，也許當中有不少幻想的成分。但很明顯，自從我出生，媽媽就病了。雖然從來沒有人這樣說，甚至類似的暗示也沒有做過，但經過我自己推理，事情確實是這樣的。所以我一直覺得，媽媽的死是我害的。我不自覺地犯下的罪，有一天必須償還。如果我死不去，至少也要把自己關起來。

可是我的自我監禁並不徹底。我還是忍不住去找悲老師。在他的口中，我曾經是個厚臉皮的人，所以我不妨做出厚臉皮的事。有時我會在悲老師充當工作室的家待一個下午，甚麼都不做，就只是看著他做木刻。他那龐大的身軀，趴在工作桌上，一刀一刀地削進木板裡，弄得汗流浹背的，好像在跟甚麼怪物搏鬥。

說來真是慚愧，以前念中學時雖然知道悲老師是版畫家，但從未看過他的作品。他不嫌我多事，找出好些舊作給我看。他說這些是A/P，即是藝術家自存版，所以下面沒有寫版數。他把畫逐一攤開在工作桌上，簡單地講解它們的創作意念。他又翻出了一些刻版，為數不多。他說刻版在印刷後通常會毀掉，但少數具個人意義的，他會收藏起來。

我發現悲老師的專長是刻畫人體，作品中不少都是一對裸體男女，兩人以誇張的動作互相糾纏，像是熱情的依戀，又像是激烈的掙扎。細心一看，人體原來也是風景和地貌，就像神話裡面的盤古，身體化成天地萬物。在那些天地人一體的世界裡，似乎暗藏著一些隱晦的事件，但我一時間看不明白。因為缺乏美術欣賞的能力，我的焦點只是落在那對男女身上。直覺告訴我，那是悲老師和他太太的造像，但我不敢向他確認，只是暗自心跳臉紅。

悲老師又給我看他的素描簿。他說自己是個想像力不足的人，所以畫的東西都必須有原型。我在素描簿裡又看到那對裸體男女的畫像，忍不住把那個女人的臉，偷偷和放在書架上的師母遺像比對。這回我可以完全肯定了。

怕我坐著會悶壞，他拿來魯迅收藏的中國現代版畫集，厚厚的五大冊，裡面都是上世紀三十年代「新興木刻運動」的作品。他說當時是中國現代木刻的草創期，技藝並不成熟，有些甚至非常粗糙，但卻極具時代意義。他又說近年他重新思考木刻的本質，這個運動帶給他不少啟發。我讀過魯迅的小說和文章，但對於他推動版畫創作，卻未有所聞，感到十分羞愧。知道這是對老師別具意義的書，我便囫圇吞棗地，翻了一遍又一遍。

老師雕刻的時候，總是不發一語，好像忘記了我的存在。我對這種情況感到滿意。這說明了我沒有妨礙他的創作。我去探訪他，並不是要吸引他的注意。我只是想得到他散發出來的，力與氣的安全感，藉此對抗自己內心的陰暗。

然後，疫情便爆發了。

因為很少外出，也斷絕了新聞和社交媒體，我是很遲才意識到世界在發生變化。有一天我帶狐狸去散步時，爸爸提醒我要戴口罩。我問他為甚麼，他說：外面有病毒。這時候爸爸已經恢復了買報紙，但都是躲在自己的房間裡偷偷地看。這次他大概覺得事態嚴重，我應該有足夠的安全認知，便罕有地把報紙遞給我。

開頭有一段時間，口罩非常短缺，人們四處搶購。有幾次爸爸很早便出門，說收到消息，甚麼地方有口罩發售，大半天後卻空手而回。結果還是靠哥哥從當醫生的朋友那裡，弄了幾盒回來。眼看著這種事情卻幫不上忙，令我覺得自己是個多餘的存在。

不過那時候政府的防疫措施還很寬鬆，過農曆新年的時候，大家還是照樣去拜年和聚會。爸爸見我的狀況不佳，叫我留在家裡，由他和哥哥去拜訪親戚。不過，姨媽因為和我們很親，所以我也一起去了。

媽媽過世後，家裡沒有女人，爸爸又要上班，姨媽便常常來照顧我們兄妹。我媽媽叫戴子晴，姨媽大媽媽三歲，叫戴子昕。我們都叫她昕姨媽。因為姊妹倆生得很像，所以我們常常有媽媽還在身邊的錯覺。昕姨媽結過婚，但是沒幾年便離婚了，膝下沒有兒女，所以當我們是自己所出一樣，十分疼愛。近年她患上神經衰弱，不太出外見人，爸爸也隱瞞著我自殺的事，免她情緒受到刺激。

昕姨媽住在美孚新邨，也即是媽媽自殺前我們住的單位。媽媽就是從那個露台跳下去的。這個房子是我外公戴富買下的，原意是留給他的么女（也即是我媽媽）做嫁妝。外公從他父親（也即是我的外曾祖父）戴德那裡，繼承了一家位於上環的印刷工場。幾十年來默默經營，雖然未有飛黃騰達，但也足夠養妻活兒，並且為家人買下了一些物業。我阿爺賴廣勝戰後從廣州南來，人生路不熟，首先便是在外公的工場打工。後來阿爺離開工場，進入一家報紙的印刷部工作。想不到的是，雙方後來又變成親家。我爸爸賴繼榮和媽媽戴子晴，因為各自的父母的關係，從小就互相認識。

爸爸大媽媽七歲，少年時代在戴家的鋪子幫小女生補習數學。大學畢業後，沒有甚麼事業雄心的爸爸，當上中學數學老師，苦苦等了七年，待媽媽也念完大學，正式向她求婚。兩人婚後住進美孚新邨的單位，哥哥和我都是在那裡出生的。後來媽媽出了事，適逢當時樓價低迷，爸爸便以低廉的價格付了首期，舉家搬到新界北的新居，離開了那個傷心地。空置出來的房子，便轉讓給昕姨媽居住。前年我們的房子供款完畢，哥哥又已出來工作，爸爸卸下重擔，宣告提早退休，種種花，養養狗，打算平平靜靜地度過餘生。怎料到自己的女兒不爭氣，還是累他老人家擔驚受怕。

我們去昕姨媽家拜年，除了平常的賀禮，還帶去一盒口罩。久未見面，姨媽很開心，不停稱讚哥哥一表人才，事業有成。轉臉向我，卻滿臉憂心的，說我太瘦了，不停地催促我吃年糕。我花盡全身的力氣，向姨媽展示笑容，但心底卻覺得，自己自殺的行為，是對她卑鄙的背叛。姨媽曾經在我最脆弱、最無助的時候，毫無保留地保護了我、養育了我，而我竟然浪擲自己寶貴的生命。只要想一想，也感到罪孽深重。為了掩飾自己的愧疚，我緊張得渾身顫抖。

姨媽談到最近的疫情，說自己每兩三天才到附近超市買食物，平常都躲在家裡。不過也因為疫情，去年那些四處搞破壞的人也慢慢收斂了，社會也沒有那麼亂了。這樣再三折騰，她慨嘆自己的病情沒有指望好轉，常常無端心悸、手震、失眠和食慾不振等等。

阿榮，你知道，精神病是我們姓戴的家族遺傳。姨媽毫無顧忌地說。

爸爸臉上閃過不安的神色，視線不自覺地往露台那邊一掃，立即又收回來，連忙改變話題，談起姨媽的哥哥們建議賣掉上環老鋪和老家的事情。那個幾十年的鋪子，在印刷工場結業後，一直租給別的商戶經營。樓上的舊房子，則已經空置很久，無人打理。

阿公去世的時候，遺囑訂明鋪子由三個舅父和姨媽共同繼承，各佔四分之一業權，住宅單位卻留給小女兒，也即是我媽媽。第二年媽媽自殺，爸爸便成了房子的繼承人。爸爸是個心軟又不善實務的人，老覺得房子依然是屬於戴家的，做甚麼決定也先徵求大家的意見，十幾年來一直無償讓舅父的親人居住。如果真的出售，他肯定也會和戴家的兄姊們攤分收益吧。

爸爸對老房子有感情，又不想因為金錢問題而橫生事端，所以傾向保留，但哥哥卻堅持房子是屬於我們的，贊成賣掉套現。他和準大嫂在外面租房子同住，正在籌劃結婚，有了這筆錢就可以買樓。我對這些盤算感到頭痛，不置可否。

姨媽似乎相信賣樓勢在必行，和爸爸說：

要不要找天一起去看看？順便清理一下阿爸的遺物，可以丟的丟，可以留的留。

從姨媽家回來，我問爸爸，我可不可以一起去上環老家，幫忙收拾東西。爸爸對我的熱心感到奇怪。我從抽屜裡拿出他交給我的三顆鉛字，說：

我想看看還有沒有這些字粒。說不定還有其他的。

那個晚上，我又做了那個從高處墜下的夢。夢中又看到媽媽身處那個露台，還有那台像多聲部樂器般的印刷機。我想知道那台機器在印的是甚麼，但就像之前每一次一樣，我沒法辨別紙張上那些密密麻麻的文字。唯一不同的是，這次外公叫媽媽不要把手伸進印刷機去，說會把手弄斷的。但年紀像個小女孩的媽媽卻不聽話，趁外公沒留意的時候，把小手伸進那個印版開合的地方。我在旁邊尖叫起來，但卻一點聲音也無法發出。我就在這裡滿身大汗地醒來了。

過了兩天，我藉口去向悲老師拜年，給他帶去幾個口罩。我知道他應該沒有心思去理會這種俗事。一直按門鈴也沒有人應，隔不久才見一個巨大的身影從樓上下來。老師說他在天台上處理一些東西。他開了門，進去拿了兩個箱子，把一些印刷品放進去，叫我幫他拿到樓上。

天台上有一個用來燒雜物的鐵桶，桶口不時竄出火舌。老師叫我把紙箱裡的東西丟進桶裡去，自己則在旁邊用斧頭把木版砍碎。我看見那些木版上都雕了圖像，那些紙則是印成的畫作，都是他最近完成的作品。我無法下手，望向老師，說：

悲老師，為甚麼要燒掉？這些都是你血汗的成果啊！

老師只顧低頭在砍木版，自言自語地說：

跟別人的血汗相比，我的血汗算甚麼？

木版在斧頭下應聲斷成兩截。我嚇了一跳，手一鬆，一疊版畫便脫手掉到鐵桶裡去，我連忙去抓也抓不住。火焰呈捲曲狀攀升，然後化成嗆鼻的黑煙。

我望了望悲老師，見他一意孤行的樣子，便聽從他的指示，把那些作品都統統燒掉了。他把所有木版砍成碎塊之後，也把它們丟到鐵桶裡，一併焚化。我們並肩站著，像在送別亡靈似的，看著煙霧冉冉升上高空。

待火苗熄滅，我們回到二樓去。我發現悲老師的左手拇指受了傷，在流血。我心急起來，問他哪裡有藥箱，左翻右揭的，好不容易才找到一盒便利貼。我剛巧帶了酒精潔手液，本來是用來防病毒的，現在正好派上用場。我要老師坐定，幫他處理傷口。用酒精來消毒傷口一定是很痛的，連眼前的大男人也喊叫了出來，眼角掛著淚水，口頭卻還開玩笑說：

看！這才算是真正的血汗啊！

老師轉動著以便利貼包紮起來的拇指，像是欣賞藝術品似的，說：

謝謝你！晨輝！你的手藝還不錯。

老師你今天有點怪，不像平常的你。

哪有？對了——今天是年初幾？應該給你派利是啊！但好像沒有利是封！

他一躍而起，跑進睡房裡，很快又走出來，遞給我的卻不是利是，而是一張明信片大小的卡紙。我接過卡紙，看見上面直向印了一行字：

「太初之時，上帝創造天地。」

這是？

創世記第一句。

我知道，我是說——

這是香港字。

香港字？

這十個字，是用一百六十年前鑄造的鉛字印出來的，這種鉛字，叫做香港字。

那即是？

我有一個朋友，正在籌備一個有關香港字的展覽，正在找人幫忙做資料蒐集。你有興趣嗎？

我……。

我覺得你很適合。

我現在甚麼都做不來。

怎會呢？別的你可能不行，但是關於字，你一定可以的。

我盯著卡紙上的字，彷彿感到，它們一個又一個地，印在我的心頭。

5

這個冬天幾乎沒有真正冷過，便好像有甚麼見不得人似的，偷偷結束了。

對面屋邨旁邊的兩棵大木棉樹提早開花了，不經意地抬頭一望，那一樹的豔紅實在有點驚心動魄。我居住的大廈外面的幾棵曾經光禿禿的朴樹，也在一夜間長出了細嫩的青葉。春天的來臨，竟是那樣地嚇人一跳。

看著如此生機盎然的景象，心裡卻沒有絲毫盼望，只覺空氣中有隱然的不安。每天早晚和狐狸出外散步一次，除此之外，就是躲在家裡發呆，陷入迷糊的沉睡之中，胡亂地做著各種各樣的夢。

收養狐狸的時候，他還未夠兩歲，現在已經是四歲的成犬了。狐狸出世不久便因病失去視力，是神經方面的問題，所以眼睛表面看還是完好的。前主人因此而棄養，我爸爸便通過一個舊同事的介紹而接手。除了金魚和天竺鼠，我家從未養過任何寵物。第一次養狗就養一隻盲的，的確是個大考驗。爸爸展現出他那無微不至的性格，努力向其他資深狗主學習，又在網上找到養育失明貓狗的資訊。

為了讓狐狸有足夠的運動，爸爸非常耐心地訓練他在戶外活動的能力和信心，從短距離開始，在適量的牽引和提示下，讓他適應在街上走路而不害怕。不到半年，狐狸便能在熟習的散步路線上走動自如，旁人甚至沒察覺他是失明的。與其說他是一隻盲犬，不如說他是一隻導盲犬更恰當。是狐狸帶引我這個盲人，重新走進變得黑暗的世界。

我完全看不出狐狸有甚麼缺憾。我甚至覺得，他比任何人類更善解人意。所以，縱使過著與人隔絕的生活，我一點也不覺得孤獨。但是，縱使不孤獨，心裡還是惶惑不安。

那天早上爸爸說有點不舒服，躲在睡房裡不肯出來。到了中午，我便自己到對面的屋邨便利店幫他買報紙，順便買三文治和鮮奶充飢。從我有記憶以來，爸爸都是看《明報》的。可能是來得太晚，便利店的《明報》卻賣光了。我知道爸爸不看別的報紙，便作罷，只買食物回去。

在櫃台付錢之後，有人輕輕地拍了拍我的肩頭。我回頭一望，看見是個瘦削的男生，頭髮好像很久沒有剪似的蓬鬆零亂，一雙像小動物一樣沒有傷害性的眼睛，襯在蒼白的臉上，因為戴著口罩的關係，我一時認不出他是誰。

咁快就唔記得我？我係阿來呀！

我聽到阿來這個名字，還得花上好幾秒，才把它和本人原來的樣子配對在一起。他就是那個在蛋糕店常常出手幫我的男同事。

你辭職也不講聲，突然就不見人了。

不好意思呀！我不是辭職，是給人炒魷魚。我連忙解釋說。

怎樣都好啦，我都沒有做了。

我見對方肩上掛著的布包裡，裝著厚厚的書本。他靦腆地說：

今年又再重考文憑試。之前已經考過三次了。我同你本來應該是同屆的。

我不懂得應該做出甚麼反應，好像觸到人家的痛處似的，感覺比他更尷尬。

你呢？已經回去大學上堂？

還未。身體不是太好，這個學期繼續休學。

對方點著頭，卻沒有追問下去。話題無以為繼，我們移步走出便利店。正當我猶豫著是否應該跟他說再見，他又問：

你住附近？我碰見過你幾次，不過見你帶住隻狗，就沒有叫你。

你驚狗？

係呀！自從細個被狗咬過。

我指向對面街的大廈，說我家就在那裡。他卻指向我們站立的地方的上空，說：

我住這棟大廈，就在你對面。不過我間屋望另一邊，應該見不到你家。我家對正警察機動部隊基地，成日睇住下面練槍練砲，搞到書都讀唔入腦，唯有去自修室溫習。

我想起在家也常常聽到那邊傳來砰砰嘭嘭的聲音，讓人心慌意亂。不知怎的，當下心臟突然猛跳起來，渾身冒汗。我隱約記起，我們站的這個地方，屋邨商場前面的空地，曾經擺放過很多蠟燭、鮮花、紙花、祭品和標語。那是為甚麼呢？我發現，原來我已經很久沒有經過這個位置。

你怎麼啦？沒事吧？

我的頭有點暈，好不容易才站定，說：

這裡，這個位置，是不是曾經發生過甚麼事？

看他的眼神，阿來很明顯立即就知道了，但他卻作狀想了一下，才說：是去年六月那個女仔跳下來的位置。

我們不約而同地抬頭向上望。那一直往上三十幾層的樓梯間，圍欄上已經裝上鐵絲網。

你們住同一棟大廈？

他點了點頭。

你認識她？

唔識，但係認得。

不好意思，阿來，可不可以送我回家？我雙腿有點走不動。

阿來也沒有多問，便扶著我過了馬路。他人很瘦，但卻好像拐杖一樣，頗為穩妥。他把我送進電梯大堂，才在外面跟我揮手離去。我答應和他保持聯絡。

回家後，把三文治和飲品擱在餐桌上，甚麼都沒吃便走進房間，躺到床上去，胸口卻一直猛烈地拍擊。狐狸好像嗅出我有點不妥，爬上來蜷伏在我身邊。

爸爸的病原來只是普通感冒，一場虛驚，過兩天精神恢復，便又每天自己去買報紙了。我告訴他悲老師介紹我去幫展覽蒐集資料的事，他表示同意，覺得我的個性和身體狀況適合做這樣的工作。的確，像我這樣的一個沒有社交能力的女孩，面對死資料比面對活人更安心自在。

策劃展覽的是一個叫做香港印藝工作室的組織，負責人是一位姓容的女士。我按約定時間，來到石硤尾一座由舊公屋活化改裝而成的藝術綜合大樓。工作室在八樓，空間甚為開闊，辦公室內坐著三位職員，都是年輕女性。我從玻璃門探頭進去，怯怯地說我約了容小姐。有人通傳了一聲，從裡面走出來一位戴著黑色口罩，外型穩重的中年女子。對方招手叫我進去，引領我到後面的一間會客室，邊走邊說：

你是阿費的學生，對吧？他說你寫得一手好書法。

聽悲老師說這位容女士是做石印的，在藝術家面前，我不敢造次，連忙說：

悲老師誇張了！沒有怎麼好，只是寫字端正而已。

哈！你們叫他悲老師嗎？

對，大家都是這樣叫的，或者叫悲 Sir。

對方好像覺得很有趣似的，忍不住又笑了起來。

在會客室坐下來，容女士給我斟了杯茶，好像我是甚麼貴客似的，完全不似來面試。她問了我一些簡單的問題，但似乎已經從悲老師那邊知道不少。當我叫她容老師，她鄭重地止住了我，說：唔好叫老師，叫我阿容，或者容姐。她說的「容」字是變調的，發廣東話第二聲，跟「擁抱」的「擁」字同音。然後她便向我簡介了展覽的安排。

展覽將在本年十月開幕，場地是沙田文化博物館。到時會有兩個展覽會同時舉行，一個是慶祝香港印藝工作室成立二十周年的本地版畫藝術家聯展，另一個是關於香港活版印刷工藝的歷史回顧展。涉及香港字資料蒐集的是後者。在原本的計劃中，只是打算從十九世紀下半的香港印刷品和報刊出版說起，再來就是二十世紀初流行的月份牌石印版畫，然後談到二十世紀下半由全盛到式微的活版印刷業。最後就是近十年來，年輕繼承者如何把傳統活版印刷變成創意工藝。

後來，在毫無預計之下，突然殺出了香港字這個東西。

說這句話的時候，容姐張開雙手向外一揮，好像有甚麼爆發出來似的。我當場給嚇了一跳，幸好沒有叫了出來。她繼續說：

去年夏天，我們收到荷蘭一間鑄字基金會負責人的來信，查問關於一批十九世紀香港活字的去向。據說在一八五八年，荷蘭政府曾經向香港的英華書院購買一批中文鉛字，為數約五千三百幾個。之後一百年，管理這副活字的鑄字廠陸續自行打造更多活字，總數增加到九千多個。到了二十世紀八十年代，鑄字廠關閉，鉛字便下落不明了。現在這個基金會主席想追尋這批香港活字的去向，便來問我們有沒有相關的資料。他之所以找上我們，大概是因為之前我們參加過歐洲的印刷藝術研討會，留下了聯絡方法吧。

我們雖然在籌備展覽，但根本不知道有香港字這回事，也不知道這副字曾經遠銷荷蘭。所以我們其實幫不上忙。之後不久，便收到對方的消息，說在萊登的國家民俗學博物館的倉庫，找到了由原本的香港字翻造出來的銅模。嘩！那真是驚人的好消息！於是十二月我便親自飛到阿姆斯特丹，跟對方的人員一起確認那批字模的來歷。現存的整副活字裡面，大約有五千多個是來自十九世紀的原型。這一批是真正的香港字。

好了，既然找到了字模，沒有理由不嘗試鑄出鉛字吧。基金會也同意這個合作計劃，為我們提供了鑄字的工具和人員。因為時間有限，我挑選了三十幾個字來做實驗。當中有聖經創世記第一句的十個字，也有跟這個展覽有關的字。於是，我便帶著這些戰利品回來了。

容姐站起來，從後面的金屬架上，拿下幾個木盒子，逐一放在桌上。每個盒子由上至下分成三大格，每格再垂直分成十幾個窄行，每行裡面填滿了十個閃亮亮的銀色鉛字。

這些都是新鑄的字，另外還有這個。

她在桌上放下另一個小盒，裡面裝著約三、四十個啞銀灰色的、很明顯已有了一定年紀的舊鉛字。

這些是荷蘭那邊殘存的舊香港字的一小部分。雖然未必是一八五八年的第一批，但也很可能是十九世紀翻鑄的，非常接近原本的字。

不知怎的，我渾身的毛管都豎起來了，好像感受到一股奇異的靈氣迫近似的。我戰戰兢兢地問：

可以拿出來看嗎？

隨便。

我用指尖把那些小鉛柱挑出來，放在眼前近距離檢視。裡面有「解」、「率」、「瞿」、「監」、「樂」、「忽」、「山」、「號」、「芝」、「片」、「殿」、「議」等互不相關的文字，全都是左右反轉的，其中有些重複。我忍不住一邊看，一邊讚嘆說：

很美！很美啊！比黃金還美！

我彷彿感到電流通過全身，不由得微微顫慄起來。

我不知道自己在這種忘形的狀態下呆了多久。待我稍稍清醒過來，才發現自己的失態。但在旁邊的容姐卻完全沒有干擾我，在黑色口罩露出來的部分，可以看見她在微笑。

不好意思！我看得傻了！

沒事！我第一次見到這些字的時候，反應跟你一樣，都是完全傻了。這說明你適合這份工作。不傻的人，不會奮不顧身地投入這樣的工作。

我真的可以幫忙嗎？

當然可以。歡迎你加入我們的團隊！

她毫無顧忌地向我伸出手來，我也就不惜一切地跟她握了手。

來！我介紹其他同事給你認識吧！

容姐帶我回到辦公室，讓我和三位女同事打了招呼，又向其中一位長髮女生說：

來！樂師傅！帶晨輝去看看我們的印刷機吧。

她轉過頭來解釋說：我們都叫她樂師傅，因為她是唯一跟從前的老師傅學過藝的接班人。全香港懂得用這種印刷機的後生仔，大概只有她和另外一兩個人。

那位叫阿樂的女生只是鞠著身笑著，好像對這番恭維很不好意思似的。

工作室的製作和儲存部門十分寬廣，有很多我不懂的機器、工具和材料。我的想像中突然出現悲老師趴在桌上刻版的身影。一回過神來，我們便站在兩台單人操作的印刷機前面，每台約一人高度，平面五尺乘五尺左右。我就像看見從陰間回來的故人一樣，無法相信自己的眼睛。

阿樂像導賞員似的向我介紹說：

這兩部是同型號的海德堡風喉照鏡印刷機，一部是一位老師傅退休時捐贈給我們的，另一部是一個保育組織交給我們保管的。後面的木架上排得滿滿的，是另一位師傅捐給我們的活字。

我有點靦腆地說：

其實，我外公以前也是開印刷工場的。

所以你見過這些機器？

沒有，沒有親眼見過。我出世的時候，外公的鋪子已經關門了。但是，我在夢中見過。

在夢中見過？

請問，它們還可以開動嗎？

當然，你想看看嗎？樂師傅，開機吧。

女生聽命捲起衫袖，檢視了一遍機器的狀況，放下前面的安全擋板，調整了一些度數，拉了一下下面的桿子，按下開關鍵。

就像巨獸噴出鼻息一樣，機器動起來了。油墨滾筒運轉，送紙桿和收紙桿來回揮動，印版位置富有節奏地一開一合。那聲音和動態，如美妙的樂器鳴奏，跟夢中所見一模一樣。那搏動，那呼吸，如真實的生命。我忍不住潸潸地流下淚來，想偷偷拭掉也來不及了。

我對自己的激動感到羞慚，哽咽著說：

對不起！我不知道為甚麼——

不要緊！是想起外公來嗎？

容姐向我張開臂，把我一擁入懷。我不知羞恥地把臉埋在她厚實的肩上，盡情地哭。她輕輕地拍著我的背，說：
沒事的，沒事的，你是個好孩子。

對立

活字降靈會上

Hong Kong
Type

初

（筆記型電腦的螢光幕。一片空白。游標在閃動。文字逐個出現。）
香港字的歷史
（停下。文字被刪除。）
香港字
（文字出現。）
香港字傳奇
（文字被刪除。）
香港字
（文字出現。）
香港字神話
（停下。游標在閃動。）
是誰？
是誰在說話？
是我們。
我們？你們是誰？

我們是字。

字？字怎麼說話？

字不說話，誰說話？

說的也是。那你們想說甚麼？

想說你想說的。

我想說的？

香港字故事。

你們怎麼能說？

因為我們是字。字當然能說字。

自己故事自己說？

不是理所當然嗎？

那麼，我應該收手？

不，我們要通過你說。你是我們的工具。

我是工具？

總得有人去寫字、打字、印字。

人是字的工具？完全顛倒！我沒聽過這樣的事。

我們是字靈。

越說越離譜了。

人和字靈相通，就有自己的故事。不相通，就只是工具。

怎樣才能相通？

正所謂：字靈人傑也。

別亂用成語。

字的配搭是可以創新的。

甚麼人傑？你想說甚麼？

人傑即是有特別稟賦的人。用現代語言說就是超能力。

我有超能力？

接通字靈的能力。

你是說通靈？

都說她是個特別的。

誰在說話？

別的字。

別的字？你們有幾多個？

說到字，當然有很多。難道只有一個？這是常識。

但字靈呢？每一個字也有一個靈嗎？

那又太麻煩啦！字靈只有一個。

我們是一而多，多而一的。

很玄呢！

是靈嘛，當然是要有點玄的。

那你們說說看。

太初有字，而後有言。言中有意，意中有靈，靈以為神。

為甚麼用古文？

我喜歡經書體。

不是說香港字嗎？

別心急，一切要從頭說起。

從太初？會不會太遠？

沒有初，何來今？我們先來說一個「初」字。

（嘆氣）你們說吧！

初始、初生、初時、初稿、初版、初心、初夜……

夠了，夠了。換另一個來說。

起初之時，神諭、聖言、經書，皆出於字。

古文字，真是鍥而不捨啊！

經書體適合創世神話。

創甚麼世？

文字之世。

好的，好的。之後呢？

最初之字，出之以刻，而後出之以寫。凡刻者、寫者，皆為祭司或官僚。

太文謅謅了。可以轉文體嗎？

後嚟就出現咗印刷。

嘩！突然轉口語！

口語都有字，有字就有得講。

廣東話都得？

梗係啦！我地係香港字嘛！

咁就快啲開始講鑄字同活字印刷啦。

咪住！唔好咁心急先得架，唔可以一次過講咁多。

點解？

會消耗過度。

你地怕攰？

係怕你未適應到。降靈呢家嘢唔係講笑，好嘥精神。

爾等能否典雅一點？

我不累。

人傑小姐，我們知道你狀態不好。

我哪有甚麼不好？

唔好死撐。
你的事，我們都知道。
我的事？
你去年的事。
你們怎麼知道？你們究竟是誰？是甚麼東西？是我的幻覺嗎？
她的情緒看來有點不穩定。
她需要時間療癒。
各位，別用第三人稱好嗎？
對不起，我們在商量。
當著人家的面談論人家，是不是有點失禮呢？
見諒！見諒！字們數目多，難免你一言我一語。
你慢慢就會習慣，請不要心急。
我沒有心急，我只是不明白。
不明白不奇怪，這是我們初次見面。
初次？
對，我們的對話會繼續下去的。不過，不是今天。
你地究竟想點？
慢慢來，慢慢來。我們下次再談。

喂！喂！

放心！我們會再來的。人傑小姐！

活

再後來，便出現了印刷。

你們來了。

人傑小姐，字們言出必行。

我還以為是做夢。

說是夢也沒錯。

但我明明是清醒的。

清醒也是一種夢。

你是說清醒夢？

不，我們不是說那種可以用自覺意識控制的夢。我們是說，自覺本身也是一種夢。

自覺也是夢……奇怪……我的確有這種感覺。

不必奇怪，這是好現象。

這樣好嗎？我覺得有點害怕，好像分不清真與假。

你最近都在讀書吧？

你們甚麼都知道？

我們是字靈，凡是關於字的事，我們都知。

沒有甚麼事跟字無關，所以我們也可以說是無所不知。

我在讀印刷史，不過讀得很慢。

沒關係，我們就來聊聊印刷史。知道印刷術的源頭嗎？

小學生都知道，是中國四大發明之一。

好。時間呢？

唐代，約公元八、九世紀之間。

所謂發明，從無到有，最大的關鍵是甚麼？

是智力嗎？

你想說中國人智力較高？

不是這個意思。

智力和發明沒有直接關係。

那麼，更重要的是……。

是意識的轉換。

你們的用語很現代。

只是與時俱進而已。你喜歡的話，用古老的語言說，是神變。

不太懂。

懂得把文字左右反轉，刻出反文，印出正文，這不是智力的事情。從前的人完全不知，後來突然就知了。知了之後，又一點也不覺得奇怪，奇怪的反而是自己從前為何不知，這麼簡單的道理。

那就好像，小孩子有一天發現，鏡中那個影像是自己的反映。

那是一種成長？

成長這個詞太西方了。我們以前會說——夢覺。

那即是覺醒了。

覺了便是醒，也太西方了。夢覺是，知有夢，知有覺，知有夢覺之分，但不知是夢還是覺。夢中有覺，覺中有夢。就好像正反、陰陽，沒有先後上下之分。

就像我現在一樣？

看！她真是一個人傑呢！

她的悟性不錯。

你們又說到哪裡去了？

那就說回來吧。意識轉換是神變，那麼，印刷術便是神術，印刷器便是神器。這是大前提。

這跟當初印刷的都是佛經有關嗎？

說得沒錯。佛經是神聖的文字，後來才印世俗的書。在中國，字紙從來都是神聖的，印刷的字紙尤其。所以才有敬惜字紙的習俗。

寫了字印了字的紙不能亂丟，不能踐踏，必須收集在一起燒掉。

燒字紙的設施叫惜字塔或者惜字亭。以前九龍寨城裡面也有一個敬惜字紙處，是清朝官員設立的。

是嗎？我沒去過。這個習慣也挺環保。

爾也太愚笨，那是兩個完全不同的概念。環保沒有靈魂，字紙裡有。

扯得太遠了！來說說活字吧。活字不也是中國人發明的嗎？

是的，最先有記載的是宋代的畢昇。雖然沒有實物可考，但沈括《夢溪筆談》裡面所說的，應該確實可信。

既然是中國的東西，為甚麼你們這些西式活字大呼小叫，好像自己才是活字正宗？

你也說得沒錯，我們雖然是中文字，但身為活字，卻是西式的，所以身分有點尷尬。

沒有好尷尬的，既然無夢覺陰陽之分，也自然沒有中西之別。這就是字之神靈所在。

你們有分歧啊。真有趣！

我們是一而多，多而一的。就多的一面來說，當然可以有不同意見。

真是一群饒舌的傢伙！我還是不懂，既然中國早已經有活字，那又何須等待西方來傳入活字印刷？

很簡單，活字在中國一直不普及。有人零星做過，但沒繼承，沒傳播。就算是大清康熙時用來印《古今圖書集成》的銅活字，或者乾隆時打造的武英殿聚珍板木活字，規模和數量大則大矣，但卻不是模鑄的，而是逐字雕刻的。後來不是朽壞，就是丟棄，或者給拿去熔了鑄銅錢。這樣做活字，注定是死路一條。

據說在中國最普及的活字，是用來印族譜的。由刻譜人帶在身邊，一條一條村地去給人刻印。但都是木造的，不齊全，又不耐久。

西人的活字有甚麼不同？為何那麼厲害？

本來西人是落後很多的。到了中世紀，歐羅巴還是陷於黑暗時代，民智低落，跟大唐、大宋、大明，完全不能比。不過，到了十五世紀中，大概就是大明初年，德國有一個叫做古騰堡的匠人，發明出鑄造活字的方法。

也有說古騰堡是貴族，因為家族從事冶金業，而鑄幣跟王室權力有關係。在當時德國的城邦，貴族的定義很寬鬆，也可以說是地方上的傳統豪族。雖然對古騰堡的生平所知不多，但活字印刷術是從這個人開始為人所知的，這點沒有疑問。

那麼，所謂的西式活字，是怎樣的一種做法？

古騰堡的詳細做法已不可考，但此後不久，活字製作的程序便定下來了：首先在鋼材上雕刻字範，再用字範在銅片上壓出字模，然後利用字模澆鑄出鉛活字。有了字範和字模，活字就可以生生不息。

而且，有了活字就可以做排版。印完之後，拆了版，活字又可以再用。不用每次都重新雕版，既省時間，又省錢。再加上用機器印刷，效率比傳統刻版高出何止百千倍。

的確是很巧妙。但是，現在聽來，也不是很難明的事情啊！

都說重點是神變！是意識的轉換！

凹凸相成，陰陽互補。無限再生，循環不息。

事情本身不是很難，普通智力的人都明白。但是，為甚麼之前的人完全想不到？第一個想到的，而且又做到的，就是夢覺的人。

是神人！

是魔鬼！

古騰堡用他發明的技術，首先印出來的，是拉丁文聖經。這部聖經的文字，巧奪天工，完美無暇，精準一致，到了一個令時人不可思議的地步。

當時的聖經本來是由專業抄寫員，一筆一劃地寫在羊皮紙上的。無論書法如何高超，總會有人手的參差和失誤。但是，人們卻認為手抄本具有聖靈的加持，抄書也成為了神聖的儀式。

相反，古騰堡的技術排除人手的參與，完全依賴機械化的程序。只要一瞬間就能印出完全一模一樣的、字體美觀又精確無誤的內容，並且可以大量複製。

這樣的手段不但有違神聖的引導，簡直就是邪魔外道之術。

我卻覺得有點像五餅二魚的神蹟。

對，只要我們完成意識的轉換，便會知道，金屬和機器與神一體，活字是有靈的。

活字者，有生命之字也。

說得好！

鼓掌！

啪！啪！啪！

不好意思，我們沒有手，唯有用擬聲字。

哈哈哈！你們這些字靈真可愛！

人傑小姐笑了！

這是好現象。

那麼，今天說到這裡嗎？

再說一點吧。

喂，你地唔好自言自語，當我冇到！

不敢！快要講到關鍵了——傳教士東來。

先倒回去一點點。古騰堡的魔法，帶來甚麼改變？

當然不只是印聖經更方便。技術普及之後，人們便開始印其他書，更多更多其他的書。哲學、科學、人文、文學，甚麼都印，簡直就是知識大爆炸。

民智大開，神代終結，文藝復興，人本信仰冒起，無神論之豪傑，宣告上帝已死。改變整個歐洲，甚至是全人類的，是活字印刷術。這樣說一點都不誇張。

活字的威力，比得上伊甸園智慧之樹的果實。

這件神器，豈不是被拿來與神作對？

也不完全是這樣的。馬丁・路德為反對贖罪券所寫的《九十五條論綱》，就是通過活版印刷而廣為傳播，掀起了宗教改革的風潮。

新教與活字印刷其實是並駕齊驅的吧。

有人說新教是資本主義的基石。羅馬天主教建基於中世紀貴族封建社會，而新教則立足於工業革命、城市現代化和中產階級的興起。

但是，十九世紀又同時是歐洲帝國主義殖民擴張的時代。在政治制度、工業、商業、貿易、科學、航海和軍事上，全都處於世界尖端的英國，也產生了首批東來的新教傳教士。

但這並不是說，傳教士受到國家的支持和委派。不但遠非如此，初時還受到官方的厭惡甚至是阻撓，認為他們會激怒清廷，妨礙與中國的貿易。

由國教會以外的多個獨立教派所組成的倫敦傳道會，代表的是非官方的民間自發力量。非國教派並不支持帝國主義，也反對鴉片貿易和武力擴張。

說是這樣說，但不能否認，傳教士的確是跟在帝國的腳跟後面，沿著帝國打開的通道而來的。這個局面持續令一些傳教士感到兩難。

上帝的國度，也要靠世上的強權來擴張。

那是上帝的奇妙安排，人是無法完全理解的。他們解釋說。

所以傳教士來了。

是的，不過他們的神器似乎未能立即用上。

因為語言不同。

是文字。

中國的文字，是世界上最頑強，最可怕的。

這種字，在中土之地，千年不變，歷代一樣，四方通用，就算受到異族入侵，異教薰染，都能夠大而化之，成為自身囊中之物。

無法駕馭巨靈的人，都會被其吞噬。

這種文字，複雜無比，令人望而生畏。

洋人曾經以為，就算活十世也學不懂中文。

但有人不怕。

邊個咁大膽？

呢個人，叫做馬禮遜。

風

我等了你們很久，你們到哪裡去了？
我們神隱了。
為何神隱？
字靈不是呼之則來，揮之則去的。
對不起，我不是這個意思！
事實上，我們花了點時間整理記憶。
字靈也要整理記憶？
沒辦法，我們塵封已久，已經一百多年沒有活動筋骨了。
組合也不那麼靈活了。
所以，為免胡言亂語，我們要練習一下。
練習甚麼？
練習造句。
造句需要高度合作。如果字與字不和，或者隨便走在一起，也會造成問題。
原來如此。那你們練習的進度如何？
開始純熟了。所以我們才再來找你。

很認真呢！那我們談談馬禮遜學中文的事吧。

確實是開天闢地的壯舉。

當時真正懂中文的歐洲人，幾乎沒有。

甚麼叫做懂？

能讀、寫、聽、講，和翻譯。

馬禮遜出發前，也只是跟一個旅英的中國人容三德，學過半年。

但聽說此人的中文其實不太好。

所以馬禮遜當時連半桶水也說不上。

只是幾滴而已。

他讀到的中文書，就只有在大英博物館裡找到的，一位不知名的天主教教士所譯的新約聖經，以及一本拉丁文中文字典。

他帶著這樣拙劣的配備，便出發了。

就好像帶著生鏽的鈍劍上戰場。

他要在戰場上打造新的劍。

在敵人四面八方的圍堵中，沒有任何支援，孤軍作戰。

但澳門不是早已成為葡萄牙的殖民地，英國人在廣州也有通商的據點嗎？

你有所不知，除了排斥蠻夷的中國人，天主教勢力和英國東印度公司，也非常敵視新教傳教士。

大清皇帝明令禁止外人傳教，東印度公司為了避免觸怒朝廷，影響貿易，拒絕讓馬禮遜乘搭公司船隻。

當時是十九世紀初，英國經過馬嘎爾尼來華使團的失敗，還是對清廷有所忌憚，嚴格遵守要求，只是在廣州作有限度的通商活動，也明令國人不可觸犯大清的禁令，其中一條是不可在中國傳教。

於是馬禮遜要先坐船到花旗國，取得花旗國護照，以花旗國民身分，乘坐花旗船來華。

這個小子，當時只是二十五歲，天不怕地不怕。

心中只有神，和神委派給他的使命——拯救中國的靈魂。

他要成為神使，為神風所驅使。

神風者，聖靈也。

一七八二年，羅伯特．馬禮遜出生於英格蘭北部的諾桑伯蘭郡，但他的父親來自蘇格蘭。請注意，後來很多傳教士都是蘇格蘭人。

羅伯特三歲的時候，舉家遷往紐卡素。他在紐卡素長大，因為家境關係，沒機會接受高等教育，十多歲便在父親開設的撐鞋器工場當學徒。

但他卻嚮往另一個工場，靈魂的工場。

靈魂的工場？靈魂也需要在工場打造嗎？

那是工業革命的比喻吧。

有人說新教是工業革命和資本主義的宗教。

由草原牧羊，到農田播種，到工場打造。

拯救靈魂的三部曲。

所以說馬禮遜是「傳教巨匠」。

這個詞的配搭有點突兀。

好啦，好啦，不要咬文嚼字好嗎？

因為父親是長老會的長老，祈禱團每週都在他的工場聚會，馬禮遜從小耳濡目染，熟讀聖經，培養出虔誠的信仰。

羅伯特十七歲時讀到《宣道雜誌》和《傳教雜誌》，大受感動，萌生到異國傳教的志向，但礙於對母親的不捨，只有把理想暫時按下。

二十歲的時候，母親去世，受到神風感召的少年，不理父親的異議，向成立不久的倫敦傳道會提出申請，自告奮勇到中國傳教。

經過三年的神學、語言和有限的科學訓練，馬禮遜於一八零七年一月啟程。先乘坐匯款號前往紐約，再轉乘美國船三叉戟號來華。

請問，倫敦傳道會是甚麼組織？

問得好！倫敦傳道會在我們的故事中扮演重要角色。

自宗教改革以來，英國在國教聖公會之外，成立了許多採取會眾制或公理制的獨立教會。這些反對守舊教義和權威，富有自由精神的教派，特別重視新約聖經中向外邦人傳福音的精神，促成了十九世紀大規模向世界各地傳教的運動。

成立於一七九五年的倫敦傳道會，是一個由公理制教會和其他非國教教派所組成的海外傳教機構。而馬禮遜就是倫敦會派往中國的開拓者。

倫敦傳道會給馬禮遜的三個任務，不是傳教，而是學習中土語言文字、翻譯聖經和編寫字典。

這些都是傳揚聖道的根基。沒有這三項，傳教只是虛言。

一八零七年九月四日下午四時，馬禮遜乘坐三叉戟號抵達澳門外海。

時間很準確呢！

我們數字是很講究的，不像其他文字模稜兩可。

呵呵，誰模稜兩可啊？

咳咳！其時天氣惡劣，大雨滂沱，海面一片昏暗。

神當始創造天地也、時地無模且虛、又暗在深之面上、而神之風搖動于水面也。

這是創世記？

聖經創世歷代傳或稱厄尼西書。

文字好像有點怪。

是馬禮遜的譯文。

神曰、由得光、而即有光者也。且神視光為好也、神乃分別光暗也。光者神名之為日、暗者其名之為夜、且夕旦為首日子也。

兩天後的傍晚，馬禮遜換船抵達廣州。他看見岸邊停泊著如群獸匍匐的小船，數以千計的桅桿像陰森的密林，林中浮動著萬點幽靈似的火光，原來是膜拜菩薩的香燭。穿過濃濁如地獄之煙的空氣，馬禮遜心裡默唸：誰能使這群崇拜泥塑偶像的人歸向有生命的神？

中土菩薩，成千上萬，唯一真神，如何通過一人脆弱的雙手，把它們掃蕩淨盡？就算信仰有多強，這個初出茅廬的青年，當時的心裡也難免會感到震撼和不安吧。

宣講吧！聖徒們，神使們！

愛輩乎，勿信各風，但試其風或由神否，因偽先知輩多已出世間，各風認耶穌基理士督曾於肉而臨，即屬神，由是爾可識屬神之風。各風不認耶穌基理士督曾於肉而臨，即弗屬神。斯乃敵基理士督者之風，爾所經聞必到，且並曾在世間。

吾輩由風，識神者聽我等，非由風者，不聽我等。以此我等知辨真之神，與錯之神也。

這古文有點難懂。

是新約嗎？

聖若翰之第一公書第四章。

好吧，好吧，神風把馬禮遜吹來了。他上岸之後便立即傳教嗎？

非也！馬禮遜上岸的地方，叫做十三行，位於廣州城外，珠江的北岸。當時中土門戶閉鎖，嚴禁夷人踏足，外國商人只准於每年一度的貿易季節，於十三行範圍內居留，進行買賣，其餘時間退居澳門。此處為一排長方形房屋，由小巷分隔，每棟房屋屬一國行商，分為荷蘭館、英國館、法國館、美國館等十三座。旁邊另有中國館，為華人行商集中地。外國行商由華人行商監視約束，沒有行動自由。除商賈和船員外，婦女及教士一律禁絕，不得同行。又敕令夷人不得傳播宗教，及不得學習中土語言，違者嚴刑侍候。

這樣的話，馬禮遜豈不是無所作為？

幾乎是這樣。或者，換了是別人，可能早已放棄了吧。

這個人的意志力真是不能小覷。

初到廣州的時候，他幾無容身之所。既不能公開露面，又不通當地語言，終日自閉室內，苦讀中文書籍。私下聘請當地人教授中文，也只能偷偷摸摸。

那等於到了中國，卻完全看不到真正的中國。

哪裡才是真正的中國？真正的中國之靈，不就是在文字裡嗎？

這個人的性格固執倔強，最適合跟文字搏鬥。

文字會消耗人所有的力量。

馬禮遜還年輕，他有能力對抗。精神的苦悶，肉體的消耗，難不倒他。

不消兩年，他的中文能力大進，得到大班羅伯賜的賞識，聘請他擔任商館的中文翻譯。他於是便有了正式的居留身分，還有可觀的收入。往後多年，馬禮遜完全沒有向倫敦會支薪，甚至以自己的薪水補貼傳教事業。

他完全靠一己之力，打下江山。

得到獨立行動的能力，和自我決斷的條件。

也許是過於獨立了？

傳教士從事非傳教性質的世俗事業，往後成為被挑剔批判的事情。

但馬禮遜沒有忘記母會給自己的指令，在公餘奮力翻譯聖經和編寫字典。不過傳教的成績，卻是差強人意。來華七年，始得一人受洗，為中國新教信徒第一人。這人名叫蔡軻，受洗的地方是澳門海濱一個有泉水流出的人跡罕到之處。

中國人這麼頑固，怎麼辦？怎麼辦？

要破其偶像和迷信，必先破其文字的屏障。要克服中土文字的巨靈，必須動用西洋最強之神器——活字印刷。

掌握中文運用之後，馬禮遜便嘗試印行部分聖經篇章和自己撰寫的傳教小冊。他最先採用的是當時中國通用的木刻雕版印刷。

要知道，這是十分危險的違法行為啊。

為甚麼呢？印書也不可以嗎？

一八一一年，嘉慶皇帝頒下禁令：西洋人有在內地傳習天主教，私自刊刻經卷，倡立講會，蠱惑多人，及旗民人等向西洋人轉為傳習，並私立名號，煽惑及眾，確有實據，為首者擬絞立決；其傳教煽惑而人數不多，亦無名號者，擬絞監候；僅只聽從入教不知悛改者，發黑龍江額魯特為奴，旗人消除旗檔。

聽起來相當嚴厲啊。

禁令原意是針對天主教教士和教徒，但是屬於新教的馬禮遜也不能幸免。雖然小心謹慎，秘密行事，但還是洩露風聲，遭到官兵查禁，不但雕版盡毀，前功盡廢，連工匠也受到連累，下獄受刑。

馬禮遜於是知道，必須另闢蹊徑。

鑄造活字？

人傑小姐你又心急了。

活字是活字，不過不是鑄的，而是逐字刻製的。

廣州英國商館大班益花臣，得知馬禮遜在編寫中文字典，覺得有益於未來的英中事務，寫信說服公司董事贊助製作費。公司不但自英國派來專業印工湯姆斯，還運來了西式印刷機，在澳門成立東印度公司印刷所，由馬禮遜全權管理。

之後數年，印刷所先後僱用華工、孟加拉工及葡萄牙工人，於金屬柱體上逐一雕刻，完成活字總數超過二十萬顆。

字典由一八一五年開印，至一八二三年全部完成，四開本，六大冊，五千頁，為世界上第一本華英字典。一八二八年，又印行了《廣東省土話字彙》。

數字狂又來了。

是事實！事實！

印工湯姆斯大功告成，於一八二四年回英國前，也用這套活字印行了自己所翻譯的才子佳人彈詞小說《花箋記》，連同自《百美新詠》中選出的美人傳略，以中英對照方式出版。

一八二七年，歌德從德國圖書館借得此書，特別受到附錄中「可愛的女性」所吸引，把其中四篇譯成德文，卻變成了「中國女詩人」的作品。

是故事，都是故事而已！

澳門印刷所完成任務之後，東印度公司決定將之關閉。這套首次刻製而成的西式中文金屬活字，轉贈給由美國傳教士衛三畏主管的印刷所。

一八五六年，在第二次中英鴉片戰爭中，廣州十三行發生大火，馬禮遜活字全數焚毀。

我們的故事，才剛剛開始呢。

我們是用鑄的，不是用刻的。

我們不會被燒毀。

我們萬世不滅。

只要模在。

模在字在。

模亡字亡。

字在……字亡……

字、聖、靈、風、工、初

晨輝遺書二

Hong Kong
Type

6

從印藝工作室回來之後的晚上，我便做夢見到字靈。是做夢嗎？我真的沒法肯定。當時我坐在筆記型電腦前面，螢光幕空白一片。我不知道自己要打甚麼，但我的手不期然地動了起來。螢光幕上出現新細明體字。我一向是用軟件預設的新細明體的。不知怎的，一些我沒有預期的字便跑出來了，就像有人跟我對話一樣。

那些字說，他們是香港字，又說，他們是字靈。

香港字是鉛鑄的活字，是一種實體。但是，也可以說就是那種字型。字型當然可以在螢光幕呈現出來。字靈出現時，螢光幕上顯示的新細明體，的確跟平時有點分別。但是，如果他們是靈，那即是他們是沒有形體的東西了。

那麼，他們是物，是形，還是靈呢？

跟字靈對話，感覺很有趣。他們答應給我講故事，對此我十分期待。但是，之後字靈便沒有再露面。我於是知道，不可以不勞而獲。我應該盡快去看書和找資料。

容姐交給我一本厚厚的書，書名是《鑄以代刻》，作者是台灣學者蘇精。她說這是關於十九世紀中文活字鑄造最詳盡的著作，我可以以它為基礎，一步一步追本溯源。像這樣的一部五百多頁的書，我從前花兩三天一定可以看完，但是現在腦袋不聽使喚，總是難以集中，看幾頁便丟了線索，忘了來龍去脈，要不斷回頭重看。其實這不是甚麼難明的書，事實陳述和分析非常清楚。如果連這關也過不了，我怎麼指望回去大學念書？想到這裡便感到沮喪和心慌。於是便咬緊牙關讀下去，希望腦筋會慢慢恢復正常。

一邊看書，一邊做筆記和列出書目，便又迫不及待想去找其他相關的書。我上網到大學圖書館系統查詢，鎖定了一些必讀的著作，便決定親身回去借閱。這件事居然也要鼓起勇氣，真是奇怪。我也不明白為甚麼，大學變成了一個虎穴龍潭似的所在。我究竟害怕甚麼呢？因為害怕獨自回去，我約了小差陪我。

離開校園大半年，景物雖然沒有甚麼變化，但感覺卻有一種異樣的陌生。從鐵路站出來，校園入口有保安員嚴密把守，要出示學生證才准入內。校巴站不見往常大排長龍的情形。小差說因為疫情關係，許多面授課堂取消了，改為網上授課。怪不得校園顯得冷冷清清。

我覺得有責任去見仙老師，報告一下我的近況，於是便先去中文系教授辦公室。仙老師人很優雅，辦公室的佈置也很優雅，從前在這裡上輔導課，感覺很舒服，很安穩。不過，優雅的仙老師也有她豪邁的一面。第一就是開車很快，常常見到她的紅色車子在校園路上疾馳而過。第二就是常常遲到，害上導修課的學生在她辦公室門外苦等。今天我比約定時間早到了，但仙老師已經在辦公室裡面，我算是走運。

仙老師戴了個淡紅色口罩，和她身上的紫色裙子很配襯。我突然很懷念上課的日子，但又像一個破產的人想起自己從前富貴的生活似的，悲從中來。老師問我為甚麼會忽然回到大學來，我便告訴她我當上展覽資料蒐集員的事。

學年一定可以回來上課。

那是好現象呀！代表你重拾生活的動力！

但是，我總是覺得腦袋鈍鈍的，不聽使喚。

腦筋就像肌肉一樣，長期缺乏鍛鍊當然會變弱，但一經操練又會變強了。我相信你下個學年一定可以回來上課。

我點頭表示認同，但心裡其實還是沒有把握。彼此聊了一陣，仙老師好像突然記起甚麼似的，抽出來一張名片，說：

你除了服藥，有沒有做情緒輔導？我最近才知道，大學原來有一間心靈治療中心，裡面有很好的治療師。有沒有興趣去看看？我可以幫你轉介。

見我一臉遲疑的樣子，她又說：不用擔心，沒甚麼的，只是聊聊天，做些正念靜心的小練習之類的。

我接過名片，也沒有很強烈的主意，便答應讓老師去安排。

從中文系所在的大樓出來，我向圖書館的方向走去。我約好了小差在那裡會合。在路上看見平常在四月考試期才盛開的杜鵑花，居然已經不由分說地奼紫嫣紅一片，再過不久就會零落滿地，慘不忍睹了。早一天燦爛，便早一天凋敝，美好的事物何其短暫啊。

圖書館是少數令我感到特別安穩的地方。我去找書的時候，小差便找個寧靜的角落，用筆記型電腦上網課。我走在那些久違的書架通道上，呼吸著舊紙張散發出霉味的空氣，竟然精神煥發，更勝在戶外踏青。為了盡量延長這種享受，我放慢腳步，讓指尖逐一掃過架上的書脊。那，大概就是我唯一懂得的溫存和愛撫了。

我們在圖書館待了兩個小時。我借了張秀民的《中國印刷史》、《梁發傳》、《英華書院校史》，還有幾本關於第一位來華的新教傳教士馬禮遜的書。離開的時候，小差建議一起到山下大學書店外面的咖啡店吃點東西。

咖啡店的食品種類不多，我選了雞蛋沙律三文治和熱檸蜜，小差便搶著幫我去買。我挑了個玻璃窗旁的位子坐下，從布包裡拿出《中國印刷史》，隨意翻看著。翻不到兩頁，有人在對面的位子坐了下來。我還以為小差這麼快便買了食物，抬頭一看，那人卻是個男生。我來不及反應，他便叫了我的名字：

晨輝！終於見到你了！

他原來是阿宏。此刻的我，與其說是驚喜，不如說是驚慌。不知是否戴了口罩的緣故，他的雙眼的比例好像變大了，放射出過於強烈的目光。我彷彿被強光照射似的，不期然地用手擋住了眼睛。

這時候小差捧著餐盤回來了，跟阿宏心照不宣似地點頭示意。我突然明白，這是她居中安排的一場巧遇。我沒有抗議的餘地，也沒有理由逃跑，便唯有硬著頭皮接受這頓三人午飯。在阿宏面前脫下口罩吃東西，就好像要裸露出不能見人的部分似的，令我面紅耳赤。我也不敢直視他暴露出來的臉面。

阿宏沒有問我近況如何，打算幾時復課之類的。也許是想營造日常的氣氛，他和小差聊起了上網課的經驗和軟件安全等話題，說到相關的趣聞還哈哈大笑出來。我聽著他們的談話，卻像個局外人似的，完全無法加入。事實上，我沒有加入的意欲，焦急地等待這個尷尬的局面盡快結束。

我沒有惱小差瞞著我做這種事。給我製造和男朋友見面的機會，這種心思我要多謝她也來不及呢！問題是，我無法重拾阿宏是我男朋友的感覺。我不知道是甚麼時候，因為甚麼緣故而失去了這種感覺。但這不是阿宏的錯，更加不是小差的錯。

我靜靜地吃完午餐，匆匆地戴回口罩。阿宏突然提議出去逛逛。我以為是三個人一起去，便順從地站了起來，但小差卻拿出手提電腦，說有點功課要處理，待會再跟我們會合。於是便只有阿宏和我離開了那棟大樓，沿著寬闊的梯級往下走。

開始的時候，我們有點生硬地保持距離。他還裝作漫不經意地說，我今天的穿著很有春天氣息。其實我只是隨便地穿了條淺綠色的棉質裙子，沒有怎麼打扮。就算努力地打扮起來，也無法成為一個令男友感到驕傲的女孩。他原本想恭維我的外表，卻意外地令我注意到自己的弱點，我頓即感到無地自容。

下了樓梯，在小小的空地對面，就是通往未圓湖的小路。這條路我和阿宏逛過幾次，他還在湖邊的落羽松下面，第一次吻了我。啊，記憶像舊病復發一樣，不知從哪裡冒出來，殺了我一個措手不及。我想起他隱藏在口罩下面的那張嘴巴。我的腿不知為甚麼顫抖起來，步履不穩，不經意地向阿宏挨近。他以為我向他作出暗示，便像從前一樣摟住了我的腰。我彷彿給電到似的，幾乎癱瘓下來。

然而，阿宏的目的地並不是未圓湖。他就像一個引力巨大的星體，而我是星體旁邊的小行星，隨著他的轉向，我被引領往左邊的方向。我們像是玩二人三足的樣子，以生硬的姿勢拐進大路，經過建築系大樓，一直向前走。我不知道他想去哪裡，但我沒有問。我的胸口緊束，呼吸困難，一句話也說不出來。他大概認為現在是表白的好時機，便開始說：

晨輝，等了這麼久，終於有機會向你解釋了。我知道你一定對我有點誤會。你出事之後，我一直找不到你，也不知道你原來企圖自殺。到小差通知我的時候，我立即趕到醫院去。但是，你爸爸不准我見你。我跟他爭論了很久，但他一點也不肯讓步。我沒有辦法，又擔心會對你造成刺激，便答應暫時不見你。不過，我一直通過小差留意你的消息。後來知道你出院了，在家休養，我再嘗試聯絡你，但你換了手機，也沒有上網。那段時間，你知道，事態發展很嚴峻，我就像掉進漩渦裡似的，心情上完全沒有抽離的餘地。

我努力傾聽著阿宏的解釋，但理解能力卻像個穿了洞的捕魚網般，撈到的魚大部分都溜走了。也許是為了方便走路，他由摟著我的腰，改為握著我的手。他的手很暖，很有力，但我的手指卻好像隨時會折斷的枯枝。

他繼續說了很多我聽不懂的話，關於甚麼運動之類的。不知不覺間，我們來到了馬路和行車天橋的交會處。我印象中很少來這一邊，也不知道這裡有一條橋。天橋跨過下面的高速公路和鐵路，通往科學園那邊。在橋口有人把守，出入也要檢查。橋的兩邊加裝了高高的鐵欄，樣子古怪突兀，該不會是防止人跳下去吧。

就是這條橋了。

他以揭曉答案的語氣說。但是，我連謎面是甚麼也不知道，又怎會知道謎底的意義？我想告訴他我不知道這條橋的事情，但又害怕這樣的無知是一種罪過，而不敢開口。他似乎沒有察覺到我的慌張，自顧自說下去。關於某個晚上，在這條橋上發生的衝突，四處火光熊熊，催淚彈和橡膠子彈像暴雨一樣落下，煙霧濃到伸手不見五指。

那真是地獄的景象啊！他猶有餘悸地說。

我望著那條光天化日下的天橋，無法想像他口中所描述的畫面。但是，一種熟悉的恐怖感，又再從體內的深處冒起。阿宏雙手抓住我的兩肩，把我像木偶似地轉向他。他的口罩表面在起伏，代表他在說話，但那說話中的意義，卻彷彿病毒一樣被隔開。

晨輝，我要向你懺悔的是，在你最艱難的日子，我沒有陪在你的身邊。在事情過後，我才發現自己不願意失去你。如果你覺得這段時間，我沒有好好關心你，沒有把你放在第一位，請你原諒我！請你給我一次機會，讓我們重新開始！我會盡我的一切能力照顧你！

阿宏用真切的眼神望著我。他的那雙大眼睛，曾經是那麼的令我迷醉，但是，現在被獨立地分割出來，卻散發出一種令人難以承受的壓迫力。我本能地想把他推開，但我無力掙脫。我的喉頭緊繃，但我知道我必須說話。如果我不開口，把那股無形的東西釋放出來，我一定會立即粉身碎骨。我深深吸了一口氣，說：

阿宏，對不起！你剛才說的事，我無法完全理解。那不是你的問題。是我。我是個有病的人。我恐怕無法好起來。我無法留在你的世界裡。在那裡，我肯定會受不住壓力，也會受不住你的好意，破裂而死。我是個不適合跟任何人一起的女生。我無法接受愛，也無法給予愛。你那時候沒有陪伴我，我不但一點也不生氣，反而感到安心。所以，請你現在也不必關心我，就當我不存在一樣，那就可以了。請你找一個健全的女孩，真正適合你的女孩，過幸福的生活。這就是我對你唯一的請求。再見！

我說這番話的時候，那種冷靜，甚至是冷酷的語氣，令我自己也感到吃驚。那就好像在旁邊聽著另一個人說出來的一樣。阿宏大概沒料到會得到這樣的回應，也有點嚇呆了。我趁他鬆開了手，回身便走。我擔心他會追上來，加快了腳步，但因為顫抖，好幾次差點跌倒。一直走到肯定他沒有跟隨、也看不到我的地方，我才崩潰似地哭了出來。

來到鐵路站入口，發現小差在等我。也許她跟阿宏聯絡過，特地跑過來看我。我怕她會幫阿宏講話，但她一開口就向我道歉，說：

對不起，阿輝，我不應該勉強你見他。

沒事，小差。有機會講清楚也不是壞事。

但是，你真的不考慮一下嗎？

阿宏其實不是真的那麼喜歡我。他只是出於內疚而已。

但你呢？你對他——

我沒辦法喜歡任何人。真的，我沒辦法。

事情就這樣了結。為了這個了結，我的情緒幾天也無法平復，從早到晚胡思亂想，無緣無故地流淚。我惱恨自己的懦弱，憎惡自己的無情。我開始明白，我之所以拒絕阿宏，是因為他是個屬於世界的人，而我對世界感到懼怕。

爸爸知道我見過阿宏，罕有地露出不快的表情。我不知道爸爸為甚麼對阿宏懷有那麼強烈的敵意。我其實不覺得阿宏有錯。出錯的是我。

為了壓抑負面思緒，我強迫自己看書，而且是看最枯燥乏味的書。不問興趣，不問意義，不問作用，甚至不問責任，就只是當作一種填充空洞的動作，逐字逐句去讀《中國印刷史》。唐代出現的刻版，宋代的活字……。

然後，字靈回來了。他們跟我對話，安撫我的心，把我從空洞中拯救出來。

7

春天陰鬱潮濕，令人呼吸困難，空氣中總是有死亡的氣息。木棉樹的紅花陳屍路上，任人踐踏。朴樹的小顆粒狀花朵撒滿了一地，混和著雨水，化為污穢的泥團。這樣的天氣，連好動的狐狸也不願意到街上去。

讀書的進度依然很慢。藥物令我難以集中精神，但醫生說不能隨便減藥或停藥，否則病情會反彈。奇怪的是，有時候彷彿不是我在讀書，而是書本自己跟我說話。那麼我便不用那麼費力了。我只要放鬆精神，甚至迷迷糊糊，也可以進入狀態，就好像人家說的降靈一樣。我不知道這是不是一種精神異常的現象。

我從小時候開始，就喜歡跟文字為伍，多於跟人相處，是那種會被老師稱為「文靜內向」的孩子。據說媽媽也是這樣性格的人，非常害羞，很少朋友。作為家中的么女，格外得到外公的溺愛和保護，很少和男生接觸的機會。要不是兩家本來就認識，爸爸又長年給她補習功課，互相暗生情愫，媽媽能不能找到合適的對象也是疑問。

記得小時候親戚都說，哥哥生得似爸爸，妹妹生得似媽媽。有時望著媽媽的舊照片，我覺得自己跟她最相似的地方，就是瘦削的身材和偏向棕色的頭髮。小時候上學，便不只一次被老師以為我染髮，而遭到斥責，甚至要出動爸爸向校方解釋，那是我天生的髮色。除此之外，就是眼睛。媽媽的話我大部分都忘記了，印象最深刻的是這一句：妹妹的一雙眼睛就像兩條頭對著頭的小金魚。所以我在見過真正的金魚之前，很早便聽到了金魚這個名稱。但我不知道金魚是甚麼樣子的，心想應該就是很美麗修長的、全身金色的魚類吧。

後來爸爸帶我去旺角通菜街，俗稱金魚街的一帶——不是媽媽帶我去的，那時候媽媽已經很少出外——我才第一次見到，原來金魚就是那種笨拙的、甚至是醜陋的魚。事實跟我的想像落差甚大，令我感到非常失望。看著那些神仙、孔雀、紅蓮燈、四間、紅劍、黑魔利等，各有各的豔麗或英姿，唯獨是那些橙黃色的小金魚，外表是那麼的愚鈍，當時差點哭了出來。

可是，我原來就是繼承了媽媽那雙像一對相向的小金魚的眼睛。這樣的眼睛在小時候還稱得上是可愛的，但長大之後，卻怎麼說也缺乏美感了。看上去帶一點點滑稽，但又同時有點憂鬱。所以我討厭照鏡，和看自己的照片。

沒關係的。我跟自己說。眼睛是用來看東西的，不是用來被別人看的。我善用我的眼睛來看書，來閱讀文字。我的一雙小金魚眼還是有用的。

為了答謝悲老師幫我找到資料蒐集員的工作，我特地去買了他喜歡吃的蛋糕。其實是他太太生前喜歡吃，但我不知道悲老師有甚麼喜好，所以也沒有別的選擇。不過要再踏足那間曾經發生不愉快經歷的蛋糕店，並不是容易的事。我在店子前面來回了好幾遍，依然踟躕不前，沒法子下決心走進去。對於自己的缺乏決斷力，我急得快要哭出來了。

最後，我終於咬緊牙關，低著頭，不顧一切地衝到陳列蛋糕的櫃台前，指著我要買的蛋糕，以最簡潔的方式說我要一個。抬頭一看，店員已經人面全非，大部分都是未見過的。那位辭退我的經理站在一旁，向一位顧客推介食品，向我這邊瞥了一眼，但卻沒有任何表示。至於收銀的那個女生，明明是認識的，但卻好像陌生人一樣，以機械式的禮貌和我應對。我順利拿著蛋糕出來，發現事前的憂慮是多餘的。像我這樣微不足道的人，根本就沒有人會記得我。

悲老師家沒有人應門，我便到天台看看，發現他一個人在上面抽煙。抽煙本身雖然沒甚麼，但跟我印象中的老師，卻有某種格格不入的感覺，為此我感到很驚訝。他見我拿著蛋糕出現，卻碰見他在抽煙，顯得有點尷尬。和我一起回到二樓的時候，他還解釋說，是在思緒不寧的時候，才抽一兩口。聽他這麼擔心破壞形象，我忽然又感到好笑。

經常來打擾他，我對他家裡的東西已十分熟悉。也不等他去張羅，便到廚房拿了桌布、碟子和刀叉，又沖了兩杯紅茶。蛋糕份量不大，我給老師和自己各切了四分之一，另外半個留給師母。我知道他會把妻子生前喜歡吃的東西，放在她的遺像前致祭。師母的遺像不是照片，而是一張素描，鑲在深色木畫框裡，掛在一個及腰高度的矮書架上面。書架頂上放了些小巧的遺物，像是小飾物、瓷杯、木梳子、眼鏡等。一個小型玻璃花瓶長期插著鮮花，一對放洋燭的小玻璃杯則間中點上。素描中的師母十分秀氣，栩栩如生。我可以想像，沒有人在的時候，悲老師會跟妻子的遺像說話。不知怎的，我覺得這真是完美的夫妻關係。

吃蛋糕的時候，悲老師問我資料蒐集的工作進度如何，我便概括地說了點我的閱讀所得，就像馬禮遜來華之後的處境，他如何學習中文、翻譯聖經，以及從雕版印刷到採用活字印刷的轉變等等。他不斷做出誇張的反應，好像我說的是甚麼驚天大發現似的。

不要小看自己在做的事！想像你就是創世記的作者，創世的工程就靠你去記錄下來。

從英偉的悲老師口中，說出這樣豪氣的話來，一點也不奇怪。但如果像我這樣的弱質女流當真那樣自命不凡，卻肯定會貽笑大方。我只是把他的話當作鼓勵而已。我倒是更關心老師剛才說的「思緒不寧」，便問道：

那老師你呢？你在做的事，就等於創世工程本身吧！

他一臉認真起來，說：

是的，所有創作也是世界的創造。不過，也有失敗的創世神話啊！

神也會失敗的嗎？

有啊！日本神話裡面，男神伊邪那岐和女神伊邪那美結婚的時候，因為搞錯了次序，由女方先開口求愛，結果生下了不成形體的蛭子，要把牠放在蘆葦編成的船中放逐。然後重新再試一次，由男方先開口，才順利誕下了世界萬物。

我努力地隱藏自己的驚訝，好像防止秘密被揭穿一樣。

所以神也不一定是萬無一失的。

失敗的創世，真是有意思啊。

始終是神，雖然出現失誤，但最後還是把問題糾正了。如果是人，就不一定能做到。

但神也要再接再厲才成功，對人也是一種鼓舞吧。

對啊，就是這樣的一回事。

悲老師突然陷入沉思中，半晌才說：

我和太太也曾經生下過蛭子——一個不健全的孩子，出世後很快就夭折了。如果生存下來的話，應該有五歲了。

我沒料到老師在喪妻之前，還有過這樣沉痛的經歷，震撼得一時說不出話來。

不過，那也好。要不，我現在也不知怎樣去養育那個蛭子了。要重新再試一次也沒有機會了。人畢竟不是神。

悲老師苦笑了一下，便站起來收拾桌上的杯碟。倒是我有點受不住打擊，癱瘓在那裡沒法動彈。老師從廚房出來，看見我愁眉苦臉的樣子，連忙開解我說：

晨輝，不好意思！你一番好意買蛋糕來，我卻提這些不愉快的事，真是萬萬不該！聽說，蛭子神是會回歸的。他不是就這樣消失掉。蛭子回來之後，應該會幹一番事業。他雖然形體不全，但也會是一個有貢獻的神。就算是蛭子，也千萬別放棄！

他拍了拍我的肩。我感到力量從他的大手傳過來，穩住了我的心神。

對於悲老師談到蛭子，我感到不可思議。我以為這只是巧合。我的左大腿內側，接近腿根的地方，天生有一塊黑色胎記，形狀就如一隻蛭子。為了這塊醜陋的東西，我在成長中受過不知多少痛苦和委屈。我想不到蛭子原來也可能蘊含這樣的意思——天生異形，被父母放棄的兒子或女兒，流落異鄉，不知過著怎樣的生活，但是，一天卻要回歸本來的世界，修補那個世界的不足，糾正那個世界的錯誤。蛭子作為歷史的錯誤本身，卻具有糾正錯誤的力量。只有生於錯誤或缺憾的蛭子，才懂得如何克服錯誤和缺憾。

我一直以為，神話只是一些古老的故事，想不到原來它們直接通往我們的內心。

之前仙老師轉介我去的大學心靈治療中心，隔不久便預約好了。中心的位置在康本國際學術園旁邊的大樓的十一樓。我走進大堂，發現電梯只到十樓。四周空無一人，也沒有接待處或護衛員，沒有可以詢問的對象。我試著坐電梯到十樓，在走廊上來回走了一遍，卻找不到通往更高層的通道。我知道六樓有一個學習共享空間，但電梯卻沒有六字的選項。

我回到地面，走出大樓，從後面與康本國際學術園相接的通道，乘搭自動扶手電梯向上，終找到了六樓的入口。因為疫情停止面授課堂的關係，共享空間十分冷清，只有零落的學生在討論功課。我之前沒有來過這裡，對環境感到陌生，四處察看了一遍，最後在一個隱蔽的角落找到一部電梯。電梯旁邊貼著通往十一至十四樓的指示牌。

坐電梯來到十一樓，外面是一條長長的沒有窗戶的走廊，雖然燈光通明，但同樣沒有半個人影。我順著號碼來到走廊末端的房間，磨砂玻璃門上以中英文分別寫著「靈魂治療中心」和“Soul Therapy Centre”。我推門進去，裡面是一個小小的接待處，但沒有任何職員。正當我不知如何是好，看見櫃台上有一個電子屏幕，上面有輸入預約編號的指示。我於是照樣做了。屏幕上立即出現字句，同時亦有語音廣播，指示我到三號室應診。

我在那個毫無特色的辦公室木門上輕輕敲了敲，裡面傳來了請進的回應。推開門，裡面卻好像另一個世界似的，有著截然不同的景象。

房間的牆壁刷上了仿如天亮之前的微明藍色，令人有如置身夢境。所有桌椅、書架和櫃子都是木造的，連天花板上的吊燈燈罩，也由小木塊拼砌而成。地上鋪著淡綠色的地氈，上面殘留著幾個淺淺的腳印。玻璃窗外可以見到吐露港的景色，但因為天空一片陰霾而打了折扣。室內播放著幾乎聽不出來的輕音樂，感覺就像一張意識的軟墊一樣。唯一如我所料的，是有一張看來很舒服的可以調整角度的扶手椅子。

治療師的外貌把我嚇了一跳。第一眼望去，我差點把她當成了仙老師，因為她的氣質跟老師實在太相似。同樣是一位打扮優雅的中年女性，穿著一條質料很柔軟的咖啡色連身裙，留著一頭濃厚的棕紅色長髮，微微鬈曲的髮端散落在圓潤的兩肩上。當她開口說話，連聲線和語氣也跟仙老師有七、八分雷同。由於半張臉被墨綠色口罩遮住，我有理由懷疑她是仙老師假扮的。

女子請我脫下鞋子，放在門邊的木架上。我踩著那軟綿綿的地氈，走向那張舒適的扶手椅子，女子則坐在對面的一張包了絨面的矮櫈上。她自我介紹說，她正式的名銜是何教授，但她請我叫她娜美。她問我是否喜歡她叫我晨輝，我並沒有不喜歡，便點了點頭。

開頭的部分沒有甚麼特別，主要是引導我憶述自己的童年和成長經歷，很自然談到了媽媽的自殺，跟爸爸和哥哥的相處，以及在學校的人際關係。我也有提到自己那短暫的戀愛經驗。當講述的時間來到去年夏天，我的記憶卻突然掉進一片迷霧之中，只剩下一些殘缺而且不連貫的影像。而我完全說不出那些影像的所以然。

娜美見我陷入意識的泥淖之中，並沒試圖拉我一把，而是建議我停下來。她說遇到這種情形，越是掙扎便會陷得越深。她把穿著灰綠色絲襪、形狀優美的足尖，輕輕地戳在地氈上，造成了一個小小凹陷，解釋說：

不要嘗試對抗泥淖，要穩定地站在泥淖之中，讓泥淖慢慢沉澱、消退，露出埋藏在下面的事物。意識的泥淖不是實存的，它只是幻象。它可以吞噬我們，但是它也同時是為了保護我們才出現的。它讓我們不至於被過於尖銳的現實刺傷。

她伸出手，攤開手掌，再反過手背，說：

所有事情都是有兩面的，對我們有益的一面，和對我們有害的一面。我們不是要自我蒙騙，只看有益的一面，假裝看不到有害的一面，而是要明白，有益和有害是一體兩面的。

那麼，自殺也有益嗎？

我這樣問並不是想反駁她、挑戰她，而是真心想知道答案。娜美不但沒有感到冒犯，反而好像撿到珍珠似的，露出驚喜的眼神，說：

問得很好！我們試著這樣說吧。對自己而言，假設不存在任何形式的死後世界，自殺死了就是終結，也談不上有益或有害的後果了。至於對世界而言，一個人的自殺，可能有益，也可能有害，端看具體情形和對象，但都跟自殺者沒有關係了。對自殺者唯一有關係、有意義和有價值的，是自殺失敗所遺留下來的自殺經驗。這種特殊的經驗可以成為夢魘和折磨，甚至導致下一次的自殺，但也可以成為啟示和救贖。

我無法完全理解她的意思。這樣談論自殺我還是第一次聽見。一般人就算不加以譴責，也只會說甚麼生命可貴之類的論調，但她竟然說自殺也有它有好處！我突然覺得，娜美是一個可以毫無顧忌地談任何事的人。我決定告訴她字靈的事。

娜美很認真地聽我說了為展覽做資料蒐集的背景，以及在打字的時候遇到自稱字靈的對象的古怪經歷。我以為這樣的事任何人都會覺得荒誕不經，認定是精神失常的現象。但是，娜美卻掛著一副好奇的神情，好像聽到了甚麼有趣的事情，不時一邊眨著眼睛一邊點頭。待我說完，她用正面和鼓勵的語氣說：

你不必為這種經歷感到尷尬。這是很有價值的體驗。無論是真正的降靈，還是發自內心的幻象，都同樣具有精神上的意義。我們不必刻意去區分夢與真實。這個世界上，不存在「只是夢幻」的事情。夢本身就是一種真實，一種內在的真實。你有沒有把和字靈的對話記錄或者儲存下來？如果有的話，可不可以讓我看看？又或者，你可以回去問問字靈，願不願意把你們的對話交給第三者？這不但跟你自己的精神歷程有關，也可能跟一種集體的精神歷程有關。當中可能藏著讓你開啟與世界的連結的鑰匙。你就把這個研究香港活字的體驗，當作創世神話一樣寫下來吧！

把自己的體驗當作創世神話？

對啊！神話不是神的專利。我們每一個人也應該擁有自己的神話。因為，某程度上，我們每一個也是神。或者，應該說是靈吧。

明明是戴著口罩，娜美卻以手輕掩嘴巴的位置，像是開玩笑似地說。這時候，我想起悲老師也說過類似的話。就算創世失敗生下了蛭子，也不是沒有用處的。

8

那天早上，我帶狐狸循著習慣的路線散步。樹上有噪鶥發出哀怨的鳴叫，地上有珠頸斑鳩成雙成對地追逐求偶。狐狸不為所動，氣定神閒地走著，頸上的繩子和我保持不鬆不緊的距離。

穿過行人隧道的時候，迎面來了個人影，從另一端走過來。因為隧道裡沒有其他人，獨行的來者特別顯眼。大家走到接近隧道的一半時，我突然認出，那個人是阿來。他微微縮起掛著背包的兩肩，步伐很快，好像趕著去哪裡，又或者急著逃離甚麼似的。

我平時最害怕在街上碰見半生不熟的人，會為要不要打招呼而猶豫，甚至整個人變得僵硬起來。往往因此不自覺地低下頭、別過臉，或者退到路旁，以避開對方的視線。但是，事後又會感到渾身不自在，擔心人家看到我的反應，會覺得這個人不可救藥地冷漠。

這時候阿來已經差不多來到面前，沒有任何躲避的可能，於是我便硬著頭皮舉起了手，在他面前揮了一下。奇怪的是，他不但沒有友善回應我的招呼，反而好像思緒被打擾似的，一邊欠身閃避，一邊向我露出厭惡的瞪視。我當場變成了石柱似的，羞赧得不能動彈。狐狸彷彿感應到某種威脅，向他狠狠地吠了一聲，嚇得他整個人跳到旁邊的單車徑去。他忿忿不平地罵了句粗話，頭也不回地加速向前跑去，消失在隧道的盡頭。

我心裡對自己主動示好卻換來如此的冷待，感到萬分委屈，站在那個位置久久不能舉步。狐狸像是要保護我似地圍著我走動，以看不見的雙眼望向那人消失的方向，又回頭以鼻尖觸碰我的膝蓋。我蹲下來，摟著他的頸，讓他舔我的臉龐。

那種無形的傷害延續了整天，令我無法專注讀書。我按出手機上儲存了的電話號碼，多次想打給那人問個究竟，但又因為心慌意亂、無法找到適當的措辭而作罷。

中午之後，我無法再在家裡待下去，便藉口找東西吃，到街上胡亂逛著。去到通往鐵路站的天橋，突然有人叫住了我。我一回頭，面前的正是我想找又不敢找的那人。

阿來穿的是跟早上不同的衣服，背包換成了布袋，口罩的顏色好像也不一樣。他以老朋友的語氣說：

去哪裡？吃飯嗎？

我立即亂了陣腳，一直想質問他的話卻說不出口，只是點了點頭。

咁不如一齊食啦！

我竟然又點了點頭，心裡卻對自己的不中用感到懊惱。

他問我想吃甚麼，我說了家西餐廳，他面露為難之色，說太貴。我說，我可以請他。他仔細考慮了一下，覺得沒理由叫我陪他吃快餐店，便答應了。其實那家餐廳不貴，午餐十分實惠，但我後來才知道，他家境很不好，在準備考文憑試之餘，還在便利店做兼職。

在餐廳坐下來，我點了鮮茄三文魚意粉，他點了最便宜的芝士蘑菇意粉。看他外表骨瘦如柴，食量卻不小，三扒兩撥便吃完了自己的一份。我於是把自己的半份給了他。他起先有點不好意思，後來卻一副卻之不恭的樣子，吃得一乾二淨了。脫下口罩吃東西，我才發現他的牙齒原來參差不齊。想起之前一起在蛋糕店共事的兩星期，原來從沒有正眼看清楚他的外貌。

阿來抱怨疫情令文憑試延期開考，打亂了他的溫習計劃，害他沒法找全職工作，生活入不敷支。他說自從小時候阿爸不知何故跑掉，媽媽便常常不回家，在外面和男朋友同居，只是間中回來放下生活費。他基本上是在沒有照顧者的情形下，靠自己獨力長大的。成年後媽媽的資助減少，她大概也自身難保，他便得出來工作賺錢，有時還需要倒過來救濟媽媽。不過這樣的事他說起來卻輕鬆自在的，一點也不顯得難過。

阿來坦誠地告訴我他的艱辛經歷，我卻在心裡生他的氣，但又畏首畏尾不敢說出來，自覺真是太差勁。我終於憋不住讓眼淚奪眶而出。他大吃一驚，問我甚麼事，我才委屈地說：

你今早為甚麼那樣對我？

我今早做了甚麼？

我跟你打招呼，但你瞪了我一眼就跑掉了。

我們今早有見面嗎？

有啊！在屋邨後面的行人隧道。

阿來大力地在自己的額頭中央拍了一下，邊搖頭邊說：

那一定是阿修！

誰是阿修？你有孖生兄弟？

不是孖生兄弟——怎麼說呢？

阿來欲言又止，狀甚為難，但看見我困惑的樣子，又不得不解釋清楚。他摸著下巴稀疏的鬚根，好像那是連自己也難以置信的事情似的，說：

有沒有聽過雙重人格？不是說笑的，你信我。阿修是我的另一個人格。我從十歲就發現自己有另一面。也就是阿爸走路之後吧。同學和朋友也會像你這樣，說我做了一些我以為自己沒有做過的事。後來才知道是另一個自己做的。這另一個我叫做阿修，性格和我不同，比較暴躁、易怒、難以相處。但是，一些我遲疑著不敢做的事，他會不顧一切地去實行。我不知道這算不算是他的優點。總之是個各方面都和我相反的人。可想而知，這樣會鬧出多少誤會和問題。我的書念不好，試考不成，工作又不長久，也跟這個有關。後來我們知道對方的存在，有時候也會通過文字溝通。我們會在筆記簿寫下給對方的話。雖然不能完全互相協調，但至少訂下了一些大家共同遵守的規則，彼此不妨礙和破壞對方的事情。當然現實中還是會出現意外，好像今天早上的事。

也不知是不是自己容易被人說服，望著阿來誠懇的樣子，我沒理由不相信他。我又想，既然他曾經幫助失常的我，我也應該諒解奇怪的他。我突然覺得大家打平了，有一種前所未有的釋然和暢快的感覺。但我也立即為這種想法而感到慚愧，就像自己是窮人，也不應該因為別人的貧窮而高興。於是我又對阿來（甚至是曾經惡待我的阿修）感到同情。

所以，下次你如果發現我的反應不對勁，你便知道那是阿修。你只要不理他便可以，千萬不要把他的說話和行為放在心上。至於這一次，我代阿修向你道歉吧！

阿來雙手按著桌面，低頭向我鞠躬。我想阻止他，但又不知應該說些甚麼，便支支吾吾地接受了。結賬的時候，他堅持要請我，說是當作賠罪。我拗他不過，但對於讓拮据的他花了錢，十分過意不去。阿來便笑著說：那你下次請我食大餐吧！不過要先確定請對了人啊！說罷，戴回口罩，遮去了那口牙齒不齊的笑容。

那次去昕姨媽家拜年時，說過找天去上環老家收拾舊物，後來疫情稍微緩和，姨媽便打電話來約爸爸。本來房子是戴家的物業，跟爸爸沒有直接關係，但阿爺和阿公是同行，爸爸又是在那一帶長大和跟媽媽認識的，所以老家對爸爸來說別具意義。

街上的鋪子自去年已經沒有租戶，拉下的鐵閘上貼滿了街招。樓上的單位曾經住過大舅父的甚麼親戚，但去年也已經搬走了。我隱約記得五歲之前阿公還在生的時候，來過這裡幾次。當時樓下的印刷鋪已經結業，換上了一間文具鋪，店主見房東阿公帶著孫子孫女，免費送了我和哥哥一些顏色筆之類的。記憶中媽媽沒有來，是爸爸帶我們來的。在媽媽自殺之前一年，阿公便過身了。我聽昕姨媽說，阿公在五個子女中，最疼的是么女阿晴，也即是我媽媽。印象中我沒有見過外公和媽媽在一起的畫面，除了在那個重複的夢中。

昕姨媽的力氣很不好，爬那三層樓梯幾乎要了她的命。開門入屋之後，爸爸立即找了張椅子讓她坐下休息。我已經很多年沒來過，對房子原來的印象已經十分模糊，只記得那些古老式樣的地磚和鐵窗框，已經被木地板和鋁窗取代。相信是後來陸續添置的家具，看來也有些日子。整體的感覺是既沒有懷舊的色彩，也沒有新穎的氣息。

三月底的天氣已經十分悶熱，但姨媽受不住冷氣，我於是把窗子打開，爸爸則去開了電風扇。姨媽喝了幾口自備的裝在保溫瓶內的不知甚麼熱飲料，慢慢恢復過來。她指著其中一間睡房，說裡面存放了阿公的遺物，一直囑咐借住的人不能碰。

那個小房間的窗子很小，採光不良，爸爸便開了電燈。裡面擺放了幾件舊家具，包括小書桌、有玻璃門的書架和厚重的衣櫃，都是木造的古老式樣，顏色俱已隨著歲月變深，但並不是一套的。對這幾件舊物，我倒好像有某種前世的記憶，嗅到了奇怪的熟悉的氣味。

書桌上下也堆放著一些紙箱，全部都塵封已久，令人無從入手。書架上的書不算多，我拉開玻璃門，湊近看了一下，有一部分是粵劇戲曲類的書，據說是阿公的嗜好。另有一些是七、八十年代的港台舊版小說，有張愛玲、三毛、瓊瑤等，也有外國文學的中譯本，好像芥川龍之介的《地獄變》、杜思妥也夫斯基的《罪與罰》、馬奎斯的《一百年的孤寂》等。我把書抽出來翻閱，看見那些薄薄的發黃的紙張上，印刷字體色澤深淺不均，筆畫有點模糊，還呈現些許的凹凸感。

這些書是活字印的啊！我好像驚天大發現似地說。

甚麼活字？姨媽問。

以前執字粒的印刷方法。爸爸幫我解釋說。

叫做活字嗎？也沒甚麼稀奇吧！

姨媽對自己父親的專業不感興趣，令我有點意外。也許她在意的是不同的事情。

都是我和你媽媽細個時看的。那時候我們想看甚麼書，阿爸都買給我們。

爸爸也抽出幾本書來，愛不釋手似地翻著，說：

對啊！那時候常常見阿晴在鋪頭裡看這些小說。

阿晴當時還是個靚妹，十零歲就學人睇呢啲書！所以很快就給你騙走了！

姨媽罕有地取笑爸爸，爸爸只是傻笑著。她轉向我，說：

阿輝一定是得了阿晴的遺傳，從小就喜歡看小說。而且像媽媽一樣，很容易受騙。

爸爸這次卻有點不滿地說：

阿昕你說到哪裡去了？關受騙甚麼事？

小說不就是騙人的東西嗎？被那種東西迷住，看得津津有味，不就是受騙嗎？姨媽反駁說。

我沒理他們的爭論，仔細挑選一些書帶回去。我也不知道是因為這些書是媽媽讀過的，還是因為當中的活字印刷，而令我感到興奮莫名。

後來爸爸又在衣櫃裡發現了一台小型手搖印刷機。那東西有一面圓形金屬鏡子似的部件，拉起桿子的時候，兩個滾筒便會掃過鏡面，再按下桿子，滾筒便會把沾到的油墨帶到印版上。在容姐的印藝工作室有兩部同樣的機器，樂師傅還親自向我示範過運作的方法。

在衣櫃裡還有一個舊式皮箱，裡面都是活版印刷的工具，有版框、大小不同的長方形金屬塊、薄金屬片等，應該是排版時用作分行和間隔之用的。在一個布袋裡，裝著一堆鉛活字，大小就像我在印藝工作室見過的四號字，目測應超過三百多顆，全都已經舊得發黑，散發出強烈的油墨和金屬氣味。直覺告訴我這是極為重要的東西，我渾身熱血沸騰，腦袋一陣暈眩，差點昏倒過去。

我們又在衣櫃裡找到一本相簿。相簿的狀態不算很舊，很可能是阿公退休後才買來把舊照片重新整理一遍的。從大舅父下來，他的幾個兒女的家庭照片都有。當中最多的是我家的照片，從新婚的爸爸媽媽，到兒時的哥哥和我。

裡面有三張很罕有的我和媽媽的合照。一張是在某公園拍攝的，媽媽抱著嬰兒的我，臉上掛著我不曾記得的溫柔微笑。一張是我兩歲左右，地方是阿公老家，衣著像是過新年，桌上放著水仙花，媽媽的一隻手搭著我的肩，按快門時眼睛卻剛巧闔上了。最後一張是我四歲初讀幼稚園，穿著校服，媽媽在美孚家裡的露台坐著，我站在她的身旁，動作卻有點生硬，好像不敢挨近她似的。不知為甚麼，我家的相簿裡沒有這三張照片。

再舊一點的，是阿公子女小時候的生活照和證件照。也許往時拍照不那麼便利，所以數量不多。听姨媽說，阿公壯年時為了養妻活兒，幾乎年中無休地工作，陪伴子女的時間很少。到最年長的兒女出身之後，他才慢慢放下重擔，所以媽媽是得到最多父愛的一個孩子。可惜阿公退休後不久，阿婆便去世了，然後連最疼的女兒也精神失常。

媽媽兒時和年輕時的一些照片，我還是第一次看到。令我感到震驚的是，她和我是那麼的相似。那雙小金魚似的眼睛，在黑白照片中特別鮮明。怪不得外公一直特別寵愛我。少女時代的媽媽的眼神，有一種說不出所以然的憂鬱。在她和外公的合照中，父親都把女兒摟得緊緊的，好像疼愛得無法釋手。其中一張是在鋪子裡拍的，小小的她站在印刷機前面，中年的阿公則假裝在操作中，幾乎完全是我多次在夢中見到的景象。

另外還有幾張零星的照片，放在一個舊式影樓的紙袋裡。當中有外公和外婆年輕時的個人照和合照，還有外公小時候一家的合照。照片中的外曾祖父看來很老，相比之下外曾祖母顯得十分年輕。外公在三個姊姊的擁簇下，頗有一點少爺的模樣，看來那時的家境好像比較好。姨媽說外曾祖父另外還有兩房妻室，我們這邊是最小的第三房。這些遠親的去向，已經無從稽考了。

最後還有一張已經嚴重發黃、影像也變得模糊的照片，裡面有一個蓄髮辮、穿長衫的成年男人和一個蓄短髮、身穿西式衫褲的十來歲男生。男人神情嚴肅地坐在中式椅子上，眼神倔強的少年則站在他旁邊。兩人的姿態猶如父子，但五官又沒有很相似的地方。少年的頭髮和膚色看來比較淺，也不知是否因為照片褪色所致。連姨媽也沒有見過這張照片。經比對之下，大家都認為那個少年就是外曾祖父。那麼，那個男人便可能是外高祖父了。照片的背面，以化開的墨水用英式日期記法，寫著 4-9-1884。除此之外，沒有其他資訊。

我們決定把所有照片帶回去細看。

翻箱倒籠大半天，姨媽有點體力不支，爸爸便說不如暫時到此為止。經過篩選，決定丟棄的東西堆放在大廳一角，改天清理，值得收藏的，分別帶回我家和姨媽家。至於未及細看的，也只有留待下次處理了。要帶走的物品雖然體積不大，但數量不少，重量不輕，非我們三人能應付，爸爸於是上網召喚了即時貨運服務，把東西送回家裡。

9

那天從上環老家回來，我在餐桌上鋪上膠枱布，把那批活字倒出來，逐顆檢視。外公既然刻意把它們留著，當中一定有某種意義。我懷疑這些字原本組成一個完整篇章，或者一些片段。但是左拼右湊，用了整晚也理不出個所以然。

這比我玩過的任何拼圖還要難，因為字與字之間有太多可能的組合。當中數目較多的是「仁」、「愛」、「上」、「帝」等字，顯然跟宗教有關。綜合字詞的特色，可以肯定是文言文。可惜我不是信徒，宗教知識不足，無法辨識文字之間的關係，或者一些可能的出處。爸爸坐下來幫忙看了一會，也表示愛莫能助。

在那個布袋之外，我又發現一個木匣子，裡面藏著一堆大號的鉛字，每顆的大小約略是小字的四倍小一點點。那些字中最多的是「戴」字，其餘是「仁」、「義」、「進」、「福」、「德」、「富」、「榮」、「永」、「祥」、「達」、「昇」、「權」等三十幾個字。一看就知道是用來組成人名的，當中有外公一輩的名字，和我媽媽一輩的名字。有兩個名字很特別，是用草紙分別包起來的，一個是「戴復生」，另一個是「黎幸兒」。我對他們是誰毫無概念。

我猜想這些大字應該是用來排印家譜的。可惜我們沒找到家譜，只找到散亂的鉛字。我和爸爸把我們所知的名字拼湊起來，排列在桌上，剩下還有好些未用的字，大概是更早的先人的名字。外公叫做戴富，外曾祖父叫做戴德，再之前的，則無法追溯了。

關於未能解開的字謎，我可以向誰求教呢？姨媽所知有限，媽媽家族裡還在生的長輩，年紀最大的是已移民英國的大舅父。再往上一輩，外公之上有三個姊姊，還未計算同父異母的兄弟，但是我們跟任何一位也沒有聯繫，恐怕大部分亦已作古。線索似乎永遠斷絕了。

拼圖遊戲到此為止，我也不得不放棄了。

另一方面，資料蒐集工作雖然進度緩慢，但也取得了一定的進展。我根據字靈給我的提示，加上自己的閱讀所得，從馬禮遜來華進行聖經翻譯和刻印開始，到台約爾打造金屬活字，把香港活字產生的背景和過程，綜合成一份簡單的報告。當然這只是很初步的結果。往後這批活字如何在香港完成，以及應用在甚麼場合，這些都需要進一步的研究。

本來我只需要把文字報告傳送給容姐，但我卻決定親自到印藝工作室跑一趟。我很想再親身看看那兩台印刷機，和那些香港字的真身。我跟容姐說了在上環老家找到外公留下來的活字一事。如果當年外公退休的時候沒有把機器和活字當廢鐵賣掉，而是交給像印藝工作室這樣的機構託管，那我們家的歷史就可以保存下來了。說不定還可以在這次的展覽中派上用場呢！我們都對此感到惋惜。

容姐看過我的材料，覺得非常有用，提出了一些繼續挖掘的方向。她給我看了一個展覽品的初擬清單，裡面是一些實物，好像馬禮遜翻譯的聖經刻本、他編寫的中文字典和廣東話詞典等，後面標明願意借出的機構。不過，要詳細閱讀內容，不能依靠看實物。因為它們全都是珍品，不能隨便翻查。所以還要靠網上找到的數碼化版本。

容姐給我一個舊書書目，叫我上網搜尋掃描版本，可以下載的盡量下載，之後閱讀相關的內容，看看到時可以用上哪些部分。除了在展覽場內展示印刷品的實物，她計劃摘錄一些書頁，把它們掃描下來，製成數碼化的補充資料，讓參觀者自行下載。

我沒有告訴容姐字靈的事。我不是擔心她以為我精神失常，而是恐怕這樣說會顯得很不專業。我問她借了一份荷蘭鑄字廠製作的香港字字表，裡面按中文部首排列出整副活字。因為是稱為明體四號的小字，所以乍看跟平時我們慣用的明體字差別不大。但是只要仔細檢視，便會發現許多筆畫和結構也有明顯的分別。

其實我早就察覺到，當字靈降臨時，電腦螢幕上的字體跟平時稍有不同。當然，工作列上標示的是常用的新細明體，但是出來的字卻帶有某種舊式印刷的品質。我不知道怎樣解釋這樣的事。容姐說過，他們準備和字體設計師合作，把部分香港字數碼化，用在這次展覽的文字印刷上。但是，香港字無論怎樣也未曾成為一套可用的電腦字。我在自己的螢幕上看到香港字，難道只是幻覺？

字靈顯然有他們狡猾的一面。當他們直接跟我對話時，他們以香港字的形態現身，但當我把對話儲存再列印出來，他們又變回普通的新細明體。所以當我把和字靈的對話拿給靈魂治療師娜美看的時候，她讀到的並不是香港字的真身。不過這並不妨礙她了解對話的內容。

這天娜美穿了條帶有森林氣息的綠裙子，袖子和肩部位置半透明，感覺飄逸如精靈。黃色口罩上的雙眼，塗了鮮明的橙黃色眼影。望著美麗的娜美，我自愧如一條蜷曲的小蟲，畏縮地不敢開展自己。

娜美讓我放鬆地半躺在扶手椅上，閉上眼聽著一首如鈴聲般的音樂，自己坐在旁邊的矮櫈上，靜靜地讀著字靈和我的對話。我好像沉睡過去，也不知過了多久，張開眼睛，發現娜美近距離凝望著我，那雙眼睛像蝴蝶拍翼似地一眨一眨。也許是看見我露出驚訝的表情，她連忙說：

晨輝，不好意思！是不是嚇了一跳？我剛剛在觀察你的眼球活動。

她按鍵讓椅背升高，令我可以回復坐直的姿勢。她揚了揚手中拿著的紙張，說：

字靈的話很有意思！他們很明顯憋了很久，有很多話想說，有時也滿吵鬧的。

就算是假裝出來的也好，娜美的話令我鬆一口氣。我以為沒有人會相信真的有字靈這回事。

你真的覺得，那不是我的幻覺？我試探著問。

幻覺？哈哈，在靈魂的層面，是沒有幻覺和非幻覺之分的。一切都是真實，同時一切都是幻覺。幻覺所說出的真相，不比真實來得缺乏意義。

我有點不明白她的意思，但我沒有追問。我只是想知道，我從中可以了解到甚麼。她好像懂得讀心術似的，立即回答說：

當然，裡面有一些直接和你正在進行的工作有關的內容。正所謂「日有所思，夜有所夢」，這是意識的尋常現象。但是，字靈的出現，表示你有很強烈的追溯本源的欲望。那不是表面上的歷史探源，而同時是你個人的精神尋根。

我——尋根？

你在尋找你真正的父親。

我以為我會想尋找母親呢。

不，你的母親雖然離你而去，但你無需尋找她，因為她就在你自己的體內。母親跟女兒，是連成一體、不會分離的。這是母性的特質。相反，父性的特質是獨立和分裂，但又同時是佔有和控制。你要尋找的，是一個外在的，但又是自己根源的父親。

但我已經有父親了啊。

你當然有父親，而且是個很稱職的父親。但是你的父親長期父兼母職，所以也一定程度地母親化了。你渴求的，是另一面的父親，一個富有行動力的、積極地帶領你的父親，而不是一個消極地照顧你的父親。

字靈能讓我找到這樣的父親嗎？

娜美毫不猶豫地點了點頭，說：

他們正在引導你。

所以我可以放心跟著他們的方向，不需要停止？

放心，他們是善良的靈，不會帶來傷害。不過，你要小心這個潛在的父親。所有父親也有他危險的、可怕的一面。當你冒犯他的權威的時候，他會毫無保留地使用暴力。神話中吞食自己子女的父親為數不少，傷害子女的母親則幾乎沒有。除非是追溯到陰陽未分的太母階段吧。

那麼，我怎樣才能找到這個父親？

通過故事，建立跟父親的連結。你要創造自己的故事，並且把它寫下來。一切要看你如何寫。我無法保證結果，但我會在旁邊盡量幫助你。

你的意思是，我應該寫小說？

不，不是小說。當然你把它稱為小說也可以。創造自己的故事，包括真實的和虛構的、經驗的和想像的東西。重點是你的靈魂。靈魂就是故事。通過靈魂才有故事，通過故事才有靈魂。兩者是相向相成的。要治療靈魂，唯有通過這個方式。

來解決故事的問題？

對，也通過故事來解決問題。

娜美雙眼含笑，輕輕拍了拍我的臂。其實我不理解她的話，但她說話的方式，彷彿有催眠的效果，總是那麼的令人感到安慰。

離開治療中心，坐火車回家的途中，想起娜美剛才的一番話，心裡卻又隱然感到不安。那就好像鎮靜劑的效力過後，所出現的反彈症狀。望向窗外吐露港的景色，天地間灰濛濛的一片，陰鬱得令人沮喪。世界完全沒有距離感，就像一張壓在不乾淨的玻璃下面的舊黑白照片。我苦苦地思索著，娜美所說的尋找真正的父親的意思。

在鐵路站下車後，過了行人天橋，心裡還是悶悶的，不想立即回家，便無意識地向左轉，向公園那邊走去。這時候突然記得，早兩天帶狐狸散步時，從公園外面望進去，看見沿著足球場的小徑，開滿了燦爛的杜鵑花。有常見的紫色、粉紅色和白色，也有較罕有的紅色。趁狐狸不在身邊，我決定到公園裡面看看。

離開有上蓋的行人路，拐進公園，才發現原來在下微雨。我沒有帶傘，但現在折返又有點不甘心，便硬著頭皮走下去。鋪了灰綠色塗層的小徑路面，被雨水沾濕後顯得髒兮兮的，看了令人噁心。我穿了白色布鞋，走不到幾步鞋頭就滲水，趾尖冷冷的十分難受。來到球場後面，放眼望去，小徑兩旁早前盛開的花，竟都已經七零八落。變成殘敗的縐紙似的花瓣，紛紛伏屍在污泥之中。

我感到口罩的上緣濕濕的，想用手指去擦拭，才發現原來自己在流淚。怎樣擦也擦不掉，才發現自己的手在抖。一不小心，揭開來的口罩便掉到地上。蹲下去想去撿，卻怎樣也撿不起來，眼巴巴看著它變得越來越髒。然後，雙腿軟趴趴的便再也站不起來。雨越下越大了。我蹲了一陣子，索性放棄，任由自己跌坐在地上，放聲大哭起來。

下雨的公園沒有人經過。我不知道自己坐在地上哭了多久。在頭昏眼花中，感到有一股力量從我的雙脅下面把我拉起來。我依然站不穩，眼見自己又要再倒下去，雙腿忽然被抬起，上身的重量向後挨，就像個小兒一樣被橫向抱著。我抬頭望向抱著我的那人，只模糊地辨出那一頭灰髮和方正的臉形。待我被放在涼亭下面的椅子上，我才意識到救我的人是悲老師。

悲老師掏出手帕遞給我，說：

放心用，剛洗乾淨的。

我拿著手帕，胡亂地往臉上抹，也不知是抹雨，抹汗，還是抹淚。悲老師只是待在旁邊，等我自己慢慢平復。也許是見我還在抖，他把一件風衣披在我身上。

你這樣不成，我送你回去。走得動嗎？

我沒有信心，搖了搖頭。悲老師想也沒想便在我前面蹲下來，說：

來，我背你。

我不敢要老師背我，但看著他那屈膝背向我的身軀，又覺得必須盡快終止這個局面，便咬著牙關傾身向前，爬在他的肩上。他的雙手向後，抓住我的大腿下側，在一聲吆喝之下，站直起來。

準備好囉！他說罷，便背著我快步往公園最近的出口走去。

最難走是開頭這一段，因為要冒著雨。出了公園便是有蓋行人路。老師沒有把我放下來的意思，一直背著我向前走，完全不理會途人的目光。也許是我太瘦太輕，他氣也不喘，還一邊走一邊跟我聊天，說：

你知道嗎？我剛結婚的時候，是住這邊的，就在公園旁邊的那棟大廈。我和太太經常下來這個公園散步。有時是白天，有時是夜晚。那時候公園的設施比較簡陋，樹也比較矮小。後來為了把家裡變成工作室，要找個大一點的單位，便搬到鐵路另一邊的村屋去。太太不在之後，我不時也會回到這邊散步。這麼多年了，樹木也變高變粗了，也增加了許多難看又無用的設施。不過，我們一起逛過的公園，在我的心裡從來沒有變過。今天本來想過來看看，今年春天的花開成甚麼模樣，怎料卻看到有一朵花掉到地上去了。

我無力回應老師的取笑，也無從說起我為何會落得如此的醜態，只是言不及義地說：

我的口罩丟了，怎麼辦？

老師的笑聲透過他厚實的背部傳過來，說：

這時候還顧慮口罩做甚麼？害怕給人看見，就把臉埋在我的肩上吧。

我就像聽到一道不能違反的命令似的，真的把鼻子和嘴巴貼著他的右肩，閉上眼睛，聞嗅著他的衣領傳出來的氣味。我也不知道是這樣的舉動，還是抬起頭來面向行人，會令我更感羞澀。總之就是通體發熱，好像快要被烈火燒得光光一樣。

來到我住的大廈門口，老師慢慢地把我放下來，扶著我讓我站穩，問我行不行。我試走了兩步，覺得還可以。我發現手裡還捏著他的手帕，他擺了擺手，叫我下次才還。他站在原地，一直目送我走進大廈。

我回到家裡便立即衝進自己的房間，唯恐被爸爸發現我渾身濕透的模樣。狐狸湊上來，好像感應到甚麼事情似的。我連忙把他抱進房間，關上門，免他引起爸爸的注意。拉開抽屜，正想拿乾衣服換上的時候，我不期然靠近窗子，往下一望。在對面街的那排影樹下面，站著一個高大的身影，抬著頭，望向上方。我連忙縮回室內，心臟在胸口裡蹦蹦亂跳。

人間地獄

活字降靈會中

Hong Kong Type

火

我覺得我渾身在發燒。
人傑小姐，你沒事嗎？
我的心很灼熱，很痛。
也許我們還是迴避一下，改天再來？
別走！請你們留下來！我想聽你們說。
我們所說的，你看書也可以知道。
不，不同的。你們是字靈，你們能說書裡面沒有的東西。
書也是由字所組成的吧。
你想說，我讀了書，然後把你們想像出來？
說呼喚會比較好。
那有甚麼分別？如果你們不是真的。
我們當然是真的，但也同時是假的。
怎麼會是假的？我明明是在跟你們對話。
那就繼續對話吧。
我是醒著呢？還是夢著呢？

夢與醒，有甚麼分別？

醒著的降靈會，和夢著的降靈會，效果是一樣的啊。

我們把時間倒回去一點點，說說第二位來華傳教士米憐吧。

噢，那個牧羊少年。

這個年輕人受過的教育，比馬禮遜更少。

他在蘇格蘭北部的窮鄉僻壤成長，小時候十分粗鄙，後來受到神風感化，虔敬向主，甚至萌生外方傳教之志。

出發前三年接受的傳教士訓練，是他唯一的上學經驗。

一八一三年七月四日，時年二十八歲的米憐和新婚妻子，乘船抵達澳門。

那是先鋒馬禮遜首次踏足中華土地之後六年了。

苦苦等候了六年，馬禮遜終於等到母會派來的助手。

可是，事與願違。信奉天主教的葡萄牙總督立即下逐客令。米憐獨自前往廣州，又得不到商行准許居留。無可奈何之下，唯有聽從前輩馬禮遜的指示，轉往南洋建立佈道站。

熱切期待到中國傳教的米憐，抵其門而不能入，陷入沮喪之中。

唉！年輕人難免被感性所支配。

但他很快便收拾心情，接受新的使命。

他帶同刻字工匠梁發，越洋南下，到馬六甲開設佈道站，並於站內設置印刷所，以支援馬禮遜在廣州無法進行的印刷工作。

馬六甲本來是荷蘭的屬地，後來又轉由英國人管治，華人移民的數目也不少。馬禮遜早前完成翻譯的新約聖經，修訂後在馬六甲再次印行，題為《我等救世主耶穌新遺詔書》。

同時米憐發奮學習中文，以博愛者的名義寫出了自己的作品。以對話和故事形式寫作的《張遠兩友相論》，是十九世紀印量最多，最廣為傳播的傳教小冊。

他創辦和執筆的《察世俗每月統記傳》，是史上第一本中文定期刊物。

既然萬處萬人皆由神而原被造化，自然學者不可止察一所地方之各物，單問一種人之風俗，乃需勤問及萬世，萬處，萬種人，方可比較，辯明是非，真假矣。一種人全是，一種人全非，未有之也。似乎一所地方未有各物皆頂好的，那處地方各物皆至臭的。論人，論理，亦是一般。

那是題解嗎？聽來很有道理啊。

你看不出他的深意嗎？

甚麼深意？

針對滿清自以為世界中心的思想，叫唐人放下偏見，平等地考察西方的文化風物，以分辨是非真偽。暗地裡想說的，就是不要抗拒和排斥西方信仰。

表面是察世俗，骨子裡是傳聖道。

傳播知識和宣揚宗教並進，是往後傳教士一致採用的手法。

所以傳教士重視教育。

未幾馬禮遜自資於馬六甲開辦英華書院，委派米憐著手籌建，並擔任首任校長。因為資金並非來自倫敦會，英華書院和傳道會佈道站的關係有點權責不明，佈道站印刷所亦以書院名義稱之，往後引起不少麻煩。

書院建於海邊空地，是一座有著中式飛簷屋頂的兩層樓房。它的宗旨有二：一是為本地學童提供免費教育，二是訓練來華傳教士。這項舉措卻不是倫敦會提出的，似乎是馬氏獨斷獨行的另一例子。在很長的一段時間內，英華書院仍然以傳統木刻雕版的方式印書，由梁發主理其事。

梁發生於廣東省高明縣，年少時到廣州學習造筆，後改當刻字工人。他比米憐年輕四歲，隨後者下南洋之時，年二十六歲。與米憐一家相處日久，深受宗教熱忱所感召，對信仰人生之事，幾經困惑和掙扎，梁發終於請求米憐為他施洗。

不過他要求在日間正午十二時受洗，卻好像有擇時辰的迷信成分。這個人天生具有強烈的宗教感情，一經決志，全情投入，終生不滅。又一個狂熱份子。

應該說是熱情，或者激情吧。只有熱情的人，才能成就超凡的事業。但熱情並不表示缺乏冷靜、耐心和堅忍。馬禮遜便曾經被形容為性格孤僻、冷漠、過於嚴厲和缺乏幽默感。

開創者們似乎都鮮少體會到歡樂，米憐的經歷尤其淒慘。他剛協助馬禮遜完成舊約聖經翻譯，愛妻便在馬六甲病亡，留下四名子女。此時傳道站又爆出了傳教士之間的第一場衝突。新來的年輕教士不滿米憐論資排輩的管治方式，紛紛寫信向母會投訴，斥之為中國家長式獨裁。但米憐的做法，其實只是遵從馬禮遜的吩咐。平等相待和資深領導兩個互不相容的原則，將會成為傳教兄弟之間許多紛爭的禍端。

傳教士也是人，也有人性的弱點。

米憐父兼母職，加上繁重的傳教、教學、翻譯和出版工作，令他積勞成疾，飽受肺病折磨，在全本聖經付梓之前一年，吐血身亡。

一八二三年，聖經中譯大業完成，號為《神天聖書》，於馬六甲英華書院刻版印行。

神天上帝四字，指原造化天地人萬物之大主宰也。

梁發在首部中文聖經刻印中功不可沒，當中肯定留下了他的血汗和手跡。

就如馬禮遜所說：這部聖經始於梁發，終於梁發。

或者他所刻印的一些字樣，會成為日後打造活字的藍本？

也有這個可能吧。

米憐的四名遺孤離馬返英之時，梁發依依送別，感懷故人，大哭一場。

馬禮遜痛失夥伴和最忠實的支持者，也黯然神傷。多年後回顧說，自米憐死後，便再沒有遇到如此衷心的同工，再見不到如此堅定不移的火焰。

但米憐的火焰，由梁發接過了。

梁發回到中國，奔走於廣州及澳門之間，協助馬禮遜進行印刷和佈道工作。後來馬禮遜回英述職，為免在華傳教工作中斷，便按立梁發為傳教士，成為華人傳教士之第一人。

梁發並沒有辜負馬禮遜的厚望。雖然曾經被馬氏評為脾氣暴躁，人際關係欠佳，但梁發的信仰卻非常堅定。

面對清廷的打壓，經歷多次的被捕和逃亡，也沒有澆熄他的傳教熱情。

為神的緣故而受迫害，令他感到無上光榮。

他也是一個勤快的出版者，以學善居士的名義，親自撰寫和印製多種傳教小冊，與同工屈昂四出分發。

我知道，是《勸世良言》。

好一本稀世奇書。

這本書牽動了十九世紀中國最大的一場社會變革。

神爺火華曰，除我外而未有別個神也。雖爾等世上之人，向來未認得我，我要以帶圍著爾等，致從日昇之處，並從西日落之人，皆可知以我之外，未有別神，我乃神爺火華者，而無另有也。

爺火華的名號很有氣勢。

那是馬禮遜的譯法，梁發從之。

後來改成耶和華，變溫和了。

一八三三年，廣東客家青年洪秀全，於廣州參加鄉試期間獲得此書。他當初未有為意，回家後隨便擱在書架上。

及後洪秀全再次應考失敗，大病一場，渾身發燒，在昏迷中夢見自己乘輿去到一座宮殿，高座上有一金髮白袍的老者。尊貴的老人自稱世界的造物主，悲嘆世人拜事魔鬼，作惡多端，於是賜予洪秀全一柄寶劍、一個印綬和一枚美果，指派他到地上斬妖除魔。

十年之後，友人從洪秀全家中借閱《勸世良言》，還給他的時候，說此書頗有不同之處。洪秀全打開一讀，發現書中所寫的，就是當年夢中所見。於是根據書中教義，創立拜上帝會，四處搗毀偶像，勸人敬拜唯一真主神天上帝。

神天上帝默照感動先知以賽亞云，凡製雕刻的神像，皆然虛空也。且其絕巧之工夫，皆然無益也。

馬禮遜首天登陸廣州所祈禱的，掃除中國人迷信的神佛菩薩，真的實現了。

而且是由中國人自己去實行的呢。

但是，他萬料不到，實現他的理想的人，居然會自稱上帝之子，耶穌之弟。

縱使如此，當時的西方傳教士還是對洪秀全抱有期望。

應該說是幻想吧。

上帝之子洪秀全聯同其他志同道合之士，金田起義，建號太平天國，攻佔南京，席捲中土，直迫北京，四方征戰，為亂十年，死傷千萬，大清國祉幾乎為之覆滅。

太快了，說得太快了！馬禮遜根本來不及看到這一切！

對了，這另一把火又是怎樣熄滅的呢？

死亡是每一個傳教士的必修功課。

馬禮遜的首任妻子瑪麗，一八二一年在澳門死於霍亂，遺下一子一女。因為當地天主教徒的阻撓，差點找不到安葬之地。

馬禮遜回英休假及述職期間續弦，再次回到中國後，倫敦會卻對他態度變淡，書信稀疏，令馬禮遜陷於孤絕鬱悶之中，感嘆「開拓者被人遺忘」。

加上大英貿易政策改弦易轍，取消東印度公司專利，長期受僱為公司翻譯的馬禮遜，感到前景黯淡。新任妻子艾思莊給他生下的五名年幼子女，成為沉重負擔。他開始考慮到自己的身後安排。

一八三三年十二月十四日，在風雨交加的澳門外海，馬禮遜的妻子和兒女，登上返英的船隻英格利斯號。他獨自回到空無一人的家中，望著子女坐過的椅子，想到今生可能再無見面之日，悲從中來。

一八三四年七月，新任駐華商務總監律勞卑到達，展開與清廷的商務談判。馬禮遜年邁力衰，勉強應邀擔任中文翻譯官，穿上副領使職級的制服。不到半個月，便因趕赴廣州途中淋雨，抱病奔波，心力交瘁，猝死於任上。

火終究還是滅了，就算是像馬禮遜般頑強。

馬氏身故不久，神主忠僕梁發於科舉試場外派發傳教書刊，被官府追捕，在馬禮遜長子馬儒翰營救下逃往新加坡，之後轉到馬六甲。

火沒有熄滅。通過梁發，火又傳到馬六甲了。

在馬六甲，另一團火在燃燒。

是誰？

新一代傳教士台約爾，每天在火爐旁邊，打造金屬字範和字模，嘗試鑄出中文鉛字。

那就是我們的雛形。

香港字的誕生。

鑄

字靈們，我們來談談台約爾吧。

好啊，來談我們的父親。

有點肉麻，叫創造者比較好。

都是一句，總之我們是台約爾先生打造出來的。

其實中文活字也有很多種。

對啊，還有巴黎字、柏林字，後來又有上海字。

我知道，巴黎字和柏林字是拼合活字，造字者甚至不懂中文。

拼合活字的名聲不好，因為長得不好看。

以貌取字啊。

活字不以貌，還以甚麼？

我們是第一種在中國由懂中文的傳教士製造出來的，完整而且漂亮的鉛字。

台約爾這個人很特別，明明是個讀書人，卻去做匠人的事。

倫敦會最初的傳教士，像馬禮遜、米憐、麥都思等，都是工匠或者做粗活出身的。當初的想法是，要在陌生的異地做開荒牛，最好懂一點實用的手藝。

受過良好教育的中上階級子弟，極少願意放棄家鄉安定富足的生活，冒死到外方傳教。

到了台約爾，才開始出現高學歷，甚至是學者型的傳教士。

台約爾的家境可不簡單，父親是英國海軍總部秘書長，兄長和姊夫是海軍艦長。

資質優厚的他，在劍橋大學三一學院修讀法律，涉獵古典文學和數學。

當他在傳教小冊中讀到「全為基督，全為靈魂得益」和「雖至於死，也不愛惜生命」這些語句，他的心靈立即為之震撼，決心放棄法律專業，成為傳教士。

但是，他為何會心繫中國？

台約爾就讀傳教士學院的時候，碰上馬禮遜回英述職。他參加了馬禮遜親自教授的中文班，受到前輩的感染，萌生東來的志向。

不只是志向，是異象。

台約爾像洪秀全一樣，夢見異象？

是傳教的異象，由神啟發的願境。

是活字的異象。

也即是你們了。

中文印刷為傳教的根本，已是共識。馬禮遜亦早已主張，打造西式中文活字，取代木刻雕版，是長久之計。

台約爾在英國的時候，已具先見之明，跟刻字師傅學習字範的雕刻技術。

想像他那樣溫柔儒雅、文質彬彬的書生，拿起銼刀做起工匠細活，樣子真是有趣。

可見此人意志如金屬般堅固。

甚至比金屬更強硬呢。

以金屬鑄造神的話語，擊破頑固的迷信，拯救中國的靈魂。

由刻製字範開始，在鋼材上雕出陽文反字，然後把堅硬的字範壓在質地較軟的銅片之上，製成陰文正字銅模，再以鉛錫銻合金澆進銅模，凝固後便鑄出陽文反字活字。

真是陰陽相合，正反相成。

聽來頗為繁複又費時啊！

但是一勞永逸，有了字範和字模，活字就生生不息。

這就是台約爾的遠見。

一八二七年八月，台約爾和新婚妻子譚瑪莉抵達馬來半島的檳榔嶼，在當地建立傳教站和辦學，同時開始實驗活字鑄造。

除了掌握鑄字技術，他亦著手統計中文字的實際使用情況。

他選了十四種中文書，數算其中的所有文字，從每字的出現次數得出常用字表，並推算整副活字所需數量。研究結果整理成專書《重校幾書作印集字》，是中文活字發展的堅實基礎。

他用了哪十四種書？

《論語》、《三國》、《馬竇傳福音》、《朱子》、《國語》、《矩矱》、《聖書人名合地號》、《禮記》、《西遊記》、《勸世文》、《靈魂篇》、《張遠兩友相論》、《新增聖書節解》和《神天之十條誡註明》。

那時候沒有電腦和計算機，一切靠人手計算，前後花了兩年多才完成。

得出的結果是？

中文常用字3,240個，最常用1,200個，加上每字使用頻率，整副活字總數為12,000至13,000個。

最常用字的出現次數為：「之」683、「亞」308、「不」295、「子」278、「也」248、「而」242、「人」234、「為」234、「者」233、「其」224、「曰」224、「爾」220、「道」192、「以」188、「是」178、「罪」174、「神」——

數字們，差不多了！

難得有機會出場，也不讓人家說話！

好的，好的，待會還有機會說。先說台約爾鑄字的情景。

台約爾在檳榔嶼的住所外面，搭起簡陋的遮雨棚，作為造字工場。他親手把每一個刻好的字範放進火爐中鍛鍊，親眼檢查每一個字模的壓印，連澆鑄活字的鉛合金也是他親自調配的。

在熱帶的烈日下揮汗如雨，白皙的皮膚曬得通紅。

突如其來的狂風暴雨，也不能澆熄鑄字爐的火焰。

他嚴格鑑定活字的品質，要求達到中國讀書人的審美要求。

鑄字如鑄劍，必須千錘百鍊。

試印的範本秀麗勻稱，氣派大度，深具中國風格，備受各方稱讚。論者一致認為，與巴黎的李格昂和柏林的貝爾豪斯所製作的拼合活字相比，台約爾的活字更為優勝。

一八三五年底，台約爾由檳榔嶼轉至馬六甲英華書院，在那裡遇上逃亡南來的梁發，兩人開始共事。刻字人與鑄字人，攜手合作。

我總覺得在後來的活字中，有梁發的手筆。

台約爾最先鑄造的大活字，就是以英華書院的大字本《我等救世主耶穌新遺詔書》為藍本。梁發早前在馬六甲工作的時期，極有可能參與此書的刻印。

那你們又多一個父親了！

都說我們是不分中外古今的集大成的字。

在原來的大活字之外，台約爾又開始鑄造小活字。

一八四三年台約爾離開新加坡之時，共完成大字 1,540 個，小字 305 個，共 1,845 個。

十年耕耘的成果，真是粒粒皆辛苦啊。

一八三九年，中英第一次鴉片戰爭爆發。

一八四一年，英軍佔領中國南方珠江口以東的小島香港。

一八四二年，南京條約簽定，英方談判代表翻譯及條文草擬者為馬禮遜之子馬儒翰。中國之門終於打開，倫敦會決議關閉馬六甲、巴達維亞等南洋佈道站，全部遷往中國。

翌年，馬儒翰猝死，時任香港代理輔政司，終年二十九歲。

很可惜啊，我對馬儒翰這個人有好感。

的確，馬儒翰的天資過人。他在澳門出生，六歲回英國接受教育，十二歲再度東來，在馬六甲英華書院學習，十四歲回到父親身邊協助印刷工作。馬禮遜死時，馬儒翰以十九歲之齡接任父親的翻譯官工作，成為在華中文能力最佳的歐洲人。在整個鴉片戰爭的過程中，負責所有跟中方人員的交涉，扮演舉足輕重的角色，被清廷視為頭號眼中釘。

他為人務實，頭腦清醒，思考成熟，有責任感，在英國人中有極佳的聲譽。如果不是早死，前途無可限量。

一八四三年九月，倫敦會全體中國傳教士齊集香港，商討於內地通商口岸設置佈道站，又聯同另外五大傳教會，協調修訂中文聖經事宜。

台約爾擔任大會秘書，心中必定躊躇滿志，準備開展在中國的傳教事業。

奈何上帝的旨意，無人能懂。

會後台約爾前往廣州，當天是一八四三年九月八日，是馬禮遜第一次抵達廣州的整整三十六年又兩日。

終於來到心中的夢土，台約爾卻不幸感染熱病，在伯駕醫生家中留醫一個月。之後他南下澳門，試圖登上回新加坡的船隻，但病情再度惡化。

十月二十四日，台約爾死於美國同工衛三畏家中，享年三十九歲。臨死前高燒不止，神志不清，口裡重複讚美主耶穌。

雖至於死，也不愛惜生命。

是誰不愛惜生命？是人嗎？還是神？

生命再一次在充滿期待的時候被終止。

死亡不是意外，而是傳教生活的常態。

除了傳教士自己，還有他們的妻兒，隨時都要面對死亡的威脅。

香港開埠初期是個死亡之城。衛生條件惡劣，熱病肆虐，軍中死亡率高達24%，歐洲居民10%。

根據衛三畏的統計，自一八零七年馬禮遜來華到一八五五年，新教傳教士共一百八十八人，當中男傳教士死亡率是17%，女傳教士是23%。在一百三十二對夫妻當中，三十七個妻子死亡。在死去的三十二個男傳教士當中，扣除特別長壽的五人，其餘二十七人平均在到達後四年內死亡，其中兩至三年的時間用於學習中文。

孩子呢？

沒有統計數字。你讀過傳教士的傳記，應該有個印象，年幼子女夭折率，大概是三成至四成左右吧。

所以出發的每一個人，都要有赴死的心理準備。

台約爾可以說是如願以償了。

他的鑄字大業，由同工施敦力兄弟於新加坡繼續。

一八四六年，字範、字模、活字和所有器材，隨著英華書院由新加坡遷往香港。

一八四七年，香港英華書院印刷所聘請專業印工柯理，活字打造工作隨即加速進行。

一八五一年，字範及字模打造完成，鑄成大小活字各4,700個，並陸續增補，十年後達各6,000個，完備可用。

把每字出現頻率計算在內，整副活字數量超過200,000個！

數字兄弟好像很開心呢！

開心還開心，評價卻要公正。

誰不公正了？

我們認為柯理的功績被低估了。

他在寧波華花聖經書房工作的時候，與美國長老會傳教士因為待遇問題發生爭執，被指精神有問題。但來到香港後，他的表現專業稱職。香港字之所以能順利完成，很大程度是他的功勞。可惜最後又是因為要求加薪不遂，引起糾紛，繼而離職返美。

這樣說，柯理也算是你們的半個父親吧？

是繼父。

歷史應該記下他的貢獻。

其時《中國叢報》編者衛三畏撰文，稱讚香港字為當世中文活字中之最美。

文章中有大字樣本一則，云：

我父在天，願爾名聖，爾國臨格，爾旨得成，在地若天，所需之粮，今日錫我，我免人負，求免我負，俾勿我試，拯我出惡，以國權榮，皆爾所有，爰及世世，固所願也。

莊嚴典雅，匠心獨運。

因為完成和生產於香港，英華活字又稱為香港字。

可不可以說，香港字的誕生，與香港歷史同步？

香港字的故事，就是香港的故事。

字＝故事。

字＝世界。

符號兄弟也不甘後人呢！

\(>◡•)/

這叫做眾聲喧嘩。

是字靈的真諦。

帝

我以為你們不來了。
為甚麼？
香港字已經大功告成。
沒有，只是剛剛誕生而已。
故事才剛剛開始呢。
有故事，就有靈；有靈，就有生命。
所以才有神話。沒有神話，神就不存在。
神以神話的方式被活出來。
字也以字靈的方式而得到生命。
這就是活字的真義。
我好像明白了。那麼，你們的故事又有甚麼人物登場？
上帝的命名者，麥都思。
只有上帝能命名，誰能命名上帝？
是他堅持把上帝稱為「上帝」，而不是稱為「神」。
他為此寫了一本一百七十頁的書，題目是《探討上帝一詞的正確翻譯法》。

各位，跟時序說好不好？

好的，先來說少年時代的麥都思。

這個小子東來的時候只有二十一歲。

一八一七年七月到達馬六甲，是繼米憐之後的新一代傳教士。

但他出發時身分只是印刷工人，是到達馬六甲之後才按立為傳教士的。

麥都思受過的教育雖然不算多，但是天資聰穎，性格進取，富有冒險精神。

在東來途中經過印度馬德拉斯的時候，他便火速找到了終身伴侶。妻子是英國軍官與印度女人的混血兒，比他年長兩歲，是個寡婦，還帶著一個兒子。

他知道在東方傳教難覓伴侶，而且成家之後可獲得會方更佳待遇。

看來是個做事果斷的人。

之後二十多年，妻子貝蒂為麥都思生下八個兒女，其中四個早逝。

不過，早期的傳教工作並不順利。

在馬六甲，麥都思和前輩米憐合不來，轉往檳榔嶼，再轉往爪哇的巴達維亞佈道站。

當時所有新來的傳教士都抗議米憐論資排輩的管理方式，認為那是中國式的家長專制，觸發了傳教士之間第一次嚴重分裂。

嗯，這件事之前說過了。

巴達維亞雖然比馬六甲更遠離中國，但華人居民人數甚多，讓麥都思可以大展拳腳。

他的語言天分極佳，很快便精通官話、福建話、馬來話等語言，撰寫多種傳教小冊，以石印的方式大量印刷，四出分發。

在麥都思的領導下，巴達維亞印刷所共出書一百三十五種，是同時期倫敦會佈道站之冠。

麥都思仿傚米憐的《察世俗每月統記傳》，以筆名尚德者，出版歷史上第二種中文期刊《特選撮要每月紀傳》，內容以神理為主，以人道為副，再輔以天文地理等知識。

對於華人的傳統習俗，麥都思大力批判，相繼出版《中華諸兄慶賀新禧文》、《清明掃墓之論》、《上帝生日之論》、《普度施食之論》、《媽祖婆生日之論》等小冊。

這些小冊應該會惹來華人的反感吧。

但麥都思無所畏懼。這個人天生好辯，不怕走進人群，面對質詢，唇槍舌劍。這種做法有時會激起衝突，有時會贏來一時的尊重或退讓，但始終無法打動華人的心。

在巴達維亞辛勤經營二十年，雖然在出版和教育上甚有建樹，但是在招收教徒方面卻一無所獲，也不能不說是失敗。

與麥氏本人的才華和抱負，的確有很大落差。

有人說是操之過急，手腕不夠圓滑所致。

我看是因為對異族文化太缺乏了解和同情心吧。

一八三四年，馬禮遜逝世，麥都思成為基督教在東方最資深的傳教士。他親身到訪廣州，了解當地信徒的狀況。這是他第一次踏足中國土地。

此前不久，來自德國的獨立傳教士郭實臘，不理滿清的禁令，乘坐鴉片商船沿岸北上，以散發傳教書刊為名，刺探中國海防的實情。之後出版《中國沿海三次航海記》，揭示滿清海防形同虛設，如入無人之境，宣告中國之門實際上已經打開。

此書在歐洲影響甚巨，機會主義者隨即蠢蠢欲動。

初時麥都思頗為認同郭實臘的作風，兩人惺惺相惜，有過不少合作計劃。

身為傳教士，郭實臘做事不擇手段，毫無顧忌，跟鴉片煙商和野心家打成一片。後來被揭穿誇大信徒數目、以金錢收買信眾、吹噓個人功績和藉傳教謀取私利等惡行，聲名狼藉。

麥都思雖然也有冒險家的因子，但行事總算有原則和底線。為免和鴉片貿易扯上關係，他租用聲譽良好的美國商船休倫號，循郭氏的路線北上，先至山東，再南下上海和福建一帶。

他和同行者沿途登岸，向當地村民派發傳教書刊。居民對洋人感到好奇，大都反應熱烈，當場把書刊搶奪一空，但真正細心閱讀的人應該寥寥無幾吧。

每遇地方官員留難，麥氏都採取強硬態度，要求對方以禮相待，或者索性置諸不理，自來自去。官兵全無應對之策，有的只懂裝腔作勢，有的但求息事寧人，結果都拿他沒法。

這段經歷，麥都思在《中國：它的現況和展望》一書中有詳細記載。他其後回英述職，四處演講，宣傳三億人口歸化基督的願景，間接助長了強行打開中國大門的野心。

對於鴉片戰爭，傳教士會怎樣祈禱呢？

不欲戰爭，但戰爭一來，機會也不能放過。

所以，戰爭就是上帝的旨意？

上帝的旨意，神秘莫測，人是無法理解的。

給小小蠻夷之國打敗，也是以天朝大國自居的滿清無法理解的。從紅毛國到大英帝國，大不列顛，或稱日不落國，中英關係發生巨大逆轉。從爭取合理權益，到掠奪最大利益，沒有清晰的界線。從要求對等的關係，到不平等條約的訂立，也沒有明顯的過渡。歷史在無比複雜的互動中形成無可挽回的趨勢。神的使者們順應趨勢而行，可以保持完全清白嗎？

麥都思之子麥華陀，因為家學淵源，精通中文，在鴉片戰爭中扮演了積極的角色。年僅十八歲的麥華陀，以翻譯官的身分，先後在喬治·義律和亨利·樸鼎查的麾下任職，參與英國艦隊的征戰。

戰後麥華陀官運亨通，在新開通的上海口岸，親自迎接父親麥都思前來開設佈道站，也迎來了麥都思傳教工作的黃金時代。

麥都思在上海創立墨海書館，從英國購置先進的滾筒印刷機，因缺乏蒸汽動力，而改以牛隻拉動機件運作，一時蔚為奇觀。

這部印刷機在短短半年間，便已印成五萬五千二百部書刊，共三百三十八萬三千七百頁，產能十分驚人。

墨海書館初期，香港的英華活字還未完成，麥都思手頭的活字數量不足，有時寫作要遷就可用活字，改換字詞文句。後來他自僱工匠逐字刻製活字，暫解燃眉之急。到香港字全部鑄成，墨海書館的活字印刷才正式進入軌道。

麥都思的另一功績是聖經翻譯。

馬禮遜和米憐的《神天聖書》地位崇高，但缺點很多。對中國讀書人來說，簡直是不忍卒讀。因為採用逐字直譯法，語句生硬、語法古怪、譯名難解，用詞時而艱澀、時而鄙俗，問題不一而足。

其實馬禮遜本人也有自知之明，早就向兒子馬儒翰表示，希望再出一個重譯本。馬禮遜死後，馬儒翰立即聯合麥都思和郭實臘，完成了一個新譯本，不過當時未為倫敦會所接納。一來由於偉大先驅屍骨未寒，不宜立即取代他的功績，二來麥都思等人先斬後奏，會方對他們的計劃也有所保留。

這個譯本也不算完善，尤其是郭實臘負責的舊約部分，水準很差。

他是個出了名亂來的人。

不過，聖經需要一個更好的新譯本，是傳教士之間的共識，問題只是如何執行。

一八四三年，倫敦會在香港聯合五大傳教會決議，以跨教派合作方式，對中文新舊約聖經進行修訂，號稱委辦本聖經。

不同傳教會的譯者先分別草擬初稿，再定期會面共同審議定稿。

麥都思是整個計劃的領導者，事實上大部分翻譯工作也是由他主理的。

不過，他有一位得力助手。

我知道，是王韜。

傳教士的中文就算有多好，也及不上中國讀書人，所以翻譯者都聘請中國助手，幫他們斟酌字句，潤飾文辭。

特別是委辦本聖經的要求，是符合中國讀書人喜好的典雅深文理體。王韜來自江蘇甫里，才識極高，有經世之志，十七歲便考中秀才，但卻在鄉試中落第，失意之下往上海謀生，接替已故父親王昌桂在墨海書館的助手工作。得此高人相助，麥都思如虎添翼，翻譯工作更加得心應手。

但傳教士之間卻鬧出爭議。

上帝的譯名的爭議。

神的譯名的爭議。

應該稱「上帝」，還是「神」呢？

美國傳教會主張「神」，英國的倫敦會卻主張「上帝」。

麥都思是「上帝」的支持者。

你們開頭說過了。但為甚麼呢？

因為「上帝」一詞取自中國古代典籍。這說明上帝早已對中國人示現，而中國人亦較容易接受這個熟悉的稱呼。

另外，麥都思認為「神」在中國文化中並非指唯一最高主宰，而包含眾多的邪靈妖魔。

但美國傳教會卻極力反對「上帝」，堅持含義更廣的「神」才是最貼切的中文稱呼。

有人認為這是出於種族歧視。

為甚麼是歧視？

他們認為神不可能早已向東方的民族示現，或者中國人不可能比西方人更早認識神。所以把中國古代敬拜的上帝視為神，有褻瀆的嫌疑。

也有人說，這其實是英美之間的民族主義之爭。

或者是英美教派的權力之爭。

也可能是個人的意氣之爭。

總之雙方爭持不下，結果決定把聖經中「上帝」或「神」的位置留空，由不同的派別按自己的取向填上。

但事件並未平息。

美國傳教士不斷在報刊上撰寫匿名文章和向聖經公會寫告密信，攻擊倫敦會教士的選擇，甚至批評他們的翻譯水準。

可是，當時倫敦會傳教士的中文水平，特別是前輩級人馬麥都思，遠遠高於美國同工。當初所謂的五大傳教會的合作，最後大部分翻譯工作還是由倫敦會傳教士來承擔。美國傳教士除了爭權和搞局，幾乎沒有貢獻。

一八五零年七月，新約翻譯完成，舊約翻譯展開，譯名問題依然爭論不休，越演越烈。

一八五二年二月，倫敦會傳教士退出翻譯委員會，自行完成舊約的翻譯。剩下來的美國委員全不濟事，連創世記也譯不出來，自行解散。

一八五三年二月，舊約翻譯由倫敦會傳教士獨力完成。所以真正的合作委辦本其實只有新約。麥都思也不再理會毫無建樹的美國人，在聖經上印上「上帝」。

事實證明，在往後半個世紀，「上帝」的版本為大部分傳教士所採用。一八五三年，英國聖經公會發起「百萬新約送中國」運動，國民反應踴躍，捐款短期內足夠印刷二百萬部。墨海書館結合滾筒印刷機和香港活字，工匠與牛隻不眠不休，無限複製上帝的聖言。可是，印出的聖經供過於求，未能及時分發派送，導致大量積存。一八五五至五六年，墨海書館的產量達到一年三千七百萬頁的高峰。馬禮遜夢想中的神器，終於全面發揮作用了。

麥都思還有一項很少有人提及的功績。一八五三年九月，與太平軍相呼應的小刀會攻佔上海。小刀會對傳教士頗為寬容，麥都思是少數能自由出入城區，到裡面傳教和主持禮拜的人。一八五四年，洪秀全率領太平軍佔領南京，改名為天京，定都建國。太平天國採用的教義，取自麥都思早年於巴達維亞出版的小冊，採用的聖經，則是麥都思和郭實臘在一八三零年代合譯的版本。對此麥都思不無自喜。

在滿清和太平天國之間，麥都思寧取扭曲基督教義的後者，也不支持敬拜孔子和信奉佛道的前者。

包圍上海城的清兵和城內的小刀會僵持不下，位於城外租界的外國人則以同情亂黨的態度，旁觀事態的發展。法國卻選擇與清廷合作，派遣軍艦協助清兵砲轟小刀會據點。一八五五年二月十七日是大除夕，入夜後城內民眾送舊迎新，大放煙花，一片喜氣洋洋。麥都思和小女兒在家裡的屋頂遙遠觀賞。黎明時分，上海全城陷入火海。小刀會乘機出城突圍，試圖往南投靠太平天國。清兵入城，不分亂黨平民，格殺勿論。

清廷的殘暴和無能，已經惡名昭彰。同時期在兩廣總督葉名琛的治下，以清剿亂黨為名處死了超過七萬人，大部分肯定是無辜的。

西方帝國主義入侵固然可恨，但滿清殘殺自身人民的數目，遠比歷次對外戰爭的傷亡多。

太平天國帶來的也不是救贖和永生，而只是暴亂和殺戮。

麥都思不為所動，說：我們對中國歸主的預期更勝於以往。

一八五六年，麥都思健康變差。這匹馳騁東方四十年的老馬，決定舉家歸國。

翌年一月二十一日，麥氏一家於英國南部上岸，首次乘坐剛剛啟用的火車。

麥都思抵達倫敦之時，卻已經奄奄一息，兩天後溘然長逝。

一個帝國崛起，一個帝國沒落。

上帝通過槍砲，為傳教士掃除障礙。

上帝通過槍砲，為中國人打開永生之門。

為甚麼我們需要天上的帝，或者地上的帝？

世界總得有個主宰。

為甚麼不能日出而作，日入而息，帝力於我何有哉？

主宰不容許人自由自在。

字靈，你說，你自在嗎？

你自在，我便自在。
此話何解？
人傑小姐，你不知道嗎？
知道甚麼？
我們，就是你啊。

神、帝、火、鑄

晨輝遺書 三

Hong Kong
Type

10

星期六下午，我去了參加活版印刷體驗工作坊。早前從外公老家拿回來一批活字和排版工具，但不懂操作，得物無所用。後來知道有這個工作坊，便立即報名參加了。

工作坊在印藝工作室舉行，由樂師傅主持，參加者約有二十人，全都是十幾二十歲的文青。樂師傅首先簡單講解了活版印刷的原理、活字的構造和特性，以及排版使用的工具。然後便即場示範如何把活字和符號拼合起來，加上充當空格的「瓜打」、用來分行的鉛片和填充空白位置的長方形工字鐵，全部鑲嵌在版框內，再用特別的鑰匙鎖緊。這樣就可以把印版裝進印刷機裡，上墨和加紙進行印刷了。

很可惜的是，因為大家都是新手，時間亦有限，只能製作規模很小的印版。印刷機也只能用跟我家那部一樣的手搖照鏡機。沒機會使用那台海德堡風喉照鏡機，令我多少有點失望。

參加者之中有一位原來是我的同系同學，比我低一屆，是個留著齊眉瀏海的像個冬菇頭似的男生。我和他不熟，但一起選過香港文學課。可能是因為他的髮型，就算是戴著口罩，我還是一眼就在學員中把他認出來了。我的自然反應是低下頭來，假裝沒有看見他，但他卻非常敏銳地也認出了我，並且很熱情地向我招手。我不得不走過去，坐在他的旁邊。

男生的筆名叫做以西斯，據說是分別取自劉以鬯、西西和也斯的名字。他是系裡頗有名氣的創作者，拿過青年文學獎，所以我只記得他的筆名。事實上他也常常以筆名自稱，很少用真名。

以西斯以驚喜的眼神迎接我，幫我拉開椅子，又把自己放在桌上的筆袋不必要地挪動了一下，以示給我騰出空間。我小聲地謝過他，生硬地坐了下來。他很親切地湊近，問起我的近況，說大家都很關心我，很期待我回去上課。我知道他這樣說只是出於好意。我在系裡朋友很少，沒有人會察覺到少了我這個人。我也沒有因此而感到不快。我含糊地回答他的慰問，幸好很快工作坊便開始了。

每位參加者都要設計一個版面，裡面有自選的文字，配以花邊或裝飾符號，印成明信片大小的卡紙。因為有兩部手搖印刷機，分別上了綠色墨和金色墨，所以可以把花邊和中間的文字分開印刷，造成雙色的作品。樂師傅又教我們在活字架上撿字的方法。這就是所謂的「執字粒」的意思了。

我想了很久也想不到排甚麼文字，後來靈光一閃，記起也斯有兩行詩，剛巧是和拓印有關的，便在白紙上寫了下來：「紙與石細語商量的對話／墨色烏黑至銀灰的變化」。以西斯把頭伸過來，看見這兩行詩，立即就講中了出處，真不愧是三分一個也斯的私淑門生。至於他自己，為了要展現創意，堅持即場寫一首小詩。在他抓破頭皮的時候，我便出去把需要的字撿出來。自知美術觸覺欠佳，也沒怎麼加入裝飾，只是挑了個格子畫框便成事了。

以西斯幾經辛苦，終於完成了他的大作，還印了十幾張，說要回去送給文友。他送了一張給我留念，我自然也要回送一張給他。他搖頭擺腦地唸著也斯的詩句，狀甚喜歡。正要一同步出印藝工作室的大門，卻看見容姐和悲老師從辦公室那邊走過來，很投入地聊著甚麼。

悲老師看見我，露出意外的表情，容姐卻好像早有預期似的，說：工作坊完了嗎？我同阿費去飲杯茶，一唔一齊？

我本能地推辭說：唔好了，你地有事要傾，唔阻你地。

容姐大手一揮，說：阻甚麼？別咪咪麼麼！來，請你飲茶！

她轉臉望向我身旁的以西斯，還未開口，他便主動自我介紹說：我叫以西斯，是晨輝的大學同學。

原來是朋友仔！一齊來吧！容姐豪氣地說。

以西斯一臉樂滋滋的，像是遵命似地鞠著躬，便挨著我的肩，跟著兩位大人走去。我沒說甚麼，只是覺得一頭霧水。在走路到樓下的咖啡室的途中，我告訴他前面兩位是香港版畫家，一位是印藝工作室的負責人，一位是我以前的美術老師。他一臉恭敬地點著頭，好像遇到了甚麼大人物似的。

在咖啡室坐下來，容姐便跟悲老師說我幫了她很大的忙，蒐集到許多有用的資料。我覺得應該向以西斯補充一下，便簡短地介紹了展覽的事。他露出很感興趣的神情，還問容姐有甚麼他可以幫忙的地方。他說大學學期已完結，暑假正好閒著，如果能做點有意義的事便好了。

容姐想了一想，竟然爽快地答應了他。她把展覽文稿分為四部分：我負責早期活版印刷和香港字的部分，她自己負責二十世紀初石印廣告畫的部分，阿樂負責二十世紀下半活版印刷式微之前的部分，而以西斯則負責年輕一代保育和復興活版印刷的部分。以西斯像中了頭獎似的，興奮得跳了起來，差點把桌上的飲品打翻了。我完全跟不上事情的發展速度，一臉迷惘地望著他們。

我後來才知道，容姐這樣做有她的考慮，因為她同時期在策劃另一個香港版畫創作回顧展，兩邊的工作量加在一起非同小可，所以便很樂意招攬新的人手在這邊幫忙。談到那個版畫展，容姐語重心長地和悲老師說：

其實你不一定要交新作，你有些舊作也非常好，絕對可以見人。

悲老師罕有地露出焦慮的神情，說：

阿容你給我一點時間！我已經構思好了，草圖也差不多了，只差落手去刻。

但你之前不是說已經做好了一批畫嗎？後來為甚麼又全部丟了？

那批不行！當時我還未掌握到怎麼去表現那種情緒。最近我開始有把握了。

容姐轉向我們，好像給我們上課似地解釋說：

現在已經很少版畫家像阿費那樣，堅持用最傳統的木刻手法去創作。你們知道嗎？版畫一直都是很倚重工藝技術的藝術形式，當中有蝕刻，有木刻，有石印，有絲網，簡單來說就是凹版、凸版、平版和孔版四種。後來又有人用攝影沖曬技術，或者電腦數碼科技，來開拓版畫的可能性。大家都絞盡腦汁，在顏色、質感、材料等等的技術層面搞搞新意思，或者和其他藝術形式crossover。但是阿費卻完全不為所動，一直心無旁騖，用最古老的手法鑽研下去，而且還堅持只用黑色油墨拓印。我也不知道這樣叫做頑固執著，還是從一而終了！

悲老師只是搖頭苦笑，說：

阿容你太誇張了！我們認識這麼久，你知道我其實是個沒甚麼才智，想像力也很不夠的笨人。而且到了這個年紀，已經又老又落伍，沒有能力創新了。怎麼來和新一代競爭呢？所以才一味抱著舊的東西吧！不過，我也下了決心，就算在自己有限的能力下，也要發揮到極致！就好像單車怎麼也無法跟跑車鬥快，但單車也有它的極致。能達到這個極致，就是一個人的終身追求吧。

容姐無奈地聳了聳肩，以西斯卻佩服得五體投地似的，差不多要把頭叩到桌子上去。我聽到悲老師的聲音中有輕微的顫動，像喉管出現細微的裂紋一樣。但想到悲老師強大的形象，我又覺得是自己多慮了。

喝完下午茶出來，容姐回到工作室去，悲老師說還有點事要辦，匆忙地告別了。我若有所失地望著他高大的背影離去。以西斯問我有沒有地方去。我說很累，想回家，他便問我住哪裡。我說北區，他又好像中獎似的，說他住屯門，可以順路送我一程。我不知道屯門和北區怎麼算是順路，但又不好意思拒絕他，便一起坐地鐵再轉乘東鐵。

坐車的時候，大家聊起上學的事。他問我下學年回來時，畢業論文準備跟哪位老師。我說仙老師，他又做出那個中獎的表情，說他也打算跟仙老師。那麼，到時便可以做論文班同學了。他問我想做甚麼題目，我說還沒有想清楚，他便說他要寫劉以鬯、西西和也斯作品中的動物。我想不起這些名家筆下寫過甚麼動物，但我沒有質疑他，甚至覺得這題目的確很新穎。我隨意地告訴他：

我家有一隻叫做狐狸的柴犬。

是嗎？真巧！我有養刺蝟的呢！

那有甚麼關係？

狐狸和刺蝟是一對的！你沒聽過嗎？

我無知地搖了搖頭。他興致勃勃地說：

找天我帶刺蝟來探狐狸好不好？

但我沒有養狐狸，我家養的是柴犬，而且他是盲的。

盲犬？不是導盲犬嗎？

我覺得他的笑話有點過火，便靜了下來沒有答話，他卻自顧自說：

真狐狸當然不能養，但假狐狸也算是狐狸吧。

我開始覺得這個人有點無聊，幸好終於到站了。我鼓起了全部的勇氣，阻止他陪我下車，說下個站有巴士直達屯門，到那裡轉車最為便捷。他表示同意，便目送我下車，瞇著眼跟我揮手告別。我轉過身去就開始對自己生氣。以西斯這個人沒有不好，我為甚麼總是要以冷漠和退縮去回報人家的善意呢？

也許是心中的愧疚之情作祟，當我在出閘後碰到阿來迎面而來，而且再次對我不瞅不睬，我竟然做出了跟平時相反的動作。我尾隨著他，看見他走進商場入口附近的一間小食店。我在店外的走廊上徘徊，假裝在查看手機，偷看到他買了腸粉和煎釀三寶之類的小食，站在鋪子裡的小桌子前，狼吞虎嚥地吃了起來。我抬步走進去的時候，連我自己也覺得驚訝。我站在他旁邊，壓抑著聲帶的顫抖，問：

你是阿修嗎？

對方來不及吞下嘴裡的食物，說不出話來，只是瞪著我。我用手機打了阿來的號碼，對方的手機響起。他望了望上面的來電顯示，喝了一口瓶裝檸檬茶，把食物沖下去，清了清喉嚨，說：

你係阿來嘅朋友？

我點了點頭，但卻找不到說下去的話。阿修抬了抬眉，表示疑問：

我唔係阿來。你想點？

我……只係想同你打個招呼……阿修。

好呀！你叫晨輝嗎？哈路呀！咁得未？

說罷，他把一件魚肉釀青椒塞進口裡，大動作地咀嚼著。他見我不知所措地站著，便把白色膠碗遞過來，問：

食唔食？鍾意就攞件。呢枝竹籤未用過，乾淨嘅。

我連忙擺了擺手。他像是甩開蚊子似地搖了搖頭，自己又撿了件茄子放進口裡。過多的醬油從嘴角流下，他不慌不忙地用手背把它擦走。我走也不是，留也不是，胡亂地找話說：

你DSE考成點？

阿修像是一時聽不懂似的，半晌才恍然大悟，說：

這個你應該問阿來。是阿來要重考的。我對這些垃圾學歷沒興趣。當然啦，我會盡量配合佢，至少唔會跣佢一鑊！前兩年試過我冇去考，累佢U咗科數學。不過如果輪到我，我都唔保證考成點。溫書那個是阿來，阿修甚麼都不懂。

見我只是在聽，沒有反應，他又說：

喂！啞巴！怎麼啦？

沒有啦，只是想跟你打個招呼而已。

真是怪人！

我只是希望，下次大家在街上碰見，可以互相打個招呼。

就這樣？

我咬著唇點了點頭。阿修今次減慢了搖頭的速度，好像我無可救藥似的，說：

真是執著的人啊！

我想起布包裡有今天在工作坊印的卡片，便掏出一張，用原子筆寫上阿來的名字，交給阿修，說：

請問你可不可以幫我交給阿來？

阿修在T恤下襬擦了擦沾了油漬的手指，拿過卡片，皺著眉讀出上面的字，說：

乜叉嚟架？完全睇唔明嘅？——OK啦！我會俾佢架喇！

不好意思！麻煩你了！

我躬了躬身，正要離開，他叫住了我，說：

喂！你係阿來女朋友？

我嚇了一跳，連忙否認，說：

不是！不是！只是普通朋友！

阿修突然大笑出來，自言自語地說：

阿來真是！揀個傻瓜做女朋友！

我臉紅耳熱地從小食店走出來，知道自己又出醜了。但是，走了幾步，又覺得心裡有一陣釋然。就算被阿修取笑了，我至少也可以不怕他，也至少可以敢於對人表示好意。不知怎的，這竟然有點像贖罪的感覺。

11

其實事情一點也不複雜。一切只關乎耐力，和決心。

馬禮遜隻身來華傳教，但礙於大清的禁令，無法公開活動，只能以東印度公司翻譯員的身分，留駐在廣州十三行。當時懂中文的外國人幾乎沒有。馬禮遜偷偷聘請本地老師，埋頭苦讀，短短兩三年內中文水準就足夠閱讀、寫作、口頭溝通，甚至翻譯。至少，他成為了中文最好的外國人。

無法直接傳教，代替品就是書籍。翻譯聖經和撰寫傳教書刊成為首要任務。問題是這些書刊如何大量印刷出版？當時中國的主流印刷模式是木刻雕版，好處是程序簡便，技術成熟，壞處卻是欠缺靈活性。馬禮遜早期的出版就是採用雕版的，但他的行動被搗破，雕版盡毀，工人也遭到牢獄之災。這讓他明白到，在中國以外的地方設置印刷所的必要。

馬禮遜選了兩個地點，分別進行不同類型的印刷工作。在東印度公司的支持下，他在澳門開辦印刷所，從英國運來機器和請來技工，監督本地工人逐字雕刻鋼質中文活字。由於公司答應的條件約束和澳門天主教勢力的干預，澳門印刷所只能從事非宗教性的出版，也即是中文字典的編印。這個實驗證明了，大量打造西式中文活字並非天方夜譚。

同時，馬禮遜指示新來的同工米憐，到南洋馬六甲設立佈道站和印刷所，以解決無法在中國土地上從事中文出版的困局。自此以後約三十年，大部分教會中文出版物都是在馬六甲英華書院以木刻雕版印刷的。這當中有一個關鍵人物梁發。他是首先隨米憐到馬六甲的刻字工，米憐的最早作品如《張遠兩友相論》和期刊《察世俗每月統記傳》，毫無疑問是梁發所刻的。至少當中大部分如此。之後馬禮遜和米憐合作翻譯的中文聖經，也是在馬六甲刻印的。可以推想梁發在刻印過程中也扮演了重要角色。

事情的再度推進，發生於一八三零年代來華的新一代傳教士台約爾身上。深受馬禮遜影響的台約爾，在未出發前已經主張，未來中文傳教書刊的出版必須依靠活字印刷。他親自學習西式活字製造的程序，包括雕刻鋼字範、壓製銅模，以至澆鑄鉛字。他又進行了精細的字數統計，系統化地列出所需的常用中文字，以及每字所需的數量。

到達馬六甲之後，台約爾便開始親手打造活字。最先造的是大字，後來又開始造小字。他根據的字型範本，就是早前在馬六甲出版的中文聖經。所以我推測，在台約爾的活字當中，留下了不少梁發雕刻的字型。我比較過台約爾活字和《張遠兩友相論》、《察世俗每月統記傳》、《我等救世主耶穌新遺詔書》，以及相信是作者親自刻印的梁發著作《勸世良言》，發現大部分字型都極為相似。不過，這始終是個人推論而已。

要說香港字的源頭，最直接和明顯的是它的實際打造者台約爾。但是，如果台約爾根據的字型是梁發的手筆，那麼把源頭推到梁發也不為過。而如果把最早主張和實驗中文活字的人納入，馬禮遜似乎又扮演著啟動者的角色。再往下看，台約爾未完成活字鑄造便身故，工作轉移到香港繼續由理雅各監督，由印工柯理完成，那麼他們也是有份創造香港字的人。要說誰才是香港字的源頭，誰又是香港字的完成者，並不是三言兩語可以斷定。

我也說不清楚自己為甚麼會對這個課題如此著迷，甚至是有點入魔。也許是因為我的阿爺和外公都是從事活版印刷的，所以感到當中跟自己有某種淵源吧。但那似乎並不只是由於家族的關係，總隱約好像有某種切身的、個人情感的因素在內。

娜美說我渴望尋找源頭，尋找父親。她說我要通過故事，來建立跟這個源頭，這個父親的關係。那麼，在香港字的故事中，父親是誰？是馬禮遜？是梁發？是台約爾？還是一個混合了所有這些人的、抽象的父性存在？

我從小時候就覺得，自己是個沒有故事的人。每在甚麼場合要作自我介紹，我也啞口無言，不知道自己有甚麼值得說。在學校，在任何群體裡，我也是個隱形人。沒有人注意我，我也不想被注意。我就像移動式方塊拼圖遊戲中的那個空白格子，因為那個格子的不存在，才能騰出空間讓別的方塊活動，互相推移，交換位置，拼出完整的畫面。我就只能這樣安慰自己，作為空格的存在並不是沒有意義的。但是，我並沒有自己的圖案，自己的畫面。

現在我試圖拼湊香港字的畫面，發現像我這樣的一個不存在的人竟然發揮了作用。但當畫面逐漸成形，那個一直令我感到安穩的不存在的空白，卻也慢慢地消失——不，應該說是被填滿。對此我感到害怕。是的，我害怕。我害怕成為故事的一部分，更害怕成為主角。因為隨著故事的成形，一些我一直拒絕的記憶，一點一滴地回來了，甚至隨時會洶湧而出。我恐怕內心的堤防抵擋不住記憶的衝擊。

然後，我做了那個蛭子的夢。

那個晚上哥哥和阿嫂回來吃飯。（雖然他們還未結婚，但已經同居兩年，所以我早就把哥哥的女朋友當作阿嫂了。）通常這種場合爸爸也會親自下廚。在等開飯的時候，哥哥把我叫到客廳裡聊天。他循例問我近來覺得怎樣，精神如何，有沒有準時吃藥之類的。我告訴他蒐集香港字資料的工作進度。他對歷史題材不感興趣，但對於我恢復了一點點工作能力，感到滿意。

電視機上正在播放動物紀錄片，節目在探討紅鶴為甚麼會是粉紅色的問題。原來紅鶴本身並不是粉紅色的，只是因為牠們的食物來源裡面的一些成分，才令牠們變成粉紅色。而在不同生態環境生活的紅鶴，紅色的程度也會有差異。

阿嫂禮貌地問我可不可以轉台。我其實沒所謂，但還未回答，哥哥便拿起遙控器，二話不說地轉到新聞台。電視畫面由湖邊的紅鶴換成了法院外面的場景。爸爸從廚房走出來，手裡拿著盛滿甜酸煎大蝦的碟子，看見電視在播新聞，向哥哥抗議了一聲，哥哥卻說：阿爸，你不可以永遠不讓阿妹看新聞啊！她就是因為對現實的抵抗力太弱才會出事。你要讓她慢慢適應現實，不然她永遠沒法走出溫室。

我一直不覺得，家裡長時間收看動物節目有甚麼問題，不看新聞又有甚麼問題。經哥哥這麼一說，我才發現原來這樣是不正常的。爸爸如往常一樣，不會正面跟哥哥爭論，只是以迂迴的方式，催促我們到飯廳那邊坐下。他趁哥哥沒注意的時候，把電視的音量降低，所以新聞在說甚麼，幾乎完全聽不到。

吃飯的時候，哥哥問起上環老家的事，想確認爸爸是不是決定把單位賣掉。爸爸照樣說要和舅父姨媽等商量，哥哥也照樣堅持業權是屬於我們的，應該由我們來話事。阿嫂加入遊說，說和哥哥最近在看一些新樓盤，價位和位置也很不錯。現在經濟低迷，樓價升勢暫緩，是上車的好時機。又說只要搞定新居，待疫情一過去，他們便打算結婚。

爸爸的樣子既欣喜又為難。我隨意地問了一句：

你們這麼急著結婚，是想生孩子嗎？

哥哥沒料到我會有此一問，怔了一怔，倒是未來阿嫂從容不迫地答說：

阿妹，我同你阿哥還年輕，生孩子的事不急。不過既然是決定結婚，當然有生孩子的打算，所以早點找一間合適的房子，也符合長遠計劃啊。

我其實沒有質問他們的意思，只是真的為他們感到擔心，便說：

你們認為，這個世界還適合孩子生存嗎？

這對準夫妻相望了一眼，好像居然有人問這種多餘的問題似的。爸爸卻想輕輕帶過，說：

別說這種傻話吧！

哥哥擺出他從少年時代便慣用的嚴肅表情，反問說：

你指的不適合，是哪個方面？是指疫情嗎？還是其他？

我給他的氣勢一嚇，當場便洩了氣，低聲說：

我也不知道啊。

這就是你的脆弱神經在作怪，知道嗎？要說壞，世界並不是現在才變壞。要說好，說不定現在還是人類歷史中最好的時代呢？怎麼可以面對小小挫折就大驚小怪呢？

我知道哥哥是在鼓勵我，但我只是暗自顫抖，無法應對。

飯後爸爸和哥哥到房間裡去看從上環老家搬回來的舊物，我和嫂嫂在客廳跟狐狸玩。她非常驚訝拋出去的球，失明的狐狸毫不費力便可以找到。電視不知甚麼時候已經熄掉。父子倆在房間內待了一段時間，我猜其實是在商量賣房子的事。後來房間裡面傳來拍打東西的聲音，我們停止了手中的遊戲。房門打開，哥哥走出來，手上拿著捏作一團的紙巾。嫂嫂問他甚麼事。他打開紙巾，裡面有一隻給打扁了的蟑螂，肢體已經七歪八倒，觸鬚卻還在動。我嚇得尖叫了出來。狐狸立即向著空氣中猛吠。

哥哥和阿嫂離開後，我回到房間看材料，但心情卻忐忑不安，無法專注。到了大概十點左右，聽到窗外傳來一個女孩的叫聲。那不是從樓下，而是從對面大廈傳出的喊叫。這種深夜的喊話有一種熟悉的感覺，我不知道從前甚麼時候聽見過。它每隔一會便會重複一次，儘管聲嘶力竭，卻怎樣也得不到迴響。

我走到窗前，探頭望向對面的公屋大樓，嘗試尋找聲音的來源。終於，我在跟我家同樣高度的樓層的一個窗子內，看到那個女孩子。我住的大廈和對面大廈之間的距離不近。從這邊望過去，縱使可以看見各家各戶的窗子，平常卻不會察覺到室內的狀況。就算是刻意地注視，除了燈光的顏色和大略的情境，也無法看到多少細節。

可是，不知為何，這時候對面的窗框內的女孩的身影，竟然罕有地鮮明無比。她體型嬌小，身穿黑色吊帶背心，頭髮紮成馬尾，雙手抓著窗框，鼓足力氣地向外面大喊。我忽然覺得，她是在向我發出呼喚，並且在等待我的回應。我慌張地縮回房間裡，躲到她看不到我的地方。

過了不知多久，四周回復寂靜。我偷看了一眼，對面那個窗子已經關了燈，漆黑一片，好像從來沒有人在那裡一樣。我去廚房飲水的時候，看見爸爸在客廳看韓國連續劇。我問他有沒有聽見叫聲，他卻搖頭表示沒有。

當晚我做了個夢，夢到自己的左大腿內側又痛又癢的，拉高裙子一看，原本長著胎記的地方，爬著一隻蛭子模樣的東西。可能因為吸滿了血，蛭子像顆黑色的皮蛋似的又脹又圓。我用力把蛭子拔下，兩腿之間流了很多血。我發現血原來是從我的下體流出來的。我的意識告訴我，蛭子是我生下來的。

後來場景又變成那個熟悉的工場，外公和年幼的媽媽一起在工作桌前，像是玩砌積木似的，拿鉛活字在排版。排好之後，外公用鑰匙把版面鎖緊，然後把印版裝到印刷機裡。這時我看到那隻蛭子，吸附在上墨的滾筒上。外公好像沒有看到蛭子，開動機器，轉動的滾筒把蛭子壓扁。壓扁的蛭子變成了一攤紅黑色的液體，取代了油墨，塗在印版上，印出了紅黑色的字紙。外公把其中一張印好的字紙抽出，很滿意地看著。然後，他把紙張遞給我。我看見那篇文字，但我一個字也看不懂。那些字的墨水漸漸化開，融合成沒有形狀的一團，就像一隻巨大蛭子的模樣。

過了兩天，我在接受靈魂治療的時候，向娜美說了這個蛭子的夢。

娜美這天剛巧穿了條質料很柔軟的深紅色的長裙，連化妝的色調和配戴的口罩也是紅色的。我有時會懷疑，娜美有一種奇異的能力，像變色龍一樣按照接受治療者的狀態而改變身上的顏色。甚至連治療室的燈光和牆壁的色調，也好像會作出相應的變化。那種感覺就好像進入清醒的夢境。真是清醒嗎？我也不知道。也有可能是催眠的作用。

娜美讓我在扶手椅上躺著，聽我說完夢的內容，用半開玩笑的語氣說：

這樣看來，蛭子要覺醒了！

我不明所以，她便換回認真而柔和的態度，說：

你知道嗎？在歐洲直至十九世紀，依然有利用水蛭放血的療法。我不是這種療法的支持者。它的施行風險似乎頗高。但蛭子作為一種治療方式，是個古老的傳統。所以蛭子的夢可以是負面的，也可以是正面的。作為意象，蛭子療法就是要去除靈魂內的瘀血和毒素，令循環變得暢順。當然這樣的療法是要忍受痛楚和噁心感的，搞不好還會遭受細菌感染呢。

說到這裡她又笑了起來，用手掩著那本來就有口罩掩著的嘴巴。

不好意思，嚇壞你了！我的意思是，覺醒的過程無可避免要經歷一些痛苦，就像蛭子療法一樣。而所謂覺醒，其實就是記憶。記起自己還是蛭子的時候的模樣。

但我夢見自己生下蛭子，那又是甚麼意思？是出於甚麼錯誤嗎？

蛭子在這裡就是畸形兒的意思吧。那暗示了你對生育和繁衍的焦慮，但也可以說，是你對自己作為被生下的畸形兒的焦慮。蛭子的畸形在於牠沒有肢體，沒有動物的外觀，像一團未成形的東西。不過，牠也可以表示未成長的狀態吧。未成長不代表不會成長。假以時日，蛭子也會演變。牠有可能變成完整的生物，但也有可能變成怪物。這就是牠的覺醒的關鍵。

我不就是那怪物嗎？我一生下來就害死了媽媽。

見我激動起來，她握著我的手，安撫我說：

不要忘記，蛭子本來也是神啊！他是由父神和母神所生，就算被遺棄和放逐，他有一天也要回歸，完成他的神話！所以，千萬不要被身為蛭子的命運所打擊。

我很奇怪，娜美的話為甚麼和悲老師說過的那麼相似。我覺得我應該向她坦白，便說：

其實，我的左大腿長著一隻蛭子。

這是我一生人第一次主動說出這個見不得人的秘密。我坐起來，彎下身，把及膝的裙子拉起，打算向娜美展示我天生的缺憾，但她按住我的手，阻止了我。

不用了！我早就知道。

你怎麼會知道？

縱使口罩遮住了半張臉，依然可以看見娜美嫣然一笑，說：

你的夢不是已經說了嗎？

她讓我躺下來，幫我重新拉好裙子，說：

記住，你不用害怕它，也不用除去它。它是你獨特的標記。是你身體的標記，也是你靈魂的標記。憑著這個標記，你終於會找到夢的出口。

12

讓我說說蛭子的不堪往事吧。

我左大腿內側的胎記，從小就帶給我不少麻煩。對於那個部位長了如此醜陋的東西，我一直感到羞恥難當。它的位置雖然隱蔽，但卻並不是一定不會給人看到的。所以我從來也不願意穿泳衣，甚至連短褲也不敢穿。我常常借故不上體育課，因為害怕在同學面前更衣，也擔心那種女生的貼身體育褲會露出馬腳。

可是，無論我如何掩飾，事情最終還是敗露。念中二的時候，有女同學在體育課之後，在更衣室無意間發現了我的秘密。當時她答應我不會說出來，但是不久便流傳出二B班的賴晨輝大腿上長了一隻蛭子的醜聞。後來蛭子所在的部位又變成了私處。除了女同學，男生們也開始竊笑起來。環繞著蛭子產生了許多令人噁心的說法，好像甚麼吸經血的蟲，或者是一條充血的黑色男性器官。我本來是個不受人注意，也不想受到注意的人。當所有人突然把注意力投向我身上，而且聚焦於這麼私密的地方，我被迫得無地自容，在課室內完全抬不起頭來。有些日子嚴重到要裝病告假，逃避上學。

升上中三，同學換了一批，加上少年善忘的本性，事情才漸漸淡化。但是，我心中的羞恥並沒有減退，老是覺得同學在心裡取笑我天生的醜態。我原本內向的性格變得更加退縮。我覺得那標記代表我是個受到詛咒的人。這樣的人不適合跟別人建立親密關係，更加不要說發生男女之間的那種事。

小差是唯一見過我的胎記，但從來沒有取笑過我的人。她理直氣壯地說：誰的身體沒有或多或少的缺憾？有一次她來我家一起做功課，我們躲在睡房裡，她脫了上衣給我看她左乳旁邊的一顆大黑痣，還笑說自己長了三顆乳頭，將來可以同時給三胞胎餵奶，或者同時滿足三個男朋友。我對小差的直率和坦然感到驚訝，自愧不如，但她令我感到安心。

也許是因為這種信任，後來我接受了她介紹給我的阿宏，成為我的第一個男朋友。阿宏像其他男生一樣，對女友有身體上的要求。我知道這樣再正常不過，但我很難克服自己的恐懼。我鼓起最大的勇氣，容許他撫摸我的身體，但我不斷製造藉口，防止更進一步的發展。阿宏知道我是個怕羞的人，也沒有表現得過於強硬，但焦急之情溢於言表。我曾經認真考慮移後我的底線，去滿足他的慾望，但是沒多久之後，我的腦袋便出事了。

我至今還沒法記起，我是為甚麼出事的。我究竟是受了甚麼外在的刺激，還是由於甚麼內在隱患的爆發，導致了我試圖從家裡的窗子一躍而下？因為這一段空白，我連自己過往的記憶的實在性也開始感到懷疑了。唯獨是身體上的特徵，好像小金魚眼睛或者蛭子，才讓我保持跟從前的自己的連結。我也不知道是不是應該感謝這些被視為缺憾的東西了。

近來晚上頻頻聽到的女孩的叫聲，喚起了某種模糊的記憶，但我擔心那其實是我的幻聽。就如我在電腦上和字靈的對話，除自己以外並沒有第三者的見證，很可能只是精神異常的現象。某部分殘存著理性的自我，這樣地提出警告，但來自深層的意識，卻告訴我那是靈魂的呼喚。

與字靈的對話已經接近尾聲。我之所以有這樣的預感，是因為香港字的話題已經談得七七八八，香港字的身世也弄得頗為明白了。當故事已經完成，字靈還有甚麼要跟我說嗎？或者應該說，當字靈已經通過我重現了香港字的故事，我這個降靈者還有甚麼利用價值？我為此感到焦慮，一直等待字靈表態，但他們卻保持沉默。有幾次我作好準備坐在電腦前面，大半天螢光幕卻依然一片空白，沒有任何感應。相反，窗外的呼喊卻越加淒厲。

每當深夜的窗外響起那叫聲，我便忍不住在半掩的窗簾後偷看對面的女孩。她露出來的上半身，老是穿著那件黑色吊帶背心，與那泛著白色冷光的背景，形成強烈的對比。我留意到附近亮著燈光的單位，對女孩的呼叫沒有半點反應，不知是已經習以為常，還是根本就聽不到。唯一令我肯定這並不是我個人幻想的，是每一次狐狸都會醒來，不安地在家裡走來走去，不斷地發出低吼，直至聲音消失才會停止。

那個晚上，我趁著對面的女孩又在窗前高叫，打了個電話給阿來。我問他是否在家。他說是。我便問他聽不聽到女孩的叫聲。那邊停了一下，發出輕微的雜音，好像是在室內走動，然後阿來說：有。

真的？你都聽到？我激動地說。

點可能聽唔到？

我忍不住哭了起來，半晌才說：

多謝你，阿來！多謝你！

多謝我甚麼？多謝我有耳仔嗎？

阿來，我很害怕，你可以陪我一會嗎？

好啊，我們傾一陣電話吧。

我可以過來你家嗎？

現在？這麼晚？

我們住這麼近，我還沒來看過你。

我家很亂——不過，如果你唔介意的話……。

掛了電話，我換了衣服，小心翼翼地走出房間。狐狸已經安靜下來，回到他的窩裡睡覺。我發現爸爸在浴室裡，便趁機偷偷溜了出去。

三分鐘後，我拿著從便利店買的零食和飲品，來到公屋大廈的門口。穿著短褲、趿著拖鞋的阿來在那裡等我。他的頭髮好像比之前更長更亂，披散在瘦削的臉龐和肩頸上。我跟著他走進升降機，看著他按了二十字。經過八樓的時候，我不得不用手按著劇烈心跳的胸口。我曾經想過去找女孩所在的單位，但又覺得太荒唐而作罷。阿來察覺到我神色有異，關切地問了我一聲。我強笑出來，說電梯內的空氣好像有點悶。

阿來長期獨居，媽媽很少回來，家居狀況以單身男性來說算是整潔。家具用品簡樸陳舊，有一種十年如一日的凝滯感。牆壁油漆剝落的情況頗為嚴重，但卻沒有人去修理。整體的感覺就像一個努力地保持秩序的廢墟。

我一進門便走到窗前，發現方向真的看不到我住的大廈。遠處是一列黑沉沉的山巒，近處是空無一人的機動部隊訓練基地。可以想像在演練的時候下面傳來的槍砲聲。我側耳傾聽，卻再聽不到任何叫喊了。我告訴阿來那個聲音的來源，是在這座大廈八樓的一個面向我家的單位。阿來蹙了蹙眉，說：

是嗎？不奇怪啊。要不要試叫一下，看看有沒有回應？

他作勢把頭伸出窗外，我連忙拉住了他，說：

十一點幾喇！唔好嘈到人啦！

他促狹地笑了出來，原來只是想嚇我。我問他可不可以參觀他的房間，他露出遲疑的神情，有點靦腆地帶我走進去。一進門便看到面對著單人床的牆上，貼了一張日本ＡＶ女優的海報。阿來連忙解釋說：

不要誤會，那是阿修貼的。阿修中意三上悠亞。

他指向小書櫃上僅有的幾本書，說：

他還收藏了她的寫真集。

我頓時感到耳根發熱，避開了那面牆，把目光移到堆滿了教科書的小書桌。書桌上的一塊小鏡子上，貼著我在活字工作坊裡印的那張卡片。房間裡面沒有男生常有的模型、電玩或運動用品，可見阿來真的很省儉，生活也很單調。我看到窗邊掛著一個防毒面具，便好奇地問：

防疫用不上這個吧？

阿來擺了擺手，說：

那也不是我的。是阿修的東西。他也不是現在戴，只是一直掛在這裡沒放好。真是個沒手尾的傢伙！但我們約好了不碰對方的物品，所以也拿他沒法。還有那個也是他的。

他指向書櫃頂上的一個黑色頭盔。頭盔看似堅硬的表面，有一些撞擊和磨擦的痕跡。我有點擔心地說：

阿修開電單車的嗎？

不一定開電單車才戴頭盔吧？

他老是用這種模稜兩可的方式說話，令我不知該如何應對。我見阿來難為情的樣子，以為是那幅裸女海報所致，便主動退了出來，回到客廳去。

在沙發上坐下來，我才發覺大家一直還戴著口罩。阿來也肯定察覺到，所以才有點刻意地從膠袋裡拿出我買的紙包裝飲品，說：

來，你喝哪個？

我拿過檸檬茶，他便要了港式奶茶。我們除下口罩，氣氛突然變得有點生疏。我此刻才意識到，自己跟阿來其實不熟，連普通朋友也算不上。在這個夜深人靜的時刻，我居然大膽地跑到他的家來，完全不像平素的自己的行為。我想找點話題打破僵局，便說：

我後來見過阿修，在商場入口那間小食店，還和他談了幾句。

我知道。阿修有跟我說。他是寫在筆記簿上的。他也把那張卡片交給我了。雖然看不懂上面印的句子，但也謝謝你啊！

他的口吻就像談到自己的孿生兄弟似的。我對他的兩個人格的溝通和共處方式感到不可思議。他一躍起來，到電視機前面拿來了一本學生用的筆記簿，翻開讓我看裡面的紀錄。每頁的頁首寫著日期，下面寫了不同的時間，在時間後面寫了一些要傳遞給對方的信息。有些是日常生活事務的交代，例如雪櫃買了甚麼食物，家裡缺些甚麼用品之類的，但也有些是對事情的意見或者商量的過程。間中也有些投訴和氣話，但看來並不嚴重。最奇的是，兩種字體截然不同，就像是兩個人所寫的。我早就相信阿來患多重人格的事，到這刻更加是不容置疑了。

我們一邊用吸管喝著飲品，一邊聊起他考試的事。阿來對文憑試的成績不感樂觀。他承認自己不是讀書的材料，對於升學還是死了心好了。其實他之前也報讀過其他大專課程，但都無法順利念下去。看來唯一的出路就是出來打工，但以他的狀況連打工也不容易。做過幾份全職都不長，總是半路出亂子。我知道他說的是阿修，但他卻沒有半點怪責他的意思。我忍不住說：

你這個人真是包容。

包容誰？包容自己？阿修也是我自己啊。不過，也許你說得對，與其跟自己鬥爭，不如跟自己和好。是對是錯，也一起承受，反正別無選擇。我們能選擇朋友，但我們不能選擇自己，不能選擇有誰住在自己的體內。所以，我們最後也要忠於自己體內的那個誰吧。

他最後一句的說法令我驚異，我有點激動地說：

就算那個誰不只一個？就算那個誰其實是個怪物？

這些問題似乎超出了阿來的認知程度。他搔了搔那頭零亂的長髮，說：

那也是沒有辦法的事情吧。

我看這種事最終也是無解的，便說：

你的頭髮也要剪一下了。

他把前面的頭髮統統撥到臉上去，說：

對啊，快看不見臉了。不戴口罩也沒有人知呢！

我忍不住笑了出來。阿來順勢看了看錶，說：

十二點幾了，你再不回去，你爸爸會擔心的。我明天返便利店早班，六點就要出門了。

我這才意識到自己今晚的行為很唐突，便向他道歉說：

阿來，不好意思，無端端半夜三更來打擾你！

沒有啊，你來找我，我很開心。平常晚上我都是一個人。

你沒有女朋友嗎？——對不起，這樣問很過分嗎？

唔緊要，我無所謂！女朋友以前有過，不過很少人能接受我的情況吧。

阿修呢？

他嘛……他有三上悠亞，別看他這樣，這人是從一而終的。

阿來，你不覺得孤獨嗎？

沒有啊，我有阿修。

但是你們兩個根本就不能見面。其實阿修也很孤獨吧。

阿來好像想說甚麼笑話來解嘲，但突然又陷入沉默。他拿起口罩，站起來似是要送客。

我也站起來，正要把口罩帶子掛到耳朵上的時候，阿來突然按住了我的手，拉開我的口罩，趨前在我的唇上非常笨拙地吻了下去。我整個人呆住了不懂反應。我沒有生氣，也沒有驚慌，只是一片空白，完全無法理解正在發生的事。也不知過了多久，他放開了我，像是做了甚麼可恥的事似的，立即戴上了口罩，別過臉去，掩飾變得通紅的臉色。

他送我回家的路上，大家一聲不響地默默走著。他把整張臉隱藏在長髮和口罩下面。我繼續處於那種懸浮的空洞感覺中，失去了現實感。

回到家裡，爸爸拿著水杯從廚房走出來，看似剛巧碰上。我揚了揚手中裝了零食的膠袋，說我去了對面便利店買東西，但我知道他一定已經看穿我的大話。我一度看似風平浪靜的心頭，猛然地捲起波濤。

我連忙躲進浴室，脫下口罩，唇上甜甜酸酸的，混合著檸檬茶和港式奶茶的味道。鏡子裡是我像是喝醉了似的緋紅的臉色。那雙眼睛彷彿兩尾被驚擾的小金魚。我感到非常懊悔和羞愧。我不應該打擾阿來平靜的生活。我不知道自己在做甚麼，也不知道有誰住在自己的體內。好像有甚麼怪物，悄悄地從我內心深處冒出來。我要包容它嗎？還是要對抗它，或者逃避它？如果逃避還可能的話。

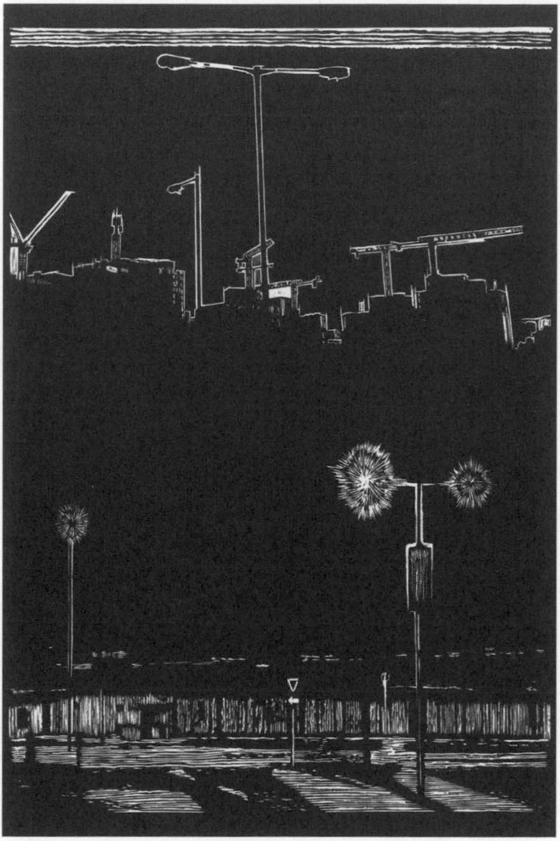

無人

活字降靈會下

Hong Kong
Type

明

終於說到香港字的全盛期了。
我們的輝煌時代。
應該從理雅各說起吧。
理雅各，我們的監護人。
也可以說是後父。
說是養父好一點。
為甚麼總是用「父」作為承傳的起點？不可以說香港字的母親嗎？
說父或說母，也只是隱喻。
但父或母的隱喻有分別。
人傑小姐你真執著。
理雅各和其他創造者都是男人，把他們叫做母親好像有點怪。
除非我們說的是父性或母性。
何解？
父性是支配，母性是融合。
這樣說理雅各代表母性。

因為他愛慕中國文化？

通過他，東洋和西洋打開了對話、溝通和理解的可能。

別說得太快，我有點跟不上。

好，我們又從頭開始。

理雅各，蘇格蘭人，從小聰敏好學，博聞強記，擅長拉丁文，以優異成績考入已有三百年歷史的鴨巴甸國王學院，即後來的鴨巴甸大學前身。

他在信仰上屬於崇尚自主、反對權威的蘇格蘭非國教派公理制教會。

與出身劍橋大學的前輩台約爾相比，理雅各更具有學者品格。

或者說書生氣質。

卻沒有那種狂熱的傳教異象。

是個實而不華的人。

看上去沒有那麼有趣。

好像不是太受到重視。

幾乎被世人所遺忘。

雖然，晚年的他是當世首屈一指的漢學家。

一八四零年一月，剛滿二十五歲的理雅各和新婚妻子瑪麗抵達馬六甲。他一邊投入傳道站的工作，一邊在英華書院學習中文。

理雅各在英華書院初次接觸到儒家經典，立即萌生把四書五經，甚至是十三經翻譯成英文的雄心壯志。

真是年少氣盛，不自量力。

歷史證明，理雅各沒有辜負年少時自願承擔的使命。

理雅各與中文的緣分，可以追溯到他童年時，在父親的書架上，看到了傳教士先驅米憐在馬六甲編印的中文傳教小冊。

可能是《張遠兩友相論》或者《察世俗每月統記傳》。

好讀書的他，被那些印在微微發黃的紙張上的陌生又奇異的文字所吸引。

為甚麼他父親會藏有米憐的中文出版物？

因為他們兩家都是住在蘇格蘭亨特利，而且同屬當地公理制教會，所以早已相識啊。

記得米憐死後遣送回國的兒女嗎？其中一個男孩已經長大，繼承亡父的職志，成為倫敦會傳教士，和理雅各一起結伴東來。

他就是後來參與委辦本聖經中譯的美魏茶。

世事真是奇妙！

他們會說是上帝的安排。

所以理雅各對於中文，可以說是靈根早種。

用東方的說法，就是有夙緣。

理雅各未必會反對，不過他會說是文化的互通，信仰的同源。

這是他晚年的見解，年輕的時候，大概也只是隱約有個預感吧。

當時的西方傳教士，很多都鄙視中國文化，覺得中國是一個專制、落後、迷信、拜偶像的國度。

他們是帶著拯救中國人的神聖使命而來的。

理雅各也不是沒有這種典型的西洋優越感。但是，他也認為西方傳教士在向中國人傳教之前，應該先好好了解中國文化。而要了解中國文化，不得不從最古老的、三千年來支配著中國人的思想和制度的傳統經典入手。只有這樣才能達至真正的理解，才能最有效地傳教。

這就是所謂「知己知彼」吧。

理雅各與別人不同的地方是，除了為了功利的傳教目的，他似乎真心相信中國經典蘊藏著某些值得探究和學習的價值，某些可以讓基督徒反思的東西。

在傳教士理雅各之外，譯者和學者理雅各也冒出了端倪。

於是理雅各和英華書院同學何進善合作，試譯了部分《書經》，但因中文水準未夠而擱置。

他發現翻譯計劃比想像中艱巨。

中國文化的巨靈也比想像中強大。

那時候他還不知道，這場與巨靈的搏鬥將要用上自己畢生的精力。

倫敦會一如以往，並不支持下屬把時間花在非傳教性質的事務上。為了證明學術研究不會阻礙傳教工作，理雅各每天凌晨三點起床，在燈下研習中國經典，直至天亮。日間則把時間用在本職之上。

晨起讀書的習慣終生不改，直至晚年。

何進善是理雅各的第一個華人好友。他少時跟隨當刻字工人的父親到馬六甲，入讀英華書院，英文能力甚佳。

後來何進善跟隨理雅各到香港傳教，改名何福堂，成為繼梁發之後第二位華人牧師。何福堂的兒女甚眾，不少成為社會名流。當中五子何啟赴英念醫科，回港後被任命為定例局議員，獲封爵士，是香港早期華人領袖。

那就說到香港了。

一八四三年九月，倫敦會在東亞的傳教士齊集香港，商討南京條約簽訂後，在新開通口岸的工作分配。

二十七歲的理雅各，帶同妻子、兩名幼女、英華書院的老師和學生，遷移到這個無中生有的海港城市。

當初島的北岸荒蕪一片，無地可居。英人在狹窄的岸邊填海造地，在陡斜的山坡上開闢道路，建立了維多利亞城。

開埠初期，島上生活條件極差，熱病流行，死者無數，治安亦十分惡劣，時有海盜登岸入屋，殺人劫掠。

理雅各卻天生一副極富韌度的性格，無論是遇到疾病、受傷，或者是生活上的挫折，都能夠很快復元。

他在新開通的史丹頓街、鴨巴甸街、荷里活道和伊利近街之間，購入土地，建立傳道站房舍。當中包括傳教士家居、書院課室、學生宿舍、圖書館、印刷所等設施。

英華書院印刷所的活字、鑄字工具和印刷機器，要到一八四六年才從新加坡運抵香港。一八四七年九月，從寧波華花聖經書房轉職而來的專業印工柯理上任，台約爾留下來的大小活字打造工程再次全面啟動。到了一八五一年，兩副活字才告大體完成。

完成後的活字立即派上用場。首要任務是印刷委辦本聖經，其次是出版綜合性期刊《遐邇貫珍》。

《遐邇貫珍》我在圖書館看過，內容很有趣，傳教文章不多，著重歷史、科學、地理、醫學等知識和新聞時事。

對啊！排印這本書我們很開心。

這本期刊於一八五三年創刊，一八五六年停刊，基本上是月刊，每期印數三千部，目標讀者是香港和其他通商口岸的中國人。它的編者是麥都思的兒子麥華陀和女婿奚禮爾，兩人都是殖民地政府官員。理雅各亦有參與其中。

以中文期刊來說，比起早期米憐的《察世俗每月統記傳》和麥都思的《特選撮要每月紀傳》，內容更為豐富，編輯更為成熟，印刷當然亦大大進步了。

你們排印過最重要的書，應該是理雅各的《中國經典》吧。

說得沒錯！簡直是畢生難忘啊！

但說到《中國經典》的開印之前，我們要回顧一下理雅各是在怎樣的情況下，進行這項得不到倫敦會認同的私人研究。

理雅各進駐香港之後，除了建設佈道站、重開英華書院、開展本地傳道工作、充任留港英人牧師、管理印刷所和監督活字打造，還推動免費公共教育，促成中央書院的成立。

在個人生活方面，一八五二年妻子瑪麗難產而死，次年把三名女兒送回英國，不久便傳來了三女愛瑪病逝的消息。到一八五八年回英續弦，一八五九年帶同新任妻子漢娜、繼女瑪利安和兩名親女伊麗莎和瑪麗重回香港。

這些年間的波折和操勞，並沒有消磨他翻譯《中國經典》的意志。靠他那風雨不改的習慣，晨起讀書，孜孜不倦。距離當初發願，恰好是二十年的光陰。

順帶一提，《中國經典》的所有出版費用，全數由怡和洋行的羅拔・渣甸贊助，倫敦會未出分毫，只是准許理雅各付費使用英華印刷所的設施。開始排印第一卷，應該是一八六零年。正式出版則是一八六一年。第一卷包括《論語》、《大學》和《中庸》。第二卷是《孟子》。合在一起即是四書了。

排版方式可說是當時的創舉。每頁分為上中下三個部分，上部是用台約爾大活字由右至左直排的經典原文，中間是由左至右橫排的英文譯文，下部是中文小活字和英文夾雜的注解。這種既複雜又清晰的混合排版方式，是破天荒第一次。

這也是開發中文鉛字才可能做到的事情。理雅各把台約爾的異象完全實現了。

除了印刷自家的製品，我們也傳播到外面去。出售活字成為英華書院的主要收入來源。

賣一副活字就等於佈道站全年的開支了。

遷港初期，倫敦會對英華印刷所的存在不以為然，曾經考慮把它結束或者搬到其他口岸，但自從售賣活字賺大錢，母會對印刷所便完全改觀了。

全香港的中文印刷也靠我們了。

香港政府中文公告就不用說，本地最早的英文報紙《德臣西報》和《孖剌西報》，都有購買英華活字備用。後來兩間報館又先後出版中文報紙《香港華字日報》和《香港中外新報》，用的當然也是我們的活字。

還有一本有趣的書，由洪秀全的族弟洪仁玕口述，瑞典傳教士韓山文撰寫的《太平天國起義記》，就是由《德臣西報》用中英文活字夾雜印行的。

洪仁玕在香港待過幾年吧。

你也知道？洪仁玕從一八五五年到一八五八年在香港住了三年，在倫敦會佈道站做老師和傳道人。後來他找到機會前往南京，投身太平天國，還被天王洪秀全封為干王，負責推行改革。他寫了一部《資政新篇》，詳述了他的改革理念，包括法律、教育、新聞等，大都是居港時期從英國制度中得到的啟發。

據說洪仁玕和理雅各很投契，兩人經常把臂同遊，莫逆於心。

洪仁玕是繼何進善之後，理雅各第二位華人知交。

理雅各很欣賞洪仁玕，對他成為優秀基督徒抱有很大期望。很可惜他回英休假的時候，洪仁玕便跑掉了。

一八六一年理雅各意外地收到洪仁玕從南京的來信，提出要購買大小兩副英華活字和一台印刷機。

但這單生意最終沒有做成吧？

怎麼沒有？

史料沒有記載。

史料沒有記載的，並不代表沒有發生。

你們怎知道——

我們當然知道，因為我們就是主角。

人傑小姐，請耐心一點。這件事留待稍後才說吧。

繼續說香港字的買家吧。

中國買家還有上海道台丁日昌，然後就是北京的總理各國事務衙門，也即是滿清政府因應新國際形勢成立的外交部。

我們還遠銷海外呢！法蘭西學院的皇家印刷所率先買了一批，然後俄羅斯政府也訂購了。一八五八年，荷蘭東印度殖民部的翻譯官霍夫曼教授，向英華書院買了一副小活字，交由阿姆斯特丹的 Tetterode 鑄字廠保管和使用。

這批就是剛剛在荷蘭尋回的香港字！我見過這些字！

超過一個半世紀，我們終於重見天日了！

這就是我們和你連結上的緣分。

忘了說，還有一個美國人姜別利，他在一八五八年前往寧波華花聖經書房就任時，途經香港，參觀了英華書院。後來他寫信向理雅各訂購了大小活字各一副，但每字只買一個。可想而知，他是打算把活字翻鑄成字模，再自行大量生產。

果然，寧波華花聖經書房改組成上海美華書館之後，姜別利以新近發明的電鍍法，把全部英華字翻鑄成銅模，再利用銅模澆鑄成鉛字。這兩副鉛字不只是自用，還當成自家產品出售。

生產技術和商業頭腦也極為優秀的姜別利，從多種途徑搜羅大小和品質不同的中文活字。除了香港字大小兩種，還有柏林字和巴黎字，兩種都是歐洲人製作的拼合活字。再加上自家監督製作的兩種更小的活字，總共囊括了六種大小的中文活字。上海美華書館成為了當時最為齊備的活字供應者。

姜別利按活字的大小編成號碼，是中文活字第一次系統化。一號字是香港字大字，二號字是柏林字，三號字是巴黎字，四號字是香港字小字，五號字和六號字也是自製的上海字。一八六八年十二月《中國教會新報》刊登了美華書館的六款活字的銷售廣告。從此英華書院的活字生意大受打擊，走向沒落。

不過，從我們的角度，也沒有很值得遺憾的地方。

我們的後代，散播到世界各地。

姜別利離開上海美華書館之後，應日本新興實業家本木昌造的邀請，到長崎傳授中文活字印刷。當時是明治維新初期，日本銳意成為現代國家，積極學習西方技術。姜別利此行，開啟了日本現代印刷業。

本木昌造的印刷所以電鍍複製美華書館活字，成為後來日本通行的明朝體。又按美華書館的六種活字，編為一號至五號及七號，另增初號及六號，發展出日後的字體大小記號法。當中明體一號及四號，原型就是香港字。

我們的身影出現在日本。

香港字，也是世界字。

自馬禮遜開始嘗試中文印刷，並提倡鑄造中文活字，經歷了超過六十年。第一副中文鉛字不但大功告成，而且廣為傳播。倫敦會傳教士在這方面的努力，在此畫上了句號。

我們要脫離父親們獨立了。

我們將會演化成新一代的中文活字。

但我們的根，永遠是香港。

無論去到哪裡，變成甚麼模樣，我們都是香港字。

可是，理雅各的《中國經典》呢？他還有繼續翻譯下去啊。

當然還要說他。

不過也要說說王韜。

王韜和理雅各這對組合。

從中入西，從西入中。

不是支配，而是融合。

不是父性原則，而是母性原則。
那，就是我們的源頭。
也是你，人傑小姐，靈魂的家鄉。

天

我想知道，你們身為靈，是不是來自天上。
甚麼叫做來自天上？
是神所創造，還是出於自然？是神靈，還是自然之靈？
神與天，有分別嗎？
還是，兩者都不是？
你老是想作出區別。
不區別，我沒法明白。
有一種明白，是區別的明白；有另一種明白，是不區別的明白。
你想說，前者關乎肉體，或物質，後者關乎靈魂，或精神？
不。前者區別肉體與靈魂、物質與精神，後者不作任何區別。
身心不二啊，人傑小姐。
我們既是物質，又是精神。
我們是鉛，是油墨印出來的字，是字所具的形，也是形所表的意。
所以字靈是一而多，多而一。
你的身體，就是你的精神。

你的靈魂的故事，是你的身體和精神合一的故事。

道成肉身，聖父與聖子，聖靈和物質，二而為一。

上帝與天，不也是神聖與自然的兩面嗎？

理雅各最富爭議性的地方，是嘗試在中國古代信仰中尋找基督教的神。

他在孔子之前的遠古文獻中，看到最高造物主「上帝」的存在。由此證明，中西信仰同源，上帝是普世的上帝。中國人早就認識造物真主，只是純淨的原始信仰被日漸遺忘。

這也是他對孔子和儒家感到不滿的地方。

他不是很尊敬孔子的嗎？

他尊敬作為道德教化者的孔子。

他特別看重孔子提出的「己所不欲，勿施於人」的黃金律。不過與耶穌所說的「愛你的敵人如愛自己」相比，孔子的仁只是個負面的版本，位階較低。

但是，對於「祭神如神在」、「子不語怪力亂神」、「未知生、焉知死」這些主張，他認為是孔子的重大缺失。

孔子忽略或者迴避了古代聖人所崇拜的「上帝」。

從基督教一神論的觀點，理雅各反而看重周朝以前敬天祭神的信仰。孔子對鬼神的模棱兩可的態度，不是進步，而是倒退。

從哲學的角度說，孔子缺乏對形而上終極的熱情，只看重人間的秩序。

理雅各這樣地總結說：「我希望我沒有對他不公平，但在長久研究他的性格和見解之後，我無法承認他是一個偉大的人。雖然他比同時代的士人和學者優秀，但他並沒有超越他的時代。他沒有對世界性的問題作出啟示，對宗教沒有動力，對進步沒有同情。他的影響曾經是美好的，但它將會日趨式微。我的看法是，中國人對他的信仰將會快速而全面地消逝。」

聽來好像很嚴厲的批評呢！

請注意，這是《中國經典》一八六一年初版中的看法，也即是理雅各早期的看法。他對孔子的評價，在往後三十年有很大的改變。

王韜曾經說，理雅各是當代最了解儒家的西洋人。

王韜這個人性好誇張，經常言過其實。

但他對理雅各的讚賞應該是真誠的。

那王韜又了解基督教嗎？他是個教徒吧？

一八五四年，他受僱於上海傳道站的時候，在麥都思手下受了洗。請求入教時還洋洋灑灑地寫了封長信，暢論自己希望受洗的原因。

那封信看來更像一份改革芻議，直接指出基督教在中國傳播的策略失誤，進而提出解決辦法，自薦撰寫更能打動華人的傳教書籍。

確是極富王韜風格的行為。

所以不是他需要基督教，而是基督教需要他。

事實上，王韜在上海的十四年過得並不愉快。

科舉落第，上書朝廷又被冷待，空有大志而無所作為，迫於生計委身侍奉夷人，從事苦悶無聊的筆墨之役。這些都令自視甚高的王韜深感屈辱。

情急之下，他開始萌生轉投太平天國之意。

一八六二年，王韜化名黃畹上書太平天國，就進攻上海的利弊出謀獻策。不料事件敗露，王韜被滿清通緝，在上海領使麥華陀和倫敦會傳教士的幫助下逃到香港，開始長達二十多年的流亡生活。

理雅各接待到港的王韜，發現這個人的學問，遠超所有他遇過的中國讀書人。他自然不會放過這個千載難逢的機會，聘請王韜為翻譯助手，為他解答古書的疑難。

對於理雅各的知遇之恩，王韜亦心存感激。在自己身陷困厄之時，對方不但為他提供避難的居所，還給他發揮才華的機會。經世致用是王韜一生的理想，就算暫時不能有用於國家，至少可以通過理雅各弘揚中國文化。

對於王韜的中文能力，他的前任僱主麥都思早已讚不絕口。他協助翻譯的委辦本聖經，文辭典雅優美，符合中國人的閱讀品味。

但是也有人批評，這個版本過於中國化，令人誤耶穌為孔子，誤基督教為儒家。

看看裡面如何用上「仁」字來表示基督教的「愛」，就略知一二。

翻譯涉及的不只是文字，而是文化。

也即是靈魂的問題。

一八六五年，理雅各出版了《中國經典》的第三卷《書經》。

一八六七年三月，理雅各向倫敦會申請回英和妻兒團聚，並全情投入翻譯工作。

一八六七年十二月，王韜應理雅各的邀請前往英國，旅費和酬金由怡和洋行的羅拔・渣甸贊助。王韜的豐富藏書亦寄運到英國作參考之用。

往後兩年的歐洲之旅，王韜跳出樊籬，眼界大開，世界觀為之激變。第一身經驗和近距離觀察，使他放下對洋人的成見，真正了解西方的富強之道。

王韜在蘇格蘭杜拉村與理雅各同住，跟他的妻子兒女相處融洽。除了不時結伴外遊，翻譯工作亦如火如荼。兩人朝夕相對，切磋砥礪。王韜貢獻他的深厚古典學養，理雅各展示他的獨立思考判斷。

期間王韜曾獲邀到牛津大學演講，由理雅各擔任翻譯，在洋人觀眾面前毫不怯場，大談東西融合的大同思想，贏得熱烈掌聲。

在靜寧偏僻的杜拉村鄉下小屋內，春去秋來，兩個分別代表中西文化的讀書人，默默耕耘，共同完成溝通兩大傳統的創舉。

一八六九年，《詩經》和《春秋左傳》的翻譯大體完成。

一八七零年，理雅各回港擔任香港公理會佑寧堂牧師，合約為期三年。此行更重要的目的，是聘用英華印刷所排印《中國經典》的卷四和五。

王韜離英之前，把他的中文藏書賣給大英博物館，共四十五種著作，四百二十一卷，得五十五英鎊。

回港之後，王韜總結歐遊見聞，寫出《普法戰記》，詳細分析普魯士崛起及力壓法國之道，被譽為深具世界局勢識見之作，連李鴻章也大加讚賞，影響力甚至遠至日本。

一八七一年，《中國經典》第四卷《詩經》共兩冊印刷完成。

一八七二年，《中國經典》第五卷《春秋左傳》共兩冊印刷完成。

一八七三年三月二十九日，理雅各乘坐法國郵輪老虎號，最後一次離開香港。距離他二十七歲第一次踏足這個小島還未開發的荒蕪海岸，已三十年整。

在歷史的偶然下相遇，一度合作無間的理雅各和王韜，自此分道揚鑣。

經歷西方文明洗禮、脫胎換骨的王韜，聯同陳言等人組成全華資的中華印務總局，以一萬墨西哥銀元，收購英華印刷所的所有設備和活字，準備在中文出版界大展拳腳。

一八七四年，王韜創辦中國第一份社論報紙《循環日報》，自任主筆，呼籲中國實行變革，成為推動晚清維新自強運動的最早力量。

一八八四年，清廷取消對王韜的通緝令。王韜告老還鄉，但老驥伏櫪，志在千里，不出一年，又復出擔任上海格致書院院長，致力培養科技實務人才，改革中國教育制度。

但他晚年對曾經受洗入教一事絕口不提，似乎是想抹掉自己曾經服務於洋人的過去。

也說明了他當初入教並非出於真誠。

但對於理雅各本人，始終會念念不忘吧。

相對於王韜與基督教保持距離，理雅各卻和儒家越走越近。

理雅各在完成傳教生涯之時，展開了生命中最重要的朝聖之旅。

朝拜他苦讀了三十多年的儒家經典的聖地。

他先在上海稍作停留，然後北上天津，第一次到訪北京。

他遊歷了長城、明十三陵和圓明園。

四月二十一日，他來到「中國最重要的宗教建築」——天壇。理雅各帶著「朝聖者的心情」，和友人爬上天壇的環形三層平台。站在天壇的頂層，他想起四千年來，中國人以天子為代表，在類似的露天祭壇上，不設偶像，在春秋二祭中，誠心敬拜上帝。

他一直主張，中國人的上帝，就是基督教的唯一真主全能神。為此他堅持中文聖經採用「上帝」的譯法，和支持採用「神」的教派多番論戰，勢成水火。

此刻，在天壇上，他深深地相信，自己過往的推論正確無誤。此處是一個聖地。

在聖地上，他感動莫名，心生敬畏，不由得脫去鞋子，赤足而立，仰天崇拜，低頭禱告。

神天上帝，中西莫辨。

儒家的天，與基督教的神，合而為一。

理雅各在天壇上的驚人舉動，惹來保守派傳教士的不滿，批評他褻瀆基督教，甚至指責他是異端。

自譯名論爭結下的種種舊恨新仇，將會在理雅各餘下的人生中繼續發酵。

朝聖者繼續上路，乘坐顛簸的雙輪騾車，入住簡陋的客店，粗茶淡飯，風塵僕僕，先後登上泰山，探訪曲阜孔廟、孔林、孔墓、孟子故居等儒家聖地。

理雅各完成心願，告別中國，取道日本和美國，同年八月回到英國。與馬禮遜、米憐、台約爾，甚至是麥都思相比，理雅各的傳教生涯可謂圓滿結束。

但他的故事還未完結。

辭去傳教士工作之後，理雅各終於可以名正言順地進行學術研究。在東方學家繆勒的推動下，牛津大學於一八七五年開設中文教授一職。理雅各以譯出五卷《中國經典》的成績，被公認為舉世無雙的漢學家，獲邀出任新職完全是實至名歸。

在六十歲的年紀，竟然還能開展全新的事業，理雅各深信是神的恩典。

雖然他在大學開的中文課反應冷淡，學生寥寥可數，但是他對學術研究沒有須臾鬆懈。

他默默地堅持年輕時養成的讀書習慣，凌晨三時起床，挑燈夜讀，直至天亮。

照亮中國典籍的光源，已經由蠟燭或油燈變成煤氣燈，而翻譯中國經典的筆，也由鵝毛筆變成鋼筆了。

此後二十多年，理雅各陸續完成《孝經》、《易經》、《禮記》、《道德經》、《莊子》等的翻譯，在繆勒主編的「東方聖書系列」中出版。

縱使未盡完美，但已經是里程碑了。

卸下傳教士的身分，從學者的角度議事論事，他比從前更加無所顧忌，暢所欲言。

他大膽地把基督教和儒家作對等比較，得出儒家是包含崇拜上帝的宗教的結論。雖然他認為基督教最終依然優於儒家，但儒家亦有很多值得基督徒學習的地方。

一八九三年，《中國經典》第一卷《論語》、《大學》及《中庸》在英國牛津大學出版社再版，理雅各在序論中修改了自己三十年前對孔子的看法。「我希望我沒有對他不公平。我越深入研究他的性格和見解，我對他的評價便越高。他是個非常偉大的人。他的影響整體來說對中國人帶來巨大的益處，而對我們這些聲稱隸屬於基督門下的人，他的學說也提出了重要的教訓。」

前後兩個結論簡直是差天共地呢！

他對儒家的同情甚至是讚揚，他對基督教的絕對優越性的不夠堅持，以至於他投身世俗學術事業、採納比較宗教學的方法，統統都成為理雅各晚年受到宗教保守派猛烈攻擊的原因。他們把這些信仰立場上的軟弱附敵傾向統稱為「理雅各主義」。

面對惡意的批評，理雅各保持中庸平和，不卑不亢。

他成為了一個真正的儒者。

理雅各和王韜這對舊友和同事，於一八九七年先後逝世，前者享年八十二歲，後者六十九歲。

理雅各的第二任妻子漢娜，於他回英後八年身故。他的十一名子女之中，五名早夭。他共有十五名孫子。

自馬禮遜決心掃除東方鬼神菩薩，救中土萬民於異端邪說的荼毒之中，至理雅各仰慕中國文化，為儒道智慧所折服，終身為譯介漢學而奉獻，前後接近一個世紀的時間。

西方之神，與東方之靈，在文字的角力場上交鋒，不分勝負。

克服漢字，與為漢字所克服，難分難解。

從角力到合作，以香港字為結晶，以《中國經典》為成果。
香港字的故事終於來到尾聲了。
不，人傑小姐，故事還未結束。
還有甚麼下文？
還有關於你的祖先的故事。
我的祖先？
你不是一直在尋找自己靈魂的根源嗎？
這就是祖先的意思？
一八五三年，在理雅各任教的英華書院義學的班上，來了一個姓戴名福的少年。
一八五六年，寄宿學校關閉，少年留在印刷所當學徒。
一八六一年，年輕印工戴福參與排印《中國經典》。
一八七三年，戴福和其他印刷所員工，一起加入了中華印務總局。
同年，戴福收養了一個初生孤兒，把他命名為戴德。
我的外曾祖父戴德？
正是。
那戴德的生母是誰？
戴德的生母叫做黎幸兒。
黎幸兒為甚麼拋下初生兒子不理？

說來話長。
她和戴福有甚麼關係？
你真的想知？
你們跑到我的螢光幕上，嘰哩呱啦地說了一大堆，不就是為了告訴我這個嗎？
的確是。
那麼，請說吧！
最好不是由我們來說。
那由誰來說？
由戴福自己來說吧。
戴福怎麼說？
他寫了一部書，叫做《復生六記》。
這部書哪裡可以看到？
已經看不到。不過，你可以把它重寫出來。
我寫？
降靈書寫。
降誰的靈？
戴福的靈。
我和戴福接通？

沒錯。你準備好了嗎？

我甚麼都可以承受。

那麼你先休息一下。在適當的時候，戴福的靈魂會來找你。

你們呢？

我們已經完成任務。

我們已經把香港字的身世，原原本本地告訴你。

你是我們選定的，香港字的繼承者。

只差一環，戴福的一環，我們就連成一線了。

是融為一體了。

謝謝你這些日子以來的耐心。

字靈向你致意。

再見了。

我們將會長存於你的心中。

成為你的靈魂的守護者。

請記住我們約定的暗號。

字靈人傑。

人傑字靈。

都一樣。

字由人造。
人由字生。
字即是人。
人即是字。

天、人、明

晨輝遺書四

Hong Kong
Type

13

字靈終於回來了。這次他們和我談了個「天」字，關於理雅各和王韜的關係，以及基督教和儒家的跨文化相遇。

一八七三年，王韜和陳言等人成立中華印務總局，以一萬銀元買下了英華書院的印刷設備和鉛字。翌年創辦了《循環日報》，是中國第一份社論報紙，由王韜親任主筆。字靈說，隨著英華書院印刷所轉職的人員當中，有一名叫做戴福的男人。

戴福曾經在香港英華書院就讀，之後加入英華印刷所當學徒。他在轉往新成立的中華印務總局工作的同一年，收養了一名剛出生的男嬰，把他命名為戴德。男嬰的生母叫做黎幸兒，但戴福和她的關係，字靈卻沒有講清楚。

字靈又告訴我，戴福寫了一部自傳，題為《復生六記》。不過這部書已經不傳於世。除非——除非戴福親自降靈，重新筆述這部著作。

事情實在太不可思議了。我這樣寫下去，一定沒有人會相信我。從戴福開始的事情，不見於歷史材料，只是字靈單方面的敘述，又或者——只是我的幻想？那是因為我太著緊於把香港字的故事，跟我自己家族的故事連結在一起，而無意識地作出的虛構嗎？這應該是最合理的解釋吧。也就是娜美說的，我尋找本源的衝動，所導致的神話編織，也即是靈魂的同化吧。據娜美所說，這樣的心理現象具有豐富的意義，但是，它同時具有客觀的真實性嗎？如果沒有，它跟任何虛無的夢幻有甚麼分別？

可是，來到這個地步，我無法否定字靈的存在，也無法否定字靈所說的話。如果推翻這一切，就等於毀滅自己在自殺不遂之後重新建立起來的生存意義。也即是說，把自己再次推入死亡的深淵。我必須繼續相信靈魂，就算這意味著我要失去現實，也在所不惜。

展覽的展品項目已經確定，相關的文字介紹，編排的次序，以及背景性的說明，都差不多可以定案了。在印藝工作室的工作會議上，大家提交了自己負責的文本，也互相給了修正的意見。以西斯的部分因為涉及好些相關的人物採訪，而不是單從文獻資料作出整理，所以進度較慢。不過他幹勁十足，能力也甚佳，所以容姐並不擔心。

會後以西斯約了一位退休印刷老師傅做訪問，興沖沖地走了。我其實也沒有別的事，但卻流連不願離去。我待在那兩台印刷機旁邊，幾乎是深情地欣賞著它們的每個細部。雖然我不懂操作，但我卻好像早已熟悉它們的性能，就好像飼養者熟悉自己養育的動物一樣。不，它們絕不是被飼育的動物，而是只有靈魂才能驅使的神獸。神獸的飼料，就是活字。神獸吃字，再吐出字來，成就了意義的繁衍，靈魂的變相。

容姐發現我還在，便過來跟我聊天。我有一個問題想問她很久，一直苦無機會，現在正是大好時機。

其實工作坊有沒有計劃把荷蘭收藏的香港字字模，全部鑄一副鉛字？

當然啦！怎會沒有？

但是為甚麼只是鑄了那麼少？有難度嗎？

容姐嘆了口氣，說：

疫情是一個問題。你知道歐洲很多地方都封鎖了，很多活動也暫停。鑄字也一樣會受到影響。不過，更重要的其實是人手和資金。我之前說過，因為一百多年前的銅模的制式跟現代的不同，所以無法用現代鑄字機快速生產。那時候我們每鑄一個字，往往要用上一個早上去調整位置，多次嘗試才能鑄出滿意的效果。按這樣的進度，以一天能完成十個字的樂觀估計，整副字四、五千個大概要一年半至兩年時間。第一，我們不能無償要求荷蘭方面幫我們鑄字；第二，為了確保鑄出來的字的質素符合要求，我們要派駐一名不但懂中文，而且對中文字的結構和印刷規範有認識的人。單是這個人在荷蘭長期留駐的費用，已經不是小數目。但是，如果有一個人願意義務去做這件事，甚至承擔自己的旅費呢？

容姐笑了出來，好像我的說法很天真似的，說：

你告訴我，哪裡去找這個人？

我一時答不上話，容姐便說：

不用擔心的，機會總會來，我們見步行步吧。現在的首要任務，是搞好展覽。展覽能引起公眾的關注，到時再籌款就有把握。

容姐又問到悲老師的情況。我說我最近也很少見到他，容姐便露出擔心的神情，說：

別以為阿費這個人看上去很從容，很隨和，他的個性其實非常倔強。你知道他的成長背景嗎？他爸爸是雕塑家費大同，專做大型銅器的，才氣、名氣和脾氣都很大。阿費是他的細仔，從小就接受爸爸的藝術培養，你看費銘彝這個名字，就知道爸爸對他的期望。但他後來選了木刻，被他爸爸認為氣度太小，不成大器。費大同晚年做了很多歌功頌德的作品，阿費對此很不以為然，兩父子的關係鬧得很僵。他爸爸的輕視，反而令他對木刻非常執著。後來在沒有和解的情況下，費大同便過身了。

我發現自己對於悲老師的過去，原來一無所知，感到十分慚愧。容姐繼續說：

阿費結婚之後，過了幾年美滿的日子，人變得自信，創造力也達到高峰。可惜的是，自從他太太不在，社會又發生了許多變化，他又變得陰沉了。有時候也不太願意跟我吐露心底話，只是自己收藏著，默默承受著。我和他也算是二十幾年老友了，我對他也算是了解，所以對他今次堅持要為展覽做新創作的事，覺得有點不妙。你和他住得近，有時間去看看他，不要讓他鑽牛角尖。

我……可以嗎？

怎麼不可以？阿費介紹你給我的時候，已經跟我說了你的事。我看你這段日子恢復得不錯，工作也做得很穩妥。當初阿費幫了你，我看你也是時候回去幫他。單純地等別人來幫自己，不是最好的做法。幫別人就是幫自己。人是這樣互相支撐，才能生存下來的。

我明白了。

容姐的話給我很大鼓舞，但我依然不敢跟她說，我的研究一直得到字靈的指引，而且我外公家族跟香港字可能有直接的淵源。任何正常人也會覺得匪夷所思。可是處在我的位置，一切卻是那麼的順理成章，就像拼圖遊戲原本看似毫不相干的碎塊，最終也必然形成一幅完整的畫面。我想起娜美說過的一番話，而且幾乎可以聽見她的聲音跟我說：

從任何其他的角度，事件都有另外的樣貌，或者是不成樣貌，但是從你自己的角度，因為受到你的靈魂的牽引，所有看似隨機和零散的碎片，都會環繞著那無形的中心點，匯聚成具有奇妙結構的對稱圖形，就像你看進一個萬花筒一樣。你要知道，事實不是那堆碎片，事實是那個萬花筒，而萬花筒就是你的靈魂之鏡。隨著靈魂之鏡的轉動，你會看到世界的無限幻變。

我相信，悲老師也一定在注視自己的萬花筒，但他在他的靈魂之鏡裡見到甚麼呢？我無從得知。如果我們所有人都只能看進各自的萬花筒，轉動各自的靈魂之鏡，那麼在千千萬萬的世界之間，豈不是沒有任何連繫，也沒有任何共同的東西？無論景象多麼的美妙，那最終還是一面孤獨的鏡啊！除非——除非靈魂之鏡就像宇宙中的天體，是受著無形的引力互相牽引的吧。

我藉口讓悲老師看看我工作的成果，第二天下午跑到他的家兼工作室去。

老師正在工作桌上畫草圖，桌面被畫稿鋪得滿滿的，有些地方還被堆高起來，看上去好像一個紙造的立體地景模型。他見我來了便暫停工作，沖了紅茶，和我坐在沙發上聊天。我覺得不宜每次都買蛋糕，便改了買曲奇餅，也不知合不合老師的口味。他大口大口地吃著曲奇餅，好像很飢餓的樣子，立即又覺得自己有點失禮，笑著說：

今日未吃午飯，不客氣了！

我把展覽用的文字稿打印出來給老師過目。他很認真地看著，不住點頭，說寫得相當簡明清晰。其實那不過是功能性的文字，毫無出奇之處，但老師還是讚不絕口。我約略地說了些展覽的進度，然後便問起他的參展作品。老師像是要擦去汗水似的，用掌心揉搓寬闊的前額，指尖的餅碎也沾到頭髮上去，但我不好意思給他撣走。

阿容有說我甚麼嗎？明明是回顧展卻堅持要交新作，她一定覺得我多此一舉吧！

說到這裡他又吃了一塊餅，一邊咀嚼一邊說：

事實上就是因為，時間無多啊。

他停下來呷了一口茶。我從未見過老師如此狼吞虎嚥的樣子，感覺有點不知所措。我只懂用最沒有想像力的方法安慰他說：

老師不用心急，距離展覽還有三個月啊。

老師突然忍不住笑了出來，同時又伸手去拿曲奇餅，說：

謝謝你啊！我做老師的淪落到要學生來安慰我，真是可悲！我真是名副其實的悲 Sir 了！

他看見我一臉委屈的，連忙解釋說：

對不起！請別誤會！我不是想取笑你或者抱怨你！我真是太廢了！我說的時間無多不是那個意思。當然距離要交畫真的有點趕，但我有信心可以做到。你看，我已經做了很多草圖，準備工作已經七七八八，隨時可以開刀了。哈哈！我以前常和太太戲言，說下刀是「開刀」，聽來好像做手術似的。後來太太真的去了開刀，不過已經太遲了。

說到這裡，悲老師禁不住熱淚盈眶。以前他提到太太都是笑著的，這是我第一次看見他流露出悲傷之情。我嚇得手忙腳亂，想拿紙巾給他卻把茶杯打翻了。不料這個小意外卻打斷了老師的愁緒。他連忙起來收拾茶几上的亂局。我這個笨人真可算是歪打正著了。

老師到浴室洗了個臉，回來的時候已經恢復平靜。盒子裡的餅乾已經給他吃光了，他見狀也嚇了一跳。他在T恤下襬擦著指頭，說：

要不要看看我的草圖？

工作桌上鋪滿了草圖，他隨手拿起幾張向我展示。每張圖中都畫了一個裸體的人像，當中有男有女，筆法跟他以往的作品差不多，但這次那些人都在遭受某種極刑，做出扭曲的姿勢，臉上流露著痛苦的表情。有些施刑者畫在同一張圖內，有的另圖繪畫，再配對起來。那些施刑者的外形並不像人，而是某種神靈或者使者，全都穿著天使般的長袍，背後長著翅膀，頭上還附著光環，但臉部都戴著連眼罩的防毒面具。他們操作著各種刑具或武器，以不同的方式折磨那些裸體的男女，情景令人慘不忍睹。

有沒有看過Bosch的畫？Hieronymus Bosch，十六世紀初荷蘭畫家，有人譯做波希或者博斯，他畫的地獄很出名。

說罷，他到書架上拿了一本畫冊過來，翻開描繪地獄的部分，向我指出畫中的細節。

你看！多麼詭異！多麼恐怖！但又同時是多麼的滑稽！我當然不會直接模仿他，但我想營造的是這種氣氛。不過我不會按傳統把施刑者畫成魔鬼，也不會畫成東方的牛頭馬面，而是畫成天使，或者應該說是偽天使。

他把打開的畫冊放在草圖的中央，雙手在上面來來回回地比畫著，說：

這些圖都是個別的細節，將會分佈在畫的不同位置，具體的安排還未有定案。大體的佈局我已經心裡有數，在整幅畫的中心點，應該會有一個核心主題。所有細節都會環繞著這個核心，像萬花筒一樣輻射開去。

他提到萬花筒令我心裡暗地一驚，好像某種詭異的心有靈犀。我對這幅還未創作的畫充滿著好奇——不，不只是好奇，而是著魔。我問老師畫有沒有題目，他說：

〈無罪者的地獄〉。我打算以「悲鳴兒」的名稱發表。你們給我改的花名，沒有白費。

雖然還未看到整體的構圖，但畫題已經強烈地預告了作品的調性。我彷彿被某種病毒侵襲，渾身顫抖起來。悲老師察覺到我的反應，立即轉換話題，說道：

其實我知道自己的功力有限。要做這麼多草稿才能「開刀」，表示我還未能完全以刀代筆。記得我之前給你看的中國新興木刻運動的作品嗎？魯迅當時便說，創作木刻之所以有別於繪畫和插圖版畫，就是以刀代筆，放刀直幹。不是模描早已擬好的畫像，而是在甚麼都沒有的木版上，成竹在胸，渾然天成地直刻下去。按魯迅的想法，這樣才有刀法，這樣的刀法才有力。木刻版畫就是力的表現。

他再次走到書架前，把一套版畫集抽出來，打開前面的一段引言，解釋說：

我很年輕的時候，便已經讀過魯迅這番話，也看過他編的版畫集。簡單地說，這就是燃點我對於木刻版畫的熱情的火種。我知道自己資質有限，無法兼收並蓄，所以只專注於一種版畫形式，甚至只專注於一種版畫風格，努力在這狹小的領域內做到最出色。我這樣的路向在行內被認為是保守的，欠缺創意的，但我有自知之明，知道自己不能依賴創意。我不是行動型的人，我只能像植物一樣，敞開自己去感應這個世界，把無論是清新還是污濁的空氣吸收到體內，通過陽光與黑暗的交替，去進行光合作用，然後在自己的體內長成一條又一條的紋理，一個又一個的年輪，以自身最終長成的那棵樹，作為藝術品交給世界。我長得很慢，但我可以長得很高，很粗壯，很茂盛。這就是我對自己的期許。不過，最近我覺得自己開始力不從心。也許是吸收太多有毒物質，我這棵樹好像漸漸敗壞，營養不良，抵不住風吹雨打，而搖搖欲墜了。我恐怕，這幅是我最後的作品了。

聽老師說到這裡，我焦急起來，忍不住流下了淚，哽咽著說：

悲老師，不會的！你一定可以創作下去的，請不要放棄！

他努力地擠出笑容，向我遞出手帕，說：

看來我要為你準備一條專用的手帕。

我破涕為笑，很難為情地拿著那條手帕，也不知應不應該去玷污它。

我不敢以為，自己真的可以如容姐所說，反過來幫助悲老師，但我至少可以給他一點支持。

我問老師借了幾本魯迅編的外國版畫集回家看，一邊翻著，一邊想像年輕時的老師的心情。

魯迅先生說：「中國古人所發明，而現在用以做爆竹和看風水的火藥和指南針，傳到歐洲，他們就應用在槍炮和航海上，給本師吃了許多虧。但還有一件小公案，因為沒有害，倒幾乎忘卻了。那便是木刻。」木刻從中國傳到歐洲，發揚光大，成為別具一格的藝術形式。現在他要把西方的木刻版畫介紹給中國，並說：「木刻的回國，想來決不至於像別兩樣的給本師吃苦的。」

讀到這裡，我突然聯想到，活字印刷不是一樣嗎？最早由中國人發明，卻在西方成熟，促進了文明和知識的躍進，然後回過頭來輸入中國，造成現代化的巨變。歷史的演化是那麼的奇妙莫測。

正當我浸沉在這樣的浮想之中，字靈又來呼喚我。不，這次不是字靈，而是祖先之靈。我不由自主地夢見，或者是看見，或者是讀到，又或者是寫出，我的外高祖父戴福的故事。

離開的，會再回來；失落的，會再被發現。

我終於知道，字靈所言不虛。

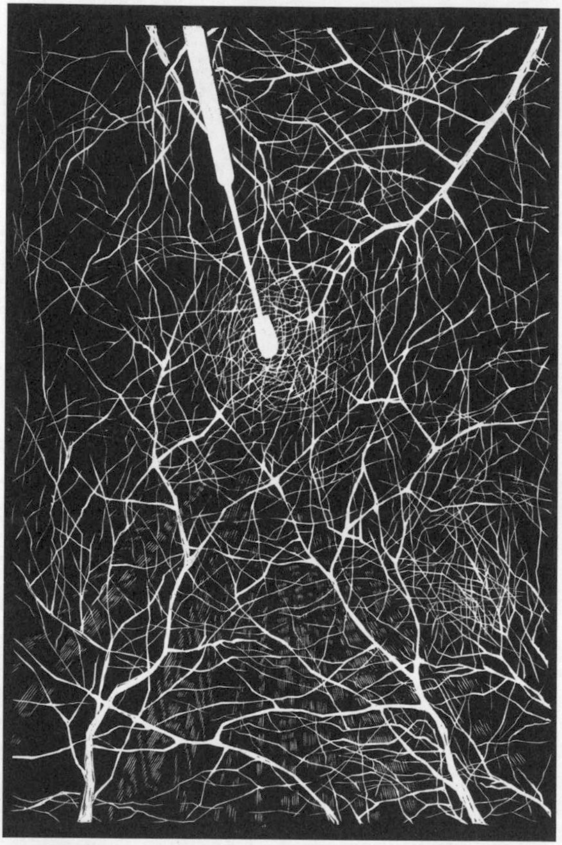

漸漸敗壞

復生六記 上

Hong Kong
Type

自序

余戴福，字復生，廣東新安縣十八鄉人。十一歲隻身至香港，入讀英華書院義學。及三年，義學停辦，入英華印刷所為學徒，專習活字排版，從事至今，未有所改，五十年有餘矣。余非學者文士，僅一介排字工人而已，然自少為字癡，逢字必讀，讀之不厭，尤愛刻印之字，喜其工整端正，筆畫分明，墨跡深淺，猶影之隨形，變化幾微，而不出初衷。每遇刻書，愛不釋手，逐字揣摩，如細味珍饈。及見西洋活字印刷之術，鑄造精美，機運靈巧，蔚為奇觀，遂以此為終身之職，甚合吾之性情也。

余平生澹泊，少見寡聞，無足稱道之處，惟有憾事一宗，數十年來未能釋懷。至此從心所欲之年，親自排之以字，印之成書，以表當年未竟之情，未遂之志，信非踰矩焉。余欲記述之事，既無益於世道，亦不足以消閒，惟訴點滴之衷情，以慰逝者之亡靈。書中文字，原為少時擬予某人之書信，皆以汝為說話之對者，不類常見之傳記。茲以原文多篇，編輯連綴，去重覆冗贅之處，略加事實補充，盡量保其原貌，以見當年之真。其事態之悲情，或近通俗小說，然皆秉筆直書，未作渲染，蓋人世之苦難原無邊也。余雖云畢生與字為伍，然因學養所限，語言駁雜，體例不一，文采全無，盼讀者諸君見諒。

適逢變革將至，運轉乾坤，吾垂垂老矣，雖不久於世，猶寄望於新人，遂以復生為題，共有六章，而名為復生六記。

辛亥年十月

西曆一九一一年十二月

一 啟蒙

幸兒，我講過會寫信過你，你不信，我現今就寫與你看。這封信或許我應該早些寫。一直拖延至今未曾寫，我甚為後悔。倘若能早些寫，令你早些知道我的心意，或許事情就不會弄到今日的地步。不過，就算你知道我的心意，你也是身不由己的。然而至少我們的心意是由己的。未知你同意唔同意。

猶豫很久沒寫信過你，亦是因為我不曉得怎樣寫。未入英華義學前時，余在村裡讀過幾年私塾，惟是認得幾個字而已。在英華三年，除了讀番書，亦有讀唐書，然都只是些皮毛，憑那些皮毛，連秀才也考不到。余十四歲入書院印刷所做排字工，日夜對住都是聖經中文譯本，同西人傳教士所寫之唐文。後來排印理雅各先生的中國經典譯文，才從頭將四書略讀一遍。至於詩詞小說之類，亦非余之所好。久而久之，拎起枝筆寫唐文，總係覺得唔對路，拙劣到唔見得人。後來聽聞，連黃勝先生收到朝廷聘書，也不敢親筆回覆，要請上海來的王韜先生代筆。可見寫不好唐文不是甚麼稀奇事情。不過將自己同黃勝先生比，實首太厚臉皮。

你睇下，我拉扯咁耐重未入正題，真正係自暴其短。我思前想後，覺得就算寫得幾差，終歸都係寫好過唔寫。古人不是說，辭達而已矣耶。那我就不管甚麼體裁句法，文言定係白話，但求將心中話講過你知，等你聽個明白。我確信你亦都唔會笑我，但係我應該從邊處講起呢。細想起來，我同你初次見面到今日，已經十年有多，但面對面講話嘅次數，少到十隻手指都數得晒。余為何等樣人，汝應該不甚了解。既然如此，我不如從頭講起，話你知我細個的事，我如何來香港讀書，如何成為學徒，又如何交心與你。這樣一路講來，你就會曉得為何我想寫信過你。你就不會覺得我這樣做唐突過頭了。

余本新安縣十八鄉人。先祖父戴公仁為舉人，於鄉中頗有名望，長次二子不幸早夭，三子戴進繼為嫡子，乃余父也。家父年少聰敏，亦好讀書，惜用功過度，積勞成疾，於鄉試兩度落第，一病不起，英年早逝。余母只育有一女，家無男丁，於族中頓失依靠。其時先祖父亦已仙遊，以叔祖父戴義為族長。家父歿時，家母已懷有身孕，未知為男丁否。叔祖父覬覦嫡系田產，欲謀而害之，以斷我家之血脈。母深感脅迫，遂藉辭歸寧，攜女出逃。家母姓梁名珍，九龍芒角村人。其父已千古，以其長兄為族長。得兄暫為收留，母順利誕下一子，即余也，起名為福。雖喜獲子嗣，母仍不敢歸十八鄉，恐叔祖父家之威嚇也。母既已出嫁，即非梁氏族人，勾留娘家，於禮不合。然夫家田產既已為叔祖父侵吞，寡婦亦難有立足之地，母兄情非得已，允其居於村旁小屋。自此以後，戴氏不聞，梁氏不問，我家三口便如無害小疣，寄生於芒角村一隅矣。

余於道光二十二年生於九龍芒角村，時西曆一八四二年也。其時大清與英吉利戰事方休，簽訂南京條約，割讓香港，襁褓中之嬰兒自然一無所知。我大舅雖然待我母不薄，但畢竟已為外姓人，地位自然略差一等。戴氏叔祖父吞併田產所遺之撫恤金，自不足夠我家豐厚度日，大舅之資助亦只是聊勝於無。家母原為族中閨秀，腳踏三寸金蓮，十指不沾陽春水。自家道淪落，節衣縮食，家務樣樣親躬，奈何行動不便，無法兼事幫補家計。我姊戴銀十歲未到便下田種菜或幫人洗衣，不曾纏足，事後回想，未嘗不是幸事。

少時家母於我寄望甚殷，千叮萬囑我繼父遺志，高中科舉，光耀門楣，勝過十八鄉戴氏，以報見逐之仇。為此吾等雖然家貧，父親之藏書卻妥為保存，佔去陋室大半。我未及總角，便喜愛把玩書本，大聲辨讀其字，甚至以筆墨摹描。每得字紙，不肯丟棄，收於匣中，珍而重之，雖撕碎紙屑亦不放過，意甚頑固。母親以為是文昌星之徵兆。六歲之時，找算命佬卜得一道復卦，預言此小子將來必振興家業。母大喜，不惜重金遣余至鄰村私塾讀書，蓋其曾出秀才數人，聲譽甚隆也。未料我雖沉迷字紙，於學術卻不肯用功。誦讀詩書，惟記字樣，不明其意。三數年來，少有長進，吾母見之，心急如焚。

余家寄人籬下，地位甚卑，余性又木訥，於村內幾無朋友。惟大舅之五子梁旺，比我年長兩歲，不嫌我呆，自小與我一起嬉戲，最為親暱。阿旺不喜讀書，只愛爬山涉水，撈蝦捉魚。我隨他四處遊玩，近者至大角咀海邊，或北面九龍塘一帶，遠者至九龍寨城之下，或翻過山丘南下尖沙咀。家母見我荒廢學業，毫無法子，只能暗暗憂心，偷偷垂淚。

梁家自阿公一代已棄農從商，經營香木生意，自紅香爐南面之香港仔採伐原料，稍作加工，運往省城銷售。大舅無心於仕途，也不強迫兒子考取功名，惟需識字和算術，將來學做買賣。一天我跟阿旺戲耍歸來，滿身大汗，入門見大舅赫然坐在廳堂之上，神情嚴肅，似與我母商量重要之事。大舅見不肖小子自投羅網，命我站於堂下，睨視兩眼以壯聲威，刷一聲把一張紙遞與我看。只見紙上印著簡短告白，云，本港英華書院，設立十年矣，所收生徒，數近一百，有唐人先生教以五經四書，有英國先生教以上帝聖經，兼及英語，與夫天文地理算數等學，向來生徒不須修金，即米飯亦是本書院所出，唐人子弟，獲其益者，誠多且大也。茲擬於癸丑年七月二十八日，即西曆耶穌降生一千八百五十三年九月一日，新收門徒，故預為徧告，如有欲其子弟入院學習者，可及早來院面議可也。英華書院司事人理謹白。

比告帖內容更吸引我者，乃印刷告帖所用之字。那欵字體我從未見過，與平常漢文刻版印本截然不同。我很久之後才知曉，那是新近製成之第一副西式中文活字。我當然也不曉得，自己將終身與此種活字為伍，直至老死。

翌日大舅親領我自大角咀搭艇過海，到香港英華書院面議入學。西人將小島命名為香港之前，土人慣稱此處為紅香爐或裙帶路。昔我跟阿旺遊尖沙咀，經常隔海眺望，如觀看海市蜃樓。聽村人云，此島原為荒蕪之地，山上寸草不生，海邊惟有亂石，無可居之處。於我出生之年，為英吉利紅毛鬼所佔，變海為地，闢山成市，三數年間高樓林立，船艇如鯽，商賈苦力皆趨之若鶩，聚居唐人上萬。余等登岸之處，稱為中環，乃維多利亞城之中樞。只見街道井然，屋舍宏偉，風貌與唐人市鎮大異。大舅如識途老馬，領路而行，穿衢而上，登至半山，見兩棟相連之雙層西洋房屋，乃倫敦傳道會大樓也，亦即英華書院之所在。

面議者理雅各先生，紅毛人也，鼻高眼深，腮鬚濃密，年約三四十之間，開口竟能講土話，雖則聲調不準，所言卻完全可解。其實我並非未曾見過西人，兒時有傳教士名郭實臘者，於九龍四處佈道，散發唐文冊子，也能口講土話。然我年紀尚幼，每每只是遙遠觀望，不敢走近。如今與西人親身面見，不免膽戰心驚，以致當理先生向我問話，我竟結舌不能回答。理先生不以為意，微笑以對，以手撫我頭，害我渾身上下一陣顫抖。面議之後，大舅領我到下市場飲涼茶，食西人布顛，訓誨我要學好英語，將來謀生有一技之長。歸途時從海上回望，見山城漸遠，心情莫以名狀，似有苦而微甘之味道。

兩月之後，我收拾行李，含淚告別母親，隻身赴英華書院求學。是年我十一歲，習性未定，適應寄宿起居不算困難。惟素來不善交友，與眾生徒同居一室，頗有窘迫之感。然而半年過去亦能如常，未有大礙。書院紀律甚嚴，每早七點起床，男女生徒聚集會堂早禱，事畢才吃早飯。飯後開始早上課堂，教授英文文法及寫作，算術及地理，午飯後教授唐文及中國經書。稍作休息及用晚飯後，傍晚教授唐文基督教書冊，直至八時方休。全體生員集合晚禱之後，方可洗澡就寢。禮拜日有中英文崇拜及講道，無須上課。記得入學之時，男生有三十六人，女生有九人，除崇拜及吃飯之外，男女生分開授課，互不相干。以上所述，你早已知曉，因你乃九名女生之一也。然我仍不厭其煩，筆而錄之，皆因汝當時年紀尚小，約六七歲之間，乃欲詳細說明，以助汝憶起往事也。

猶記得第一次見你，乃入學後翌日之早禱會。男女生徒列坐會堂之上，雙方難免好奇，互相眉來眼去，上下打量。我性羞怯，不敢直視，偷偷以眼角瞥向女生的座位。只見女孩兒高矮肥瘦，年紀不一，皆穿樸實的唐裝衫褲。惟當中個子最小者，穿的卻是天青色西洋裙，膚色白得出奇，紮起孖辮的頭髮，竟然是栗色的。我當初甚為驚訝，但轉念一想，校內有居港西人之子女，亦不為奇。及後便天天如是，每逢早禱晚禱，目光總忍不住朝那女孩方向望去。想你當時不察，今天亦不記得有這麼的一回事了。同校約大半年後，我才逐漸歸納所聞，得知你並非純種洋人，唐名黎幸兒，本港土生，講土話。如是者，余心裡困惑更甚，無以得解。

未知你記得校內老師否，且讓我略講一遍。理雅各先生為書院院長，亦教授英語。數學及地理老師則為湛孖士先生。兩人皆為佈道站傳教士。中文老師姓陳，並非信徒，乃一般書館先生，應聘而至。另有何進善先生，為最早之第二位唐人牧師，專門教授基督教義理。女生課堂由湛孖士太太主理，除中英語文及基本數學，另授以針黹編織等細活。理先生雖然發音不佳，但時常同生徒講土話，訓勉學習，甚為親切。後來聽舊生說，理先生本與妻子一起經營書院，惟去年理太太不幸難產而逝。今年初，理先生將三名幼女送返英國，佈道站亦變得冷清。理先生勤奮工作之餘，難免經常鬱鬱寡歡。幸得新來同工湛孖士夫婦協助，書院才能運作如常。我有時半夜起床如廁，從宿舍走廊望去，對面理先生的房間總是亮著燈火。

余對課本印刷之好奇，更甚於其中所載之學問，乃天生之字癖所致。文法書華英言語撮要訓蒙日課，或教義書幼學淺解問答，我都翻來覆去，記得每頁每句每字的模樣。入學月餘，課本早已讀得滾瓜爛熟，索然無味。後乃曉得校內有一圖書館，藏書甚豐，每天便趁著小休之時，不管自己能力如何，囫圇吞棗，埋首閱覽。最先引我注目的是神天聖書，因其冊數最多，份量最重，名字最威風也。儘管語句詰屈聱牙，文字如密咒一般神秘難解，我卻恍如進入神遊之境，樂而忘返。某禮拜天下午，理雅各先生見我在圖書館翻閱此書，狀甚驚訝，問我讀懂否。我搖頭，他便告訴我，此乃傳教先驅馬禮遜和米憐兩位先生所譯之首部中文聖經。他隨即把兩部大書放在桌上，告我曰，呢兩本係最新譯出嚟嘅新約同舊約，文句通順啲，易明白啲，係我地書院自己印嘅，你睇下，新鮮出爐架。理先生摸了摸書的封面，彷佛是熱烘烘的麵包。我翻開一看，頁面的文字排列整齊，筆畫均勻有致，陣容氣勢非凡，細節纖毫畢現，景致雄渾，震撼我心。或許我終於成為印書人，就是當天播下的種子。

另一部啟蒙之書為遐邇貫珍。此實乃介紹西學及報道時事之雜誌，每月一期，由英華書院編印，創刊於一八五三年八月，即約於我入學之時。我最初之天文地理知識，如地為球體，地球轉而成晝夜，地球繞日公轉，以及日蝕月蝕之成因等，皆來自此雜誌。又讀到地球各州各國之風物制度，明瞭世界之大，非惟中土而已。及至地質礦物，生物分類，人體結構，諸如此類，皆令我眼界大開。書刊之每月雜報，記述中外新聞，篇幅逐漸增加。此後二三年，每月追看太平天國和上海小刀會之事態發展，風雲變色，怵目驚心。此時方知，吾生於何時何世，何有中，何有西，何有英佛俄花，何有滿清與長毛，及何有香港。

吾一望而知，遐邇貫珍上所印之字，與英華印刷所之新舊約聖經相同。而相同之字亦個個一模一樣，毫無參差。較之於傳教士先驅時期刻印於馬六甲的書冊，等質大有分別。當時我於印刷術一無所知，身邊亦無人能解我謎團。印刷所位於低座大樓，與學校和宿舍有所區隔，向無學生踏足。然所內發出的機器運轉之聲，遠處亦隱約可聞。我終忍不住好奇，悄悄往印刷所一探究竟。於窗外踮腳偷窺，見一位師傅手持木盒，正在撿查一些金屬小柱，並逐一放回木架之上。未幾師傅抬頭，看見窗外有人，不但未有生氣，反而揚手招我進去。我略為遲疑，但未敢不依。及至進內，師傅開口道，小先生，我時常喺圖書館見到你。此人年約三十開外，語氣溫文，不似一般工人。我羞得臉紅耳熱，結巴道，我唔係先生，只係好中意字，想知啲字點印出嚟。師傅點頭微笑，不緩不急道，你真係想知，我可以講過你知。我地用嘅字，係新造嘅鉛字。鑄字原係西人嘅方法，先雕刻一粒鋼質字範，英文叫做punch，再用字範喺銅片上面印出字模，英文叫做matrix，再將鉛合金倒入去字模裡面，就可以鑄出一粒鉛活字，即係lead type。你睇，呢粒就係鉛活字。師傅一邊以實物示意，一邊向我講解。我聽得心醉神迷，猶如觀看魔術戲法。這位耐心向冒昧小孩講解的大人，原來是印刷所新近聘請的主管，也即從花旗國留學歸來的黃勝先生是也。

由於男女生徒分隔甚嚴，一直未有機會與你就近相見，更莫說交談。惟每天早晚課及用膳時候，不忘暗中望向你之所在。只見你總是安靜獨坐，甚少與人交談，更覺你出塵脫俗，鶴立雞群。不過魯鈍如我，心思也只是僅止如此，別無他想。第二學年接近尾聲，適值痘症流行，坊間多有以土法吹種天花而致死者，書院特地安排醫生到校，為學童接種牛痘。男生接種之後，給予半點鐘休息。我欲乘機到圖書館看書，經過種痘之房間，走廊窗門大開，有女生陸續走出。我無意間向內一瞥，見你挺直腰肢坐在椅上，短袖子掀至肩膊，醫生手中之刀剛好斜斜刺進你上臂幼嫩的肌膚。你閉眼蹙眉，強忍痛楚，我竟也感到自己種痘之處灼然如火燙。及至圖書館，心猿意馬，不能集中，胡亂翻了幾頁書，見時候不早，便回去課室。不料在花圃旁邊，見你站著不動，白裙如紗，身影輕薄如紙，左臂上方纏著紗布。你聽見有人走近，稍微轉臉，神情不喜不懼，如見舊識。我故作從容，問道，痛唔痛。汝道，痛。余道，我都痛。又說，阿媽話食飯唔乾淨，將來娶個痘皮婆。汝問，噉女仔呢。余道，一樣。爾嫣然一笑，如花綻放。

及至七月學期結束，生徒放假歸家度暑。我揹著行李走出校門，欲沿鴨巴甸街直落中環。忽見你由一女子相伴，沿荷里活道走去。我未及細想，改變方向，尾隨在後。未幾你與女子站在路旁，互相拉扯，似有爭執。我見女子輪廓甚似汝母，惟髮膚顏色相異。你萬分不情願，落後汝母幾步，再度前行。至擺花街與砵典乍街交界，兩人一前一後，走進路邊一家影相樓。抬頭一看，見有阿昌影相樓五個大字。我在店門外稍作停留，只見室內昏暗，事物無可辨別。惟見櫥窗陳列之相片當中，有一女孩人像，身穿漂亮西裙，樣貌半唐半番，異常惹人憐愛。我攜行李到中環海皮搭船渡港，心中盡是汝在路上踟躕的背影，及相片中略帶勉強的笑容。

暑假過後重回學堂，卻不見汝之蹤影。同室有一男生，素與女生相熟，從其處得知汝已退學，原因不明。我心悵然若失，然亦未以為意。畢竟余與汝只是擦肩而過，並無深交。少年心事多變，亦容易淡忘。之後寄宿生活如常，不外讀書學習，無甚可記之事。是屆男女生徒合共超過九十人，盛況空前，然亦頗為擁擠。惟至咸豐六年，即西曆一八五六年下半，局勢漸趨不穩，撤出本港人口甚多，學生人數大減。理雅各先生宣佈停辦英華書院義學，只保留日間學校。我家住對岸九龍，若無寄宿伙食之便，無法天天往來上課。我甚愛書院環境，不欲前功盡棄。出外打工或從買賣之業，亦非吾所願。正苦惱間，遇黃勝先生，問其意見，他問我可有意成為印刷學徒。我求之不得，自作主張，一口答應。回家稟告母親及大舅父，皆首肯，事遂成。恰巧遐邇貫珍亦於是年停刊了。

我睇你都攰喇，我地下次繼續啦。

二　學師

幸兒，上書講到我人生中之重大決定，即成為印刷學徒。此事你未必很有趣味，但因攸關我倆命運之種種，是以亦略加敘說一番。我與你重逢，即在我學師期滿之時。當時的心情和際遇，亦都想同你細訴。至於後來的誤會和錯失，當初實在無法逆料。世事之播弄，豈真為神天上帝之旨意哉。

余入印刷所之時，共有工匠十人，分為刻字，字模及鑄字，擺版，刷印，釘裝。余遵黃勝先生意思，先學執字擺版，然將來欲有所升遷，則其他工序亦須掌握。先生之所以如此言，乃見我已讀過幾年書，中英文能力勝於一般工人。先生本廣東香山縣人，曾就讀於馬禮遜學堂，後偕另外二位同學留學花旗，雖然因病中途輟學回港，但西學已屬唐人中之上等。回港後於德臣西報學習印刷一年半，便應聘成為英華印刷所主管。據說當時法院欲以一百二十元高薪聘請先生為翻譯，先生卻願以三十元月薪服事於英華書院。此事頗為傳道站中人所稱道。

印刷所之傳教士監督，時為湛孖士先生，黃勝先生為主管，之下有黃木先生，為工匠頭。工匠之中，黃木先生最為資深，早期於新嘉坡印刷所任事，後隨書院遷港。日常印務，黃勝先生不親自落手，訓練學徒，亦由黃木先生負責，即余之師父也。學徒之業，素來都是苦多樂少，師父苛刻虐待，手藝秘而不傳，亦時有所聞。幸而黃木師父嚴而不厲，各種技術亦肯傾囊相授。另新譯聖經需求甚殷，活字銷情暢旺，人員須全力投入，不容閒散怠慢，我亦乘機多加磨鍊。余初入職之時，所中只有印刷機兩座，其中一座甚為古老，為四十年前馬六甲佈道站所遺之物。及至兩年之後，才購置第三座新機。再數年間，第四及五座亦陸續添置，產量大增。蓋排印理雅各先生所譯中國經典所需也。

我每天以字為伴，心情興奮，不知艱辛，然要學好箇中專技，亦感戰戰兢兢。初學拆字上架，尋索半天，不知所歸何處。再學執字擺版，次序混亂，不成章句。然終排成一版，裝進機器，上墨壓印，字跡文章，躍然紙上，如魔術焉，如神變焉，驚喜之情，不能言喻。排版之餘，亦學習鑄字。本所備有中文鉛鑄活字兩副，一大一小，皆為前代傳教士台約爾先生於馬六甲首創。台先生志未竟而身死，後來者繼之，據聞在我數年前入學之時，才告完成。每副活字數超十萬粒，皆按部首筆畫，分門別類，常用罕用，遠近不同，置於木架之上。用時按分類撿之，甚為便利。想起少時收集字紙，每思疑其上文字如何可之。如今粒粒活字自我手中生出，每粒活字又印出更多文字。涓滴成流，百川會海，文字汪洋，知識巨浪。你試想一下，係幾咁宏偉嘅景象。唉，我一講起本行就滔滔不絕，真係成條紮腳布噉，又長又臭，望你唔好見怪。

我入印刷所之後，仍住書院宿舍，不過傳道大樓建成已十數年，頗有殘舊破漏之處。理雅各先生多次向倫敦母會申請重建，不得要領，惟有略加裝修，將低座大樓改為何進善先生一家住所，理先生則搬至高座大樓。昔之學生宿舍及課室，改為訪客居室，及更寬敞之餐廳會堂。數年後賣出靠近荷里活道之部分土地，於高座旁邊另建新印刷所，門牌改為鴨巴甸街。如此種種變化，你必已耳聞目睹，因你家只在一箭之地也。奇就奇在，這幾年來，我和你明明近在咫尺，卻從未遇上。惟獨一次，在下市場醫館內瞥見你的背影，但你並未看見我。

此前一年十月，發生亞羅號事件，廣州民眾怒襲洋人，十三行盡遭焚毀，致使英國水師進犯廣州。廣東一帶仇英情緒高漲，派駐廣州的合信牧師也撤退到香港。是時擊殺洋人及漢奸之呼聲甚囂塵上，甚至謠傳要火燒維多利亞城，弄到人心惶惶，華商紛紛離港走避。次年一月果真發生毒麵包案。只記得當天早上，我和站內華工用過早膳，即聽聞理先生中毒的消息。及後得知，城中不少西人亦吃過毒麵包而感到不爽。幸好理先生中毒不深，嘔吐之後慢慢恢復過來。當局驗出麵包含有砒霜，矛頭直指本港惟一西人麵包供應商裕成辦館。適巧辦館老闆張霈霖，當天早上舉家離港赴澳，嫌疑甚深，立即加以緝捕。經調查後證實，事件乃仇洋人士收買麵包店員工策動，老闆並不知情。不過張氏仍遭罰款及遞解出境。事件爆發當天，黃勝先生到醫院探望中毒之西洋友人，派我代為到中環接船。預定今天抵達的黃寬先生，即當年與黃勝先生一起出洋之同學。我在碼頭上眺望，見一駁艇上站著一位穿西服戴西帽之唐人，文質彬彬，想必是黃寬先生。及其上岸，我上前招呼，方知他幾乎不能講土話，少小離鄉之故也。

黃寬先生肄業於花旗國中學，繼於蘇格蘭愛丁堡大學修讀醫科，畢業後成為倫敦會醫生傳教士，獲派回廣州工作。然因廣州形勢不穩，便先落腳香港，等候時機。留港期間，彼於下市場禮拜堂旁邊開設義診醫館。為免土人之排斥及攻擊，乃改著唐裝，戴假髮辮，惟言語頗有不通，時需翻譯協助。教會醫館常設傳道人向病人講道，時任者乃洪仁玕大哥。某天我往醫館送傳教小冊與洪大哥，甫一進門，在擠滿病人的廳堂內，見有女子二人，一長一幼，狀似母女，背向門口，坐在醫生桌前問診。其中女兒身穿素色唐裝衫褲，身形瘦削，如一般地道女子，惟髮辮棕色，後頸肌膚雪白，與別不同。不知為何，我突感左臂灼痛，差點將小冊掉在地上。洪大哥拿過小冊，向病人分發，並繼續朗聲宣講天國福音。我無事可做，不便久留，便退了出來。在街上徘徊再三，不知所措，忽然想起，若你出來見我在此，卻無言以對，豈不更糟，遂回頭急步離去。

洪仁玕大哥，廣東花縣人，乃太平天國天王洪秀全之族弟。當初洪秀全與馮雲山及洪仁玕三人，共同創立拜上帝會。廣西金田起義時，洪仁玕身在廣東，未及參與，後數度欲往會合，皆為清兵所堵，未能成事。遂逃難來港，投巴色會傳教士韓山文門下。太平天國定都金寧後，彼曾嘗試潛入天京，未果，勾留倫敦會上海佈道站約一年多。復再來港，獲理雅各先生收留，於書院義學教授唐文，並協助向唐人傳道。另彼與湛先生同好天文數學，常相與切磋。此數年理先生鰥居香港，寄情工作，惟洪大哥來後，與彼成為知交好友。誠如理先生所言，洪氏誠懇熱情，聰明伶俐，信仰虔敬真切，在傳教事工上將大有作為。

我識洪大哥之初，仍就學於書院，但見其人豪邁爽朗，氣宇不凡，跟別之教書先生不同。其時唐人傳教士中，以何進善先生最為能言善道，領導諸眾，實華人教會之中流砥柱。老屈昂先生則最為資深，惟行事略為率性，情緒起伏不定。洪大哥之加入，令教會聲威大壯，生氣勃勃，前所未見。一日余獨往圖書館讀書，隨意翻看勸世良言，忽見洪老師走近，我忙呼先生，彼卻說，叫我洪大哥。又問我所讀何書，余向其展示書封，彼即瞪眼揚眉，躍然道，呢本就係洪聖天王嘅啟蒙天書。彼即侃侃而談當年兄弟二人創教立業之奮鬥經過，說到搗毀偶像，斬妖除魔，咬牙切齒，意氣昂揚，令人敬畏欽羨。此乃余首次聽人公然云，清朝必亡，心底顫慄不已。之後每有閒時便找洪大哥談話，聽其豪言壯語，參加禮拜亦專揀洪大哥所主持者，耳濡目染，於信仰亦漸有所感。洪大哥此段事蹟，韓山文牧師曾據其口述，以英文寫成洪秀全之異象並廣西亂事之起源一書，原意以售書收入予之濟助，惜書未出版，韓氏即病逝，誠可憾也。

醫館一遇，令我心情忐忑，不知何故。後來幾次無故繞路，經過影相樓之前，但又不敢久留，只是匆匆一瞥，毫無作為。但見櫥窗陳列，又多了兩張少女人像，比從前更覺嬌美，不禁心蕩神馳，不能自控。後與洪大哥談起，彼竟知汝身世，並娓娓道來。據彼所說，汝與汝母至醫館看病，已有月餘。病者乃汝母，非汝也。因汝之髮膚與土女有異，彼甚感好奇，特與汝母女多加交談，得知汝乃擺花街影相樓東主之女。然汝為何天生異色，則不便明問，甚可疑也。又知汝幼時曾於書院就讀，乃向理先生探詢，勾出了一段不為人知的往事。據理先生所言，在本港開埠之初，治安惡劣，不特土人海盜猖獗，頻取西人性命，西人水手兵丁侵犯唐人之事，亦屢見不鮮。時有黃竹坑村之閨女，為洋水手所姦污，事後凶徒逃之夭夭。閨女懷孕生女，為村人所恥，無處容身，不勝羞辱，上吊身亡。閨女有姊，嫁與唐人影相師傅黎阿昌者，既哀其妹，亦不忍孤雛喪母，遂將女嬰收養，此即黎幸兒也。居港西人得悉此事者，皆慼其命蹇，而盡力加以慰助。稚女無辜，然於唐人眼中，卻為野種雜種，因而歷盡嘲笑侮辱，自不足為外人道。嘗入西人所辦義學，亦為同學所排斥，終半途而廢也。

我將你嘅身世講在上面，並唔係想你憶起不堪嘅往事，而只係想話你知，世上有人唔覺得噉樣有乜嘢羞恥。洪大哥云，爺火華乃公義之上帝，在世受苦之人，將來必被高舉，在世恃強凌弱之人，將來必被貶抑。天國即將降臨，令義人得享永福，而悍然行邪惡者，終將入地獄接受永罰。我誠心相信，世間的善惡必會得到公正的審判。而你，將會以無罪的純潔之身，回到天父的懷抱。我只祈求，我也能對抗世間的罪惡，保持清白，與你一起享受永遠的福樂。我信上帝，因為我信上帝會保護你，拯救你。然我不知道，自己可以做些甚麼。

信仰之事，若言感染我至深者，首推洪大哥，其次是屈昂老先生。猶記得初入學時，早晚禱之聖詩，皆由屈老先生領唱，其沉厚之嗓音，足以震動靈魂。是時老先生已年屆七十，於生徒們如老爺爺般，然眾皆有點怕他，蓋彼外貌並不十分慈祥，平日亦訥於言語也。彼乃受洗於先驅馬禮遜先生之元老，然於佈道站總自居次要角色，不若何先生或洪大哥般風采翩然，亦少有主持崇拜，只一意於沿街佈道。城中大小街巷，都曾有過屈老先生之足跡。彼總攜一袋傳教小冊，逐戶探訪，閒談幾句，遇友善者則多留，遇不善者則略過，從不強人所難，或與人爭執。路程有時甚至遠及鄉間村落，東至筲箕灣，南至赤柱，北至對岸九龍諸村。我與老先生相交不深，然亦嘗數次同行分書。蓋我印刷所工夫雖忙，然因準備入教之故，何先生亦派與我一些傳教事工，好使我從中學到道理。不過，從屈老先生口中，倒沒有聽到很多，大抵都是做好人，行善事之類。一天我問屈老先生，為何不多講莫個拜假神菩薩，應當悔罪改過，及地獄永罰等事。彼道，講呢啲唐人唔愛聽，對唐人多講仁愛，佢地中意聽，就信主耶穌。言畢，從袋中挑出幾份單張，交與我道，呢幾章聖經我最中意講，人家都最中意聽，有唔肯聽嘅人，講呢幾章，冇話唔中意。你可知道，日後我親手印過你看的經文，大都是從此中選出，乃繼屈老先生之意也。

咸豐八年中，理雅各先生返鄉休假，臨行前千叮萬囑洪大哥留駐香港，勿作走動，實不欲見其涉險也。然未幾洪大哥便向湛孖士先生請辭，謂欲北上前往太平天國，向天王傳遞基督正道。湛先生未有反對，並出金資助洪大哥路費。時倫敦會傳教士，大都同情亂黨，寄望基督教在中土廣為傳播。洪仁玕弟兄信仰堅定正宗，乃促成其事之上佳人選。未料一年之後，傳來洪大哥獲封為干王，協助天王總理朝政之消息。洪大哥大志得申，誠可喜也，然彼與香港緣盡，亦可憾也。至於時局之凶險，運會之多厄，則暫為我所不克設想矣。

理先生翌年九月回港，攜回續弦妻子，妻與其先夫之女，並自家親女二人。新任理太太甚喜社交，自此宴會頻仍，訪客不絕，熱鬧非常。除現有女兒外，幼年弟妹又相繼出生，兒童嬉鬧哭笑之聲，天天可聞。傳道大樓之景象，與余等就學之年，可謂天壤之別矣。理先生亦精神抖擻，如冬去春回，傳道事工之外，亦參議公務，推動教育，私下又潛心學術，焚膏繼晷，夙興夜寐。及後兩年，論語，大學，中庸，孟子諸篇之英譯，陸續付梓，我等印工亦忙得不可開交。余因英文尚可，專責理先生大作之排版，執字之餘，乘其所便，率先瀏覽。余雖不才，不通經史，未學詩書，然粗略覽之，可見理先生所下之功夫甚深。不論史實探源，版本校勘，各家注解，乃至義理分析，皆巨細無遺，樣樣俱備。於儒家聖人之學，多有許可，甚或褒揚，然亦有所詰難，以其終不及基督教也。余不敏，無以對，然亦難以心服，有慽慽然。

一日，余攜經書往下市場禮拜堂分發，途經九如坊時，突遭人從後扑擊。我以書袋抵擋一陣，歹徒忽然收手，定睛一看，雙方俱皆吃驚，偷襲者竟是阿旺也。我自赴港就學，已有七年，初時暑假返芒角村，仍有共阿旺往來。然學師之後，回家時日不定，或一月兩次，或兩月一次，逗留多則一夜，少則半天，與阿旺鮮有相遇，逐漸疏遠。後聽說阿旺糾黨生事，為大舅所逐，不知所終。殊不知他埋伏港島，伺機行凶。彼見是我，初而尷尬，繼而生怒，啐道，你呢個漢奸。我甚感委屈，然亦不生氣，邀他到茶寮一敘，以消除誤解。阿旺見我示好，不便發作，便與我坐下傾談。只聽他說，近月家鄉大變，已納入英人管轄，彼與同黨密謀反抗，驅逐夷人，斬滅漢奸。又憤然道，紅毛鬼奪我九龍，你點可以坐視不理。唔通有錢可賺，有利可圖，自己家園就可以任人霸佔。我暗自羞慚，然亦不服，反謂滿清朝廷，豈非外族，專橫腐敗，殘民自肥，難道又應為之賣命乎。雙方各執一詞，不歡而散。

回去之後，我沉思良久，決定向理雅各先生討教。彼正於書齋校對文稿，見我到訪，以為是來催促。我道明來意，謂是想談受洗入教之事。理先生道，何先生已同我講，你的受洗前問答寫得甚好。余曰，但我仍有疑問。彼曰，有何疑問。余曰，理牧師，北京條約對否。彼未料有此一問，一時語塞。余又曰，西人賣鴉片與唐人對否。此回彼即回答，不對。余再曰，賣鴉片後又出兵侵佔土地並迫簽條約對否。彼曰，不對。余乃茫然道，理牧師，我想不通，至公義的上帝，為何會容許此等事情，而基督徒又應該如何應對。理先生滿臉通紅，以手中鵝毛筆輕敲桌面，嘆氣道，阿福，我可以話你知，傳道會一向反對鴉片貿易，亦不贊同用打仗解決紛爭。我等雖自稱基督教國家，但很多政治人物和商人，都無資格叫做基督徒。這方面我好抱歉。我知道發生這種事，會令好多中國人討厭我等，不信我等之宗教。但是，上帝的旨意無人能夠完全明白。我等只能夠相信他，而且堅持行仁愛。我觀其色，信其言出於真誠，然余只能曰，理牧師，我想再等一陣，在現今的情勢下，我無法安心受洗。彼點頭道，洗禮惟重信心，信心未足，不宜躁急，望耶穌基督保佑你。此乃我第一次洗禮失敗也。

洗禮之事既暫緩，我彷彿放下心頭大石，心無旁鶩，日夜埋頭排版，沉緬於字海之中，不問世事。某日小休之時，黃木師父命余派送外接工件。我取過貨單一看，印件為店鋪告帖，貨主竟是擺花街阿昌影相樓。此時我已略有聽聞，於本港開埠之初，有西人影相師傅羅拔臣氏，於中環開設影相樓，並收唐人阿昌為助手。羅氏未有家室，後因熱病猝死，助手阿昌繼承其業，專門影照本港街巷風貌，及唐人男女人像。此乃汝父職業之來由也。我攜印件至影相樓，名正言順推門內進。只見入口近處掛滿相片及相架，內裡深處闢為影相棚，設有影相機照明燈等諸樣架撐，並有中西座椅燭臺簾幕之類道具。棚上有天窗作採光之用，未開，以竹簾蓋之。我見店面無人，便喊了一聲送貨，通往店後居室的門簾隨即掀起，汝之身影從暗處冒出，仰臉探視，輕撥瀏海，如霧散花開。多年來早已褪色，模糊不清的臉容，此刻如相片之顯影，活現眼前。我問，老闆喺處唔喺。你說，阿爸行開一陣。我把貨件置於櫃面，問候汝母，不料你說，阿媽唔喺處喇。我問，幾時嘅事，之前重見你地去醫館睇病。你說，黃醫生調走冇耐，阿媽就唔得。我啞口無言，不懂接話，半晌，你問，你重喺書院麼。見你果然認得我，我內心雀躍，點頭說，我留低學師，做執字同擺版。你拿起印件，以指尖輕輕撫弄，問道，呢份係你印嘅。我搖頭說，唔係，我印聖經。你抬頭，像想起甚麼似的，說，哦，係聖經。我便問，你有睇聖經冇。你搖頭，說，好耐冇睇，唔記得嘥。我便說，我得閒攞啲聖經小冊過你。你微微一笑，不置可否，我便追問，你離開書院之後，有讀書冇。你側臉一想，道，有學吓英文，阿爸話，將來招待鬼佬。我附和說，你地鋪頭一定好多西人幫襯。你聳聳肩，抬頭看了一眼牆上的掛鐘，說，我阿爸就嚟翻。我便說，噉我走先。臨行前，我鼓起勇氣，回頭問，我地會再見面唔會。你略顯驚訝，但隨即說，聽日中午，中央郵局。我會意，即推門離去。

翌日中午，工場午膳之時，我託辭出外，直奔中環郵政總局，看見你站在櫃台前辦事。今天你穿了條玉藍色西裙，背後看去，與洋女無異。不消幾分鐘，你辦事完畢，左右觀望了一下，才向我走過來。你說剛才幫父親寄點東西，順便買些士擔，還有空閒，可以四圍行一陣。我們便走出郵局，隨意沿街逛著。經過一間西餅鋪，我問你吃班戟否。你微微頷首，我便買了兩塊，邊吃邊走，不經不覺來到海皮。只見沿岸洋行一帶，船艇雲集，苦力忙於裝卸貨物，相信當中有不少是鴉片。我想起阿旺，不期然環視一周，恐怕隨時有人會從後施襲。你在海堤上亭亭玉立，未紮緊的髮絲在風中揚起。我問你年紀，你說十四，即比我小五歲，但看身材窈窕高眺，跟數年前大有分別，未知是否血統所致。你彷彿知我心思，問道，你已經曉得我身世，係唔係。我面有赧色，點頭示意。你又說，我阿爸唔係阿爸，阿媽唔係阿媽，同孤兒冇乜嘢分別。自細喺學校俾同學欺，喺屋企俾父母欺，唔知去邊處先得安樂。說到後來，不禁哽咽，臉上流下兩行珠淚。風漸大，浪濤拍岸有聲，如果你此刻跳進海裡，我想我一定會隨你而去。你拭掉淚水，低下頭來，說，你可以帶我走唔可以。我毫無預備，心頭一震，湧出千般思慮，囁嚅道，我只係個剛學滿師嘅擺版工，你係影相樓嘅小姐，我怕你阿爸唔肯應承。你咬了咬唇，說，你講得啱，我阿爸唔會俾，佢話奇貨可居。我當時不懂你話裡意思，以為只是一時氣話。我們默站了一會，天上風雲變色，看來今年第一場夏季風颶，很快便會打來。我說，就快落雨，不如翻歸。我陪你走到擺花街口，你望向我，語氣決然道，請你忘記我頭先講嘅話，以後唔好嚟搵我，就當我發開口夢。說罷，你別過臉，碎步走過馬路。大雨灑下來，將我同你隔開了。

今日就停喺呢處啦。

三 起義

幸兒，自從那次遭你拒絕，我雖未心灰意冷，但亦不敢強你所難。況且你年紀尚幼，我亦只是初出茅廬，心想來日方長，便將這件事暫時擱下。實情心裡面，亦都有受你所傷，以為你嫌我只是小小學徒，才藉詞父親不許，教我死心。蓋在我眼中，西洋影相樓東主女兒，地位怎麼都在我之上。我要得到你的歡心，同你父親的許可，就非得做出一番事業。於是便立定志向，奮發向上，將來開設自己的印刷工場。但我又不願你以為我只是一時興起，並無真心，或者意志不夠堅定，遇到些少阻滯便打退堂鼓。於是便時時拿些聖經小冊，經過影相樓時順便投入信箱，待你得閒細細閱讀，亦知道我並不是信口開河，而是言而有信。其中一章耶穌山上聖訓，向門徒講述天國八福，乃我於百忙中抽空，親自排印，意欲告汝，在世之卑屈見辱者，在天國將得安慰，乃大福也。茲錄如下，予汝重溫。

耶穌見眾，登山而坐，門徒既集，啟口教之曰，虛心者福矣，以天國乃其國也，哀慟者福矣，以其將受慰也，溫柔者福矣，以其將得土也，饑渴慕義者福矣，以其將得飽也，矜恤者福矣，以其將見矜恤也，清心者福矣，以其將見上帝也，和平者福矣，以其將稱為上帝子也，為義而見窘逐者福矣，以天國乃其國也，為我而受人詬誶窘逐，惡言誹謗者福矣，當欣喜歡樂，以在天爾得賞者大也，蓋人窘逐先知，自昔然矣。爾如地之鹽，鹽失其味，何以復之，後必無用，惟棄於外，為人所踐耳。爾乃世之光，猶建邑於山，不能隱藏。人燃燈不置斗下，乃在臺上者，普照家人也。如是，爾光當照乎人，俾見爾善行，歸榮爾天父焉。

咸豐十年末，黃勝先生收到洪仁玕的信函。其時洪大哥已貴為太平天國干王，修書之意，乃向英華書院訂購大小活字各一副並印刷機器。傳道站上下聞此消息，皆興奮雀躍，蓋此舉乃大有助於天國之建設，及宣揚基督之福音。理先生道，人家供給槍彈和火藥與亂黨，我很樂意給他們別的東西。蓋理先生與洪大哥交情甚深，喜見其以文治國，大興宗教也。此前上海站之同工艾約瑟諸先生，曾數次到訪太平天國，與干王及忠王面見，返滬後於北華捷報撰寫文章，詳述天國之規模制度及日常民生，其教義實踐雖有偏差歧出之處，然亦未至於異端，可期逐漸糾正也。

中國經典一二卷之排印大功告成之後，印刷所全力投入鑄字，以應太平天國之需。同年十月，王韜先生由上海來投。早前傳教士訪問蘇州之時，蘭卿先生亦有相陪。後彼化名上書太平天國，為進攻上海出謀獻計，信件為清軍所執，遂下令緝捕之。王氏匿藏上海英國領使館達四月之久，後偷渡出境，南下本港。王蘭卿為江蘇甫里人，於上海佈道站供職十有餘年，為故麥都思牧師之唐文助手。余等所讀之委辦本聖經，多經王先生潤筆，文句典雅暢達。昔屈昂老先生曾暫駐上海站，與蘭卿先生相識。今彼流落香江，屈先生即慷慨相助，帶其配眼鏡，置衣裝，上茶樓。又因彼不諳土話，老先生便充當舌人，將彼介紹與理先生認識。理先生賞識彼之才學，即聘為唐文老師，助其翻譯中國經典。蘭卿先生又前來參觀印刷所，蓋上海墨海書館所用之活字，原出於此。今彼得見字模字範之真本，讚嘆不已。

王韜先生抵港之初，形骸落泊，如喪家之犬，見之令人愀然。又因言語不通，飲食不慣，阮囊羞澀，除二三舊識相陪，悶極無聊。一日余經下市場，見先生於路邊酒館獨酌，遂鞠躬示意，不欲打擾。不料先生竟招我過去，叫我靠近耳邊，以吳語咕噥幾句。我不明所以，他又指手畫腳，比擬一番，試猜其意，或身上無銀錢也。於是乃自掏腰包，代付酒錢。只見先生頂禮拜謝，感激涕零，余乃頻呼，不敢當，不敢當。先生旋即邀我坐下，為我斟酒一杯，以表謝意。余平素甚少喝酒，然卻之不恭，便勉強吞下。先生為人甚為健談，縱使雞同鴨講，依然興致不減，滔滔不絕。飲罷一盅，又叫一盅，半點鐘過去，先生醉意醺醺，著我傾身靠近，又在我耳邊咕噥一番，判其音義應為，知否哪裡去找姑娘。我一不知門路，二不敢拒絕，惟有詐傻扮懵，裝作聽不明白。先生再三嘗試，也不得要領，惟有放棄，心裡想必在罵這小子呆頭笨腦。

月餘，約冬至之後，某傍晚余剛下班，見王韜先生自傳道大樓走出，甫見我便大步上前，呼曰，小福，來，我請客。與之同出大門，彼攜我往上環走去，沿路高談闊論，意氣風發。及至一混雜街區，妓樓林立，我方知先生之意，乃欲報當日沽酒之恩也。我連忙婉辭，佯稱有事幹在身，未能奉陪。先生面露掃興之色，然亦不便勉強，由我脫身，逕自投入煙花之地。我急步離去，至一街角，遙見汝迎面而來，身旁有一姨娘相伴，當堂一驚，躲閃一旁。只見汝身穿唐裝襖裙，於夜色中美豔迷離，款款走進一小樓之中。我悄悄尾隨，在樓外探看，卻似只是普通人家，並無異樣。未幾，樓上傳出琵琶調音之聲，一會，即彈起一曲，手法略感生疏，數節即止，又從頭起首，如此來回數遍。我想，汝應是到此學曲而已。我於初夜中站立良久，漸感寒意，便無奈告別琴音，悵然而去。遂記住此地點，改日再來，惟數試不遇，當晚所見，似幻似真，又不便問明，更添茫然。

其中一夜，遇阿旺，見其一身粗布短打，謂當碼頭苦力也。遂與彼到茶樓晚飯，知其已脫離匪黨，然亦不肯歸家，於城內打雜維生。彼從袋中掏出香港船頭貨價紙一張，指著客船消息一欄，稱打算至新金山淘金，碰下運氣。我聽罷既驚且憂，蓋販賣人口強迫勞工之事，已成禍害，報紙社論對賣豬仔之惡行多加鞭撻，舊金山亦發生排斥華工之醜聞。至於船隻管理不善，海難頻生，亦時有所聞。然阿旺性好冒險，余深知勸之無用，便惟有囑其萬事小心。憶及兒時種種趣事，感慨萬千，恍如隔世。飯畢，余與彼冰釋前嫌，互相勉勵而別。

其時干王所訂之字，業已鑄成，只待付款運送之安排。惟天國與清廷對峙之勢，與年前已大有所異。雖云清軍江南江北大營已被天兵殲滅，然曾國藩所率之湘軍已取安慶，天京上游再無可守之地。另天兵攻佔上海失利，遭西人洋槍隊擊退，英法兩國並與李鴻章之淮軍聯手，圖犯蘇州，天京可謂兩面受敵，情勢險峻。此時欲從上海進入天京，實非易事。理先生對英國插手中國內戰，翼助清廷，甚感不滿，曾投書報刊公開反對。然傳教士大都對太平天國失去信心，不再加以維護，任其自生自滅矣。於理先生而言，鑄字予干王，非只生意一樁，乃道義也。惟黃勝先生不宜親自督運，合適人選，懸而未決。憶洪大哥之大義凜然，教人盪氣迴腸，人生而卑躬屈膝，徒作螻蟻之役，豈不鄙哉。余於是毛遂自薦，願擔當運送之務，將活字交與干王手上。議論多時，理先生與黃先生終於同意，惟囑余先至上海待命，不得冒進。遂選定火輪船愛默斯號，托運活字兩副並人員一名，不日出發。所訂之印刷機則已自英國直送上海。

關於是次出差，我思前想後，不知應否告汝。然思及彼此並無交往，若然登門告別，惟恐過於唐突，惹你取笑。至於寫信與你，又不知從何說起。踟躕多時，無以表示。至出發前夜，復至上次偶遇之處，躑躅徘徊，突聽見樓上又再傳來琴聲，彈撥順暢，比先前似有進步，音色或略有生澀，反更顯嬌羞可憐之意。一段悠長前奏之後，響起柔弱不定的唱腔，戰戰兢兢，如啼聲初試，音調婉轉，節奏沉緩，極盡悲淒之情。因唱法拉腔甚長，曲詞不易辨別，聽得一句就聽唔得第二句，但係聽到最後，又好似統統都入心入肺。後來翻看詞書，應該就係下面呢一首。勸你唔好發夢，恐怕夢裡相逢。夢後醒來事事都化空。分離兩個字豈有心唔痛，君呀你在天涯流落你妹在水面飄蓬。懷人偷抱琵琶弄，多少淒涼盡在指中。捨得你唔係咁樣子死心，君呀你又唔累得我咁重。睇我瘦成咁樣子重講乜花容。今日恩情好極都係唔中用。唉，愁萬種，累得我相思無主血淚啼紅。一曲唱罷，我嘆一口氣，抬頭仰望，心中謂汝，你要等我翻嚟。

你抵唔抵得住？

抵得住。

噉我地繼續落去。

同治二年六月，即西曆一八六三年七月，我乘船北上。歷六日，抵上海，暫居於倫敦會佈道站，等待洪大哥的指示。其時曾到訪太平天國之艾約瑟及楊格非諸君，皆已離站他去，只剩慕維廉先生一人，與干王有過面見之緣。余遂向慕牧師請教當時情形，又讀北華捷報及英國傳教雜誌上之諸篇報道。另又得干王親撰之資政新篇一冊，細閱其內容，知洪大哥之高明見解，雄才偉略。蓋此篇乃干王致天王上書，倡議改革，論管治之道，分為以風風之，以法法之，以刑刑之。三者之中，以前者為上，蓋權者以身作則，上行下效也。其中興交通，設銀行，開公司，訂保險，置新聞官各項，皆其居港之時觀摩所得。另禁鴉片，辦慈善，懷柔遠人等，亦德政也。如其法得行，天國制度將煥然一新，一掃滿清落後守舊之習。然慕先生謂，干王權力有名無實，去年又因出征失利，遭到貶職，實在是有心無力矣。於糾正天國信仰偏差，慕先生亦謂干王未盡全力，疑懾於天王之威，不敢妄動，遂愈走愈遠，積重難返。余聞之，不勝感歎。

余素仰傳道站內之墨海書館，印刷經卷百萬，執華北活版印刷之牛耳，其滾筒印刷機威力驚人，產量浩大。然今竟已全部閒置不用，印務荒廢，人員寥落，主管慕維廉先生無心維持之故也。余一介小徒，雖感可惜，然不敢置喙矣。聞美部會之上海美華書館近年崛起，有取而代之之勢。其主管姜別利先生，花旗人也，為專業印工，數年前到任之時，曾途經香港，至英華書院參觀，並購鉛字大小各一副。未料其後姜氏以新創之電鍍法，將我等鉛字盡皆複製，據為己有，公然出售。然此乃後事也，暫按下不表。見墨海書館之沒落，余為行業中人，甚感可惜。

留上海佈道站三月，至九月中，突接干王消息，謂款項已差人送至上海，並囑我方將活字運往蘇州。其間漕運交接之秘密安排，過於繁複，於此不贅。因防太平天國再次來犯，上海外圍防守嚴密，常勝軍及淮軍，亦準備隨時對蘇州發動攻擊。蘇州之行甚為險惡，然此兩副活字乃貴重之物，值近四千銀元，余親自督運之責，無以旁貸。慕牧師修書一封，予我作為傳道站人員身分證明，以備不時之需。

十月初，余乘坐小船，沿黃浦江而上，因掛英國旗幟，途程未有滯礙。接近天兵管轄地區，改行陸路，不日於指定之小鎮，有干王特派之人員來接。此處年來爭戰不斷，田野荒蕪，村舍廢棄。至鎮外，屍橫遍地，惡臭沖天。接頭人為一青年，名阿良，廣東人，年約二十三四，比我稍長，裹頭巾，長髮披肩，腰配大刀，衣飾全為天國制度。彼著我換長毛裝，與余令牌一道，以助通行，又囑我勿離彼獨自走動。余入天國陣營，新奇之餘，不免心驚。余與接頭人於鎮內共宿一夜，彼沉默寡言，問及其額疤痕來歷，彼言，我地條村俾條狗賊葉名琛當做亂黨，殺個清光，全家五口，得我一個執翻條命。余乃告之，兩廣總督葉氏遭英人俘虜，卒於印度。阿良聞言，冷笑道，抵佢死，又恨道，噉樣死便宜咗佢。余又問，我見城外好多死屍，聽聞太平軍會亂殺人。彼道，非也，最初加入嘅官兵，多係紀律嚴明，絕對唔會殘殺無辜，但係後來兵源唔夠，招攬咗唔少地方土匪，呢啲人殺人唔眨眼。彼又道，不過，點樣都唔及湘軍咁凶殘，呢班仆街專係姦淫擄掠，連禽獸都不如。余又問，噉你真係信主耶穌。彼曰，我當然信天王嘅天兄，佢會幫我地殺嗮啲清妖。余於天王歪曲教義素有所疑，然此時不便托出，遂緘默不語。

翌日余等動身，前往蘇州，沿途見天國士兵動員不絕，頗具氣勢。鉛字數量頗多，甚為沉重，以牛車兩輛載運，走走停停，兩日始達。蘇州城乃地方重鎮，防禦事工甚為堅固。自天京事變以後，開國東南西北諸王皆歿，翼王石達開出走，忠王李秀成與英王陳玉成，為護國功臣，多次大敗清兵。後英王被誘殺，忠王又屢誤戎機，被禁於天京，外圍重鎮再無猛將，只能擁兵自守，無力支援天京解圍。在蘇州滯留月餘，一日阿良謂余，城外告急，宜即撤退。遂帶同兩副活字，轉奔常州，等候干王消息。

至常州，居過旬，一日，守將陳坤書突然親臨客舍，謂知余來自傳道會，正運送活字與干王，欲來一看究竟。阿良早已告余，陳氏出自廣西桂平，乃本朝元老，金田起義之舊臣，隨忠王李秀成征戰多年，立下不少汗馬功勞，封為護王。昔彼駐守蘇州之時，曾與來訪傳教士會面，談笑甚歡。陳見余只一少年，甚感驚訝，曰，字已送至，你本可離去，為何仍然久留。余曰，我要親見干王，將字交與他手上，不容有失，這是彼此的約定。彼斜眼道，也不過是一堆鉛粒，何必冒險。余回道，字在人在，字亡人亡。彼大笑道，我未見過如此字癡。我道，我與干王，在香港傳道站早已認識，是主內兄弟。彼正色道，你我同拜惟一真神，你排除萬難，送來鉛字，當中必有上帝的旨意，你有甚麼需要，即管開聲。又兩日，護王派人捎來消息，謂干王已出天京，四處招兵，現身在湖州，奈何常州勢危，不能馳援，淮軍十萬及常勝軍數千，亦已兵臨蘇州城下。彼囑余即往湖州覲見干王，並派衛士十人護送。

三日之後，余與阿良抵達湖州，卒與干王見面。首見干王，於湖州王府內，入府通道有官兵排成一列，打鑼吹號，氣派十足。至殿內，四處張燈結綵，干王頭戴金冠，身披黃袍，立於堂上，氣宇軒昂。余平生未見如此場面，不知所措，正思量應否下跪，干王突然趨前，與我行西人握手之禮，又邀我就座，喚人奉茶，視我如上賓看待。余得此禮遇，更感不安，惟有亦步亦趨，不敢怠慢。見彼向左右陳詞一番，講述余此行之由，並對倫敦會表示謝意。言畢，干王令下官撤去，獨留二三侍婢。彼乃摘下王冠，脫去長袍，面露從容之色，與我對坐。余乃知，方才者，官樣儀式也。干王回復為洪大哥，親切道，阿福，想唔到重有機會見面。我道，理先生，何先生，黃先生等，都好掛念你。洪大哥大喜道，我都好掛住大家。彼乃細問站內兄弟近況，我亦逐一詳加回覆，往日共處之情，躍然心頭，歷歷在目。說了半天，洪大哥起來，攜我手，走向內室，謂共往察看活字。只見兩副活字並非存於貨倉，而是置於廳堂，猶如供奉珍寶。鉛字皆仍以木盒盛載，陳列於桌子之上。洪大哥打開木盒，撿出幾顆活字，細細欣賞，狀甚滿意。余乃略說印刷所之籌備，又自薦向掌其事者傳授技術。洪大哥臉色一變，忿然道，我地訂購嘅印刷機，喺運送途中俾清兵截擊，同條船一齊沉入河底喇。我心感不妙，然並未氣餒，慰之道，機器冇嘅，可以再買，保護活字要緊。洪大哥苦笑點頭。

入夜，洪大哥於小房間內設宴，取其無拘無束。舉筷前，大哥提議一起祈禱，余遂與彼站立桌前，由大哥帶領，頌揚上帝，信靠耶穌，求聖神降臨我等心中。大哥並領唱故麥都思牧師所編之養心神詩三首。一云，群生世類乾而坤，進貢天皇太上君，所有生靈皆舉頌，稱呼上帝至高尊。二云，穹蒼在上褒嘉主，足踏塵塗稱帝動，舉世陰陽皆助語，高評上主大氤氳。三云，日輪照出主天光，天漢射曦元氣暾，是日宣揚通世界，天公創造該盡尊。禱畢，復坐，舉茶互祝，蓋太平天國禁酒也。洪大哥問我受洗否，我答未曾，因心中有疑，遂告之。大哥曰，西人傳來天國福音，誠可稱謝，然亦侵我土，售鴉片毒我民，未可恕也。初時彼等對我國猶有善意，後竟與清妖狼狽為奸，左右夾攻，豈不惡哉。余乃告彼，理先生反對英人用兵，洪大哥聞言，大為感動，道，理兄係真信徒，有情有義。又道，阿福，我話你知，喺香港嘅時候，係我平生最開心嘅日子。說罷，默然不語，若有所思。

及後數天，未有動靜，我獨坐室中，度日如年。忽一日晨，干王召我往見，至存放活字之廳堂中。洪大哥一身便服，身旁未有侍臣，察其神色，憂心忡忡，坐立不安，與前次大異。彼欲言又止，終開口道，阿福，蘇州已經失守，跟住就到常州同杭州。李鴻章有西人常勝軍助攻，我地抵擋唔住。曾國荃嘅湘軍，已經將天京重重包圍。天王派我出京，本來係組織勤王，但係大家都自身難保，根本就冇人響應。天京好快就會彈盡糧絕，呢個時候，我地守住呢副鉛字，重有乜嘢意思。阿福，我知啲字係你嘅心血結晶，但係，算我唔著，我已經決定將佢用嚟鑄造槍彈。如果用一粒字，可以殺一個清兵，總共可以殺敵十萬。冇十萬都可以殺一萬，冇一萬都可以殺一千。雖然，殺佢幾多都好，都係無補於事。一切都已經唔可以翻轉頭。我無言以對，從木盒中撿出理雅各，湛孖士，何進善，黃勝，屈昂，戴福，及洪仁玕等字，交彼手中，道，大哥，留住呢幾個字，做個紀念。洪大哥聞言，悲不自勝。是夜，王府院中生起火堆，設熔爐幾個，我親手將活字悉數丟進，粒粒是淚。

翌日，余在阿良陪同下，離開湖州東去。洪大哥親自來送，臨行前曰，阿福，為我祈禱。至清兵轄境外，阿良早已備有船隻，與我拱手惜別，余即蓄髮易服，登舟潛行。半途為清兵所執，余出示慕維廉牧師信件，訛稱月前為上海佈道站往內地聯絡信徒，因避戰禍，滯留鄉間。官差不肯盡信，然懾於西人，未敢妄動。在押月餘，幸賴會方居中奔走，取得英國領使保證，終於獲釋。至上海，大病一場，休養數月，始能返港，時已一八六四年底矣。

後來點樣？

乜嘢點樣？

干王等人。

不堪回想。

幸兒想知。

真嘅？好啦，我再講講。

同治三年四月，常州失守，護王陳坤書堅拒投降，戰至最後一兵一卒。同月稍後，天王洪秀全食草充饑而死，幼天王洪天貴福繼位。六月，湘軍攻陷天京，城內軍民不分，盡遭屠殺，婦女四十以下，虜掠一空，嗷嗷小兒，被戳以為戲，死者合二三十萬。城破之時，忠王李秀成被俘，幼天王突圍逃脫，後為干王尋獲，攜之南逃。九月，干王部眾於江西石城遭清兵突擊，洪仁玕被俘，隨後於南昌處決。幼天王亦就逮，判凌遲處死。洪仁玕之自述供詞中，自言效法文天祥，慷慨就義，然於西洋傳教士，卻稱夷人，於基督教信仰並無作證。理雅各先生曾嘆道，如果洪仁玕聽我的話，留在香港，今天他的頭便依然留在他的身上。

我冇嘢講喇。

無題

晨輝遺書五

Hong Kong
Type

14

戴福故事的進展令我驚訝。不像從前跟字靈的對話，這次是戴福通過我的手，寫出了他自己的故事。如果字靈可信的話，我所寫出來的就是那部《復生六記》。短短一個月，我已經斷斷續續地寫出了兩記，並且進入第三記的開頭了。我把寫好的部分列印出來，帶去給靈魂治療師娜美看。

這天外面酷熱難當，校園的影樹像著火一樣，燃燒著大簇大簇的鮮紅的花朵，令眼睛也為之刺痛。治療室內卻溫度宜人，放送著並不過冷的空調。娜美彷彿要迎合盛夏氣息似的，穿了一條鮮黃色的及膝裙，上身部分是背心式的，露著一雙柔滑的臂膀。配合裙子的顏色，她戴了個同樣是鮮黃色的口罩。

我給她看了戴福故事的頭兩章，她一邊讀一邊露出驚奇的神情，但又好像早有所料地頻頻點頭。讀完後，她說：

我早就說過，你要創造的是尋找父親的神話。看來現在真的要實現了。這位戴福就是你靈魂的源頭。不過，他也只是父性的源頭。創世神話要圓滿的話，必須也有另一方，母性的源頭。看來故事中的那個少女幸兒，就是母性源頭。不過兩人的關係還在萌芽階段，往後怎樣發展下去，還要靜心等待。

娜美的話總是那麼頭頭是道，令人無可反駁，但我還是說出了自己心中的疑惑：

但是，你不覺得這可能只是我自己的潛意識虛構出來的嗎？也即是說，全屬幻想。

她如往常一樣，沒有立即否定我，還善解人意地輕輕點著頭，詢問說：

那麼，你在電腦上寫出來的時候，有甚麼感覺？

我覺得自己就是戴福，我完全知道他的故事和他的心情，無須半點構思或查證。文字毫無障礙和停滯地從我的手指頭流出，傳到鍵盤上，再在螢光幕上顯現出來。一切就像夢境那樣不經思索便自動發生。不過，奇怪的是，我同時保留了清醒的另一部分，好像在旁觀這件事——不應該說是旁觀，而是帶著期待——對了，我在聽他的自白，但我沒有回應，或者沒法回應。我只能傾聽。所以，內心也有點焦急。

所以，你其實也是幸兒，是戴福的傾訴對象了。

說來感覺好像是這樣。

娜美托著下巴，眨著迷人的大眼睛，陷入深思之中。

情況相當有趣！就降靈的案例來說，同時入迷和清醒，或者同時被附身但又保存自己的意識，情況十分罕見。要用語言描述的話，就是一個身體同時住著兩個靈魂。兩者不但互相知曉，而且嘗試建立連結，但卻未能真正互相溝通，更不要說融合。

你說的融合，是甚麼意思？

那就是靈魂的一而多，多而一的特質。基督教告訴我們，靈魂是單一的，獨特的，各別不同的，有著不變的本質的。佛教雖然主張輪迴，獨立自我和個人身分並不存在，但那股輪迴的業力還是延續性的，差別性的，所以才說某某的前世或轉世之類。但如果靈魂可以融合，而且必然趨向融合，就沒有終極的他我之別，或者個體輪迴的存在。

你是說，戴福想跟我融合？但他是我的祖先，是我的父性根源啊！

有甚麼稀奇？你是母性承傳的一環，父性跟母性，不追求融合才奇怪呢！

這在倫理上有點奇怪。

靈魂問題不是倫理問題。不過，這並不代表倫理不存在。不然，我們靈魂治療師就會變成破壞倫理的敗德份子了！

說到這裡，娜美又掩嘴彎腰地笑了起來。看見我一臉茫然的樣子，她回復認真的態度，說：

靈魂和倫理產生衝突，那就是世間的惡的根源。無論是靈魂破壞倫理，還是倫理扼殺靈魂，都是同樣必須避免，但也無可避免的事情。

那麼，我應該遵從倫理，還是靈魂？

這個問題，是你自己的抉擇，我不能幫你回答。如果你渴望安穩，就遵從倫理，如果你追求的是圓滿，那就遵從靈魂吧。不過，在達至圓滿的路上，你會經歷很多動盪。

我不知道娜美的話對我有沒有幫助，也不知道一直所謂的治療，有沒有令我的精神狀態（或者是靈魂）回復健全。又或者，健全本身由始至終都不存在，只是一個構造出來的概念，也即是娜美所說的倫理。這大半年來的所謂康復期，我學到的也許只是如何假裝健全，好使自己能回到健全的世界，也即是回到所有人一起假裝健全的世界。這方面我的確是取得進展的。

我如常繼續投入工作，處理各種關於展覽的雜務。文字稿完成之後，我協助安排展覽所需的短片拍攝。拍攝對象包括字型研究的學者、專業字型設計師、活版印刷業的老師傅、新一代的活版印刷繼承者等。

我和以西斯一起去訪問了一對年輕姊妹。她們開辦了一間活版印刷公司，印製自家設計的紙藝文具用品。小型公司內有兩台海德堡風喉照鏡機。負責設計的妹妹親自為我們示範印刷產品的過程。那是我第一次親眼看見印刷機的完整運作過程——由裝版、上墨，到入紙、出紙，印出來的是真正拿去銷售的香港著名地標明信片。雖然當年外公印的應該都是公司單據、信紙、名片之類的實用性產品，跟講求設計意念和用色變化的創意產品不同，但我還是感受到身體內有強烈的迴響，好像某種潛伏已久的遺傳記憶在復甦一樣。看著那台機器富節奏感的運轉，聽著那像美妙旋律似的操作聲，我幾乎忍不住淚灑當場。我毫無疑問地深信，它們不是沒有生命的機器，它們是我的守護神獸。

為了完全復活這頭神獸，我首先要讓香港字復活。我大膽地向容姐提出，如果要派人長駐荷蘭協助重鑄香港字，我願意去，並且自行承擔所有費用。我說我雖然不熟悉印刷操作，但我懂書法，又是念中文的，對中文字的要求很有把握。容姐驚訝地望著我，好像我告訴她要去火星一樣。處事慎重的她並沒有隨便答應我，也認為我提出自費前往是魯莽的想法。不過她還是用安慰的語氣說：不要心急，慢慢來，總有方法的。

經過三個星期的努力，阿樂終於完成那個為展覽而創作的活字圖像。那是由數以千計的活字所組成的一枚活字立體圖像，而這枚活字上所刻的就是反文的「字」字。她利用了筆畫數目多寡不同的文字和符號，造成或疏或密的線條和光影效果。近看可以見到是不同的文字，遠看則是一枚巨大的活字。這個作品將會用於展覽宣傳和場刊，也會作為一個活字創作實例展出。

考功夫的地方不只是用活字砌出這個圖像，施印過程也不簡單。印不出高水準的成品，空談創意也沒有甚麼價值。試印的當天，向阿樂傳授印刷術的退休師傅雷先生突然出現。他說是要對徒弟作出突擊測驗。我為了親睹作品的印製，那天也特意跑到印藝工作室，想不到就跟雷師傅碰上了。

雷師傅看樣子約七十歲，依然精神奕奕，聲如洪鐘。以西斯之前跟他做過採訪，畢恭畢敬地跑上去跟他打招呼，又熱心地向他介紹了我，說我家裡也是開印刷鋪的。他以一種不是好奇，而是想辨認甚麼的眼神來打量我，令我感到有點不自在，於是便戰戰兢兢地說：

做印刷的是我外公，他退休前在上環開鋪。不過他十幾年前已經過身了。

他聽我這麼一說，突然來了興致，追問道：

我以前的鋪頭也在上環。你阿公叫甚麼名字？上環的同行我很熟，老前輩也認得很多。

戴富。

他像遭到雷擊一樣，整個人跳了起來，激動地說：

戴富就是我師父！我跟著師父十年有多，之後才自立門戶！

在場的人聽見，都驚訝得說不出話來。雷師傅繼續說：

戴師父過身的時候，我們幾個徒弟和很多行家，都有去靈堂送他。你當時應該是個幾歲的小孩子吧？說不定我們見過。當然你不可能記得。師父是零三年走的吧？我記得是沙士那年。想不到這樣就十七年了。

他頓了一下，像是想起甚麼似的，又說：

戴師父是你外公，那你就是子晴的女兒嗎？

我點了點頭。

我是看著你媽媽長大的啊！

雷師傅笑了出來，但隨即又轉喜為悲，用手按著我的肩，說：

你媽媽的事，我也有聽說。是幾時的事？

零四年。

那即是師父走了之後一年吧。你阿公那時候疼你媽媽疼得不得了，這是全行都知道的。想不到……唉！……你叫甚麼名字？

賴晨輝。

晨輝！哎呀！這名字多好聽！跟你媽媽的名字很相配！你跟你媽媽，真是長得一模一樣！剛才我一走進來，就已經覺得有一種很熟悉的感覺，但一時又說不出為甚麼。真是天意呀！讓我在這裡重遇故人的後代！

大家都唏噓不已，陷入無言之中，最後還是由容姐打破僵局，提醒大家回到正事去。

在雷師傅的監督下，印刷非常成功，他對阿樂的功夫也讚不絕口。可惜的是師傅之後有約，不能久留。他臨行前和我用手機合照，說要回去給老婆看，順便又給我電話號碼，說保持聯絡。我找了張椅子坐下來，久久未能從震撼中恢復過來。

以西斯見我狀態不佳，陪我去附近的餐廳吃了點東西，之後又堅持要送我回家。我雖然想一個人冷靜一下，但又不便推卻他的好意。情緒波動的後遺症令我的胸口有點不舒服，我們於是坐了頭等車廂。我全程都閉目休息，間中張開眼，發現以西斯竟然沒有做別的事，而是持續以關切的眼神注視著我。

下車的時候，我依然感到氣短力弱，便讓以西斯扶著我走。剛踏上月台，便碰見阿來從後面的普通車廂走出來。自從上次去他家之後，我們沒有見過面，也沒有聯絡。他終於剪了頭髮，樣子變清爽了，但也顯得更加蒼白和脆弱。我立即鬆開了扶著以西斯的手。

我們有點尷尬地互相揮了揮手。正當我猶豫著是不是要介紹以西斯，我發現阿來原來跟一個中年女人同行。那個女人身材瘦削，臉容憔悴，但略施脂粉，衣著也算是悉心打扮，樣子一看就知道是阿來的媽媽。怕見生人的我，一時不知應該如何應對。

結果大家也沒有多說甚麼。在排隊上扶手電梯的時候，我和以西斯站在前面，阿來和他媽媽站在後面。我聽到他媽媽低聲問：是朋友嗎？他則簡短地回答：以前的同事。不知為何，我的背後像著了火一樣，非常灼熱。

出了閘口，我對身處的情景感到痛苦難當。但我不知應該盡快逃走，還是大膽回頭跟阿來好好講幾句話。終於下定決心回頭，卻發現阿來和他媽媽已經往商場那邊走去。我擔心被以西斯發現我的舉動，連忙收回我的目光，往行人天橋的方向走去。

回家之後我一直心緒不寧，無緣無故地留意著手機，好像在等待誰的來電或訊息。到了晚飯後，我終於憋不住，打了個電話給阿來。我覺得這是我一生人做過的最厚臉皮的事。事前推敲過幾十種開場白，電話一接通，說出來的卻是完全沒有準備好的一句：

你今日為甚麼不理我？

我沒有不理你。你當我是阿修嗎？

我當然知道你是阿來，所以我才想問你。

我跟媽媽一起啊！你也跟你的朋友一起。

那我們就不能說話嗎？

當時不方便，我媽媽心情不好。

是嗎？伯母有甚麼事？

她剛去警署保釋我出來。

去警署保釋你？

我昨天被捕了。

你被捕了？為甚麼？

是阿修做的。

阿修做的，但你被捕？

當然！警察不會分。誰做的都一樣！

阿修做了甚麼？

一言難盡。是去年的事。不過，也沒甚麼吧！

沒甚麼？沒甚麼就不會被捕啦！

至少還能保釋出來，不用擔心的。

阿來，對不起！

對不起甚麼？

你這樣，我還打電話來怪責你。

沒有啦，你打電話來我很開心。是我應該說對不起……為了上次的事。

不用呀，阿來。——阿來，你媽在嗎？

她剛走了。

我過來看你好嗎？

……我看，下次吧。我很累，昨晚在警署通頂。明天還要返早。

原來是這樣。

不用擔心，沒事的。

嗯。

那早點睡吧！

掛了線，我一直哭，直至天亮。

15

我跟爸爸說，如果我要去荷蘭兩年，協助重鑄香港字，他會不會資助我的生活費。他以為我開玩笑，反問我疫情這麼嚴重，不可能成事吧。我交給他一份費用估算表，列明了資金需求的細項，數目不算小。他見我是認真的，便問我印藝工作室那邊會不會出錢。我說那邊要等籌款開展，暫時無法承擔費用，但我可以先自資出發，到籌款成功之後，再著量補回支出。爸爸一臉猶豫地說：

為甚麼那麼急？

時間無多了。

為甚麼時間無多？

爸爸你信我。

他皺著眉，搓著下巴，說：

如果賣了上環老家，拿一部分給哥哥做首期，剩下來的也足夠的。

我想上前擁抱爸爸，但那不是我們習慣的方式，我便只能以滿溢的笑臉回報他的好意。

對前景的期待是美好的，但恐懼的追趕也不會放鬆。我幾乎每晚都被惡夢折磨，弄得白天總是疲累不堪。降靈書寫也很消耗體力，有時一次過衝出幾千字之後，會躺在床上整天爬不起來。戴福的故事，由少年時代充滿熱情和幻想，慢慢步入了困惑和痛苦的時期。他對幸兒的暗戀，由當初甜蜜的忐忑，變成了苦澀的渴望。他的信仰也同時受到衝擊。我作為戴福的時候，被他那無能為力的心情拖下深淵，既無法幫助，也不能自拔。我作為幸兒的時候，以不自由之身，只能任人擺佈，也無能回報那無望的愛。雖然時代不同，處境各異，但不知為甚麼卻有某種靈感的共鳴。

印刷只是工具，但印刷也是欲望的表達。金屬與機器，是征服、佔有、支配、流播的本能的顯像。肉體要不就是被壓碎，要不就是向機器屈服，或者與機器結合。唯一能與之對抗的，是靈魂。靈魂能化機器為肉體，化物質為生命。我是如此相信的。但是，如果靈魂也不過是機器和物質的產物呢？那在唯物的惡魔面前，我們還剩下甚麼，可以不被侵奪，不被剝除？

有一晚我又夢見那個外公和媽媽一起的場景。這次的媽媽是一個十七、八歲的少女。她全身赤裸，張開雙腿，騎在那台印刷機上面。那是一個危險、張狂的姿勢。我意識到一些事情即將發生。外公站在旁邊，拿著排好的印版，裝到機器裡面，然後便按了開動鍵。印版壓在少女瘦削平坦的胸腹上，在肌膚上印出血紅色的中文字。少女發出痛苦的呻吟，但手腳好像被甚麼固定了似的，無法掙脫。印版重複壓下，文字的顏色越來越深，甚至陷入了皮肉，漸漸便分不清那紅色的液體，究竟是油墨還是血水。機器終於停下來。外公毫不費力地把少女從機器上拿下來，就好像她是一張紙似的輕薄。他把她放在工作桌上，猶如攤開一張印好的書頁，欣賞著自己的手藝的成品，用指尖觸摸那人皮印本的表面，很滿意地點著頭。我隱約地看見，在少女胸腹上印著的，是一篇關於愛的文字。但無論我如何努力，也無法看清楚文字的具體內容。那些文字在我媽媽，也即是那個少女的肉身上，隨著呼吸的起伏和皮膚的顫動，而呈現出生命的徵兆。

我在滿身大汗中乍醒，呼吸急促，心臟劇跳，口裡彷佛有腥臊的味道。我在床上坐起來，脫去睡衣，摸了摸濕濡的胸口和腹部，在黑暗中卻看不出是汗還是血。

另一晚我又做了那個從高處下墜的夢。這次我在下墜的過程中看到對面的公屋大廈的窗口。那個深夜時分經常在窗口大叫的女孩，一隻手握著窗框，一隻手向我伸出來。我嘗試握住那隻伸出的手。我的手指碰到她的手指，只差一點點便可以握住，但是下墜的速度和衝力，拉開了我們的距離。我以仰天的角度繼續下墜，望著那隻張開五指的纖巧的手，襯在天空的雲彩之間，漸漸縮小，遠去。然後我翻身，以面朝下，望向掉落的管道的底部，卻看見一個大字形攤開的人形。人形越變越大，越來越清晰。是那個女孩，全身赤裸的，躺在地上，肢體不自然地屈曲，像被丟在那裡的木偶。我連忙閉上眼，準備承受下一刻與對方的撞擊。

我再次驚醒，慶幸那只是一個夢，但隨即懷疑，其實我仍然身處夢中。過往的所有經歷，都是一個又一個、一層又一層的夢境，沒有源頭，也沒有終極。

我爬起來，走到窗前，試圖確認世界的真實性。對面的那個窗子，果然亮著了蒼白的燈光。在那燈光中，是那個女孩的剪影。再仔細一看，發現女孩身上沒有穿衣服，身體的曲線特別鮮明。她似乎也看見了我，但並沒有明顯的示意。可能她臉上有表情，但我看不清楚。她好像拿了甚麼放在窗前，然後站上去，窗口出現了她由頭至膝蓋的整個身軀。她把玻璃窗推開，扶著窗框，把其中一隻腳踏上窗邊。這時我才發現，窗子的窗花已經拿下。她只要傾身向前，便可以穿過窗子，直墜地面。我想叫住她，但我的聲帶緊束，完全發不出聲音。我聽見狐狸在外面發出低嗚。他一定也感應到女孩的行動。我匆匆換了衣服，趿了鞋子，帶著狐狸出門。

夜已甚深，狐狸好像看到方向似的，領著我過了馬路，朝公屋大廈入口走去。四周一片荒涼，杳無人影，像個被棄守的城市。大廈的大門不知為甚麼開了半邊，看更也不知跑到哪裡去。狐狸徑直走進去，我便跟在後面。他走樓梯，沒搭電梯。

狐狸拾級而上，知道我氣力不好，間中會停下來等我。來到八樓，他轉進走廊，來到其中一個單位門前，在那鐵閘上不斷聞嗅著。我信任狐狸的直覺，知道準是這裡沒錯。為了挽回女孩的性命，我必須克服羞怯，把所有顧慮拋諸腦後。

我按了門鈴，但沒有人回應。我再按，不停地按，用力拍打鐵閘，大聲呼叫。我擔心女孩已經一躍而下，一切已經太遲。對面單位的門突然打開，有人從內向外罵了一聲：半夜三更吵甚麼？那個單位沒有人住的！你摸門釘喇！說罷又砰一聲大力關上門。

我呆呆站著，不知如何是好。狐狸碰了碰我的腿，回頭便往樓梯間走。我再次服從他的帶領，沿著樓梯向上爬，一直爬到十七樓。

在十七樓圍欄旁邊的那面牆上，有人用紅色筆寫了十幾行字，字體由小漸漸變大，由密漸漸變疏。記憶的膜被刺破，有混濁的東西汩汩流出。如果不是圍欄上早已裝上了鐵絲網，我很可能會跟隨寫字的人的後塵，從那裡跳下去。但我彷彿月經初潮時那樣不知所措，掩著劇痛和流出液體的下身，跌坐在地上。狐狸焦急得吠了起來。阿來的身影在上層樓梯的拐彎處出現。他三步作兩步地跳下來，趨前把我扶起來。我問他為甚麼會在這裡，他便說：

剛才我夜班放工回來，在樓下見你進了大廈，追進去卻又不見了。我以為你去了我家，便回到二十樓，怎料等了一陣也沒有聲氣，便猜到你去了八樓。去八樓找過又不見，便又回到二十樓，然後又想到這裡，便再下來看看。

你早就知道這裡寫了字？

這裡的確曾經寫了字，但是，早已經抹去了。

我抬頭一看，確實如他所說，那堵牆鬆了一層新鮮的白色。

但我剛才明明看到字！用紅色筆寫的字！

那是你的記憶。你一定曾經在哪裡看過。

那麼，八樓的單位——

以前的確是那個女孩住過的，但是已經丟空許久了。

但我明明看見她！還有她在窗口大叫的聲音！

那可能是你的幻覺。我之前不想講穿，其實我沒有聽到大叫。

我就像被寒風颳過的草原似的，渾身的毛孔都顫動起來。我緊緊抓住阿來的臂，說：

阿來！告訴我，你不是幻覺！你不會突然消失！這條樓梯也不會突然不見了！

他有點笨拙地摟著我的肩，說：

放心！我不會消失的。我們一起坐在這條樓梯上，用身體的重量阻止它消失，好不好？

加埋狐狸。別看他好像很細小，他的重量不輕！

好，加埋他。不過你叫他站你那邊，你知我怕狗。

不用怕啊！你剛才那樣衝下來，他也沒有咬你。

剛才沒咬，不代表之後不咬。

不會的，他知道你不是壞人。動物懂得分好和壞的，只有人不懂。

那他就不是普通動物了，是神獸。

說得沒錯，狐狸是神獸。

狐狸把頭挨在我的大腿上，閉上眼睛。我揉搓著他的後頸，讓他睡去。

阿來，我覺得我的病變嚴重了。

怎會呢？只是間歇性的發作吧。你現在不是回復正常了嗎？

我怎麼知道現在是正常呢？

你還是沒有信心嗎？

會不會，其實你也不正常呢？我和你一起處於不正常之中，所以才有正常的感覺？

你想得有點複雜，書讀得多的人真是不同。我不太懂甚麼是正常，甚麼是不正常。兩者的分別不是很明顯的，甚至可能是沒有分別的呢。別理它正常不正常，只要我們都是站在同一邊，那不就可以了嗎？

阿來你總是那樣看得開，好像發生甚麼事都可以應對。

也沒有甚麼應對啦，只是逆來順受吧。

逆來順受就好了嗎？

沒有好不好的。生存下去和不生存下去，只有這兩個選擇吧。

阿來永遠選擇生存下去。

所以我也希望你和我的選擇一樣。

但生存很難啊！

不生存也不容易吧。

說的也是。

既然同樣難，那麼難或易便不是選擇的理由了。

那甚麼才是選擇的理由？

我不知道。你問我這種問題才是真的難呢！

對不起，我又要你傷腦筋了。

也不會很傷的，我的頭腦原本就很簡單。

不是啦，你是大智若愚。

文人多大話，我又不懂你說甚麼了。

我和阿來在樓梯間聊了整晚，到天亮前才偷偷溜了出來。我以為我終於可以從連環的夢中逃出。至少，是暫時的。

可是，悲老師卻陷入了他的連環夢中，走不出來。

悲老師借給我的幾本版畫集，我看完一遍又一遍，特別是魯迅先生推崇備至的現代德國版畫家珂勒惠支。不知為何，她的畫我看一次哭一次。她那滿臉悲憫的自畫像，描繪織工和農民抗爭的多幅連續畫，和那些母親與孩子的作品，我相信老師也一定從中感到悲慟。

我想找悲老師談談這些版畫，順便把書還給他，他卻叫我暫時不要過去。他說要全神貫注於創作之上，不能有絲毫分心。我完全明白他的意思，但遭到拒絕心裡還是有點不好受。老師是我最大的精神支柱，缺了他我整個人便會搖搖欲墜。我知道我不能自私，只想得到老師的庇護，而忽略他自身的需要。

我曾經以為，老師是個老練、成熟、穩健的創作者，下筆運刀已經揮灑自如，毫無難度。也許，並不是因為他的功力不夠火候，而是他以生命作為動力的創作方式，令他每一次都要把自己身上的木材砍下來燃燒。而像他那樣的一棵老樹，能砍的木材已經不多，生長的速度也大大減慢，所消耗的部分已經不能復原了。而這次的作品，似乎必須動用上他畢生的力量，所以他就無異於以自己的身體為作品的木刻家了。

但是，為甚麼要在一個作品上孤注一擲呢？這是我很想問老師的問題。

有一天我經過通往鐵路站的天橋，看見悲老師迎面走過來，但他似乎專注於思考甚麼，而完全沒有察覺到我。我知道我不應該打斷他的思路，但我還是忍不住跟在他後面。他沿著馬路一直向公園走去。進入公園之後，他停在幾棵大榕樹前面，仔細地觀察著它們的姿態。我躲在一旁，偷偷看著他的舉動。

據我所知，老師並沒有打算在新作中畫樹。至少樹應該不是地獄圖的主要成分。這樣特意地跑來觀察樹，究竟有甚麼用意？我有此疑惑，卻無法跑上去當面問清楚，心裡加倍地焦急。我唯有嘗試代入老師的角度，去猜想老榕樹可以帶給他的啟示。也許因為我站得太遠，無法像他一樣近距離觀察，一時間毫無所獲。

悲老師注視著其中一棵榕樹，時而走近，時而後退，時而環繞著它移步。我看見他的手在空中比畫著，好像在描繪或者琢磨著某種紋理。這棵樹並不特別粗壯，樹冠也並非特別茂盛，但樹幹卻有著奇特的形態。它的角度稍稍地傾斜，樹身上有許多糾纏交織的脈絡，有些原本是氣根的枝條探入地表，形成新的支點，樹底的板根和根系網絡也異常發達。

我想起悲老師的人體素描，然後便突然明白了。那不就是一副肢體、骨骼、筋腱和血脈呈現極端扭曲狀態的人體嗎？但丁所描寫的地獄裡，不是也有被變成樹木的罪人嗎？以扭曲的樹幹的特徵，來描畫地獄裡慘受酷刑的人，那種根著在地不能動彈的姿態，那種被凝固的永恆的折磨，不就是精神和肉體痛苦的極致嗎？想到這裡，縱使是在毒熱的太陽的曝曬下，也禁不住渾身被一股寒氣所穿透。

這時候悲老師回過頭來，隔著一個小草坡，看見了我。我隔著那個小草坡也能看見，他紅著雙眼淚流滿臉的樣子，像極了一個瘋掉了的人。

16

展覽的籌備已經進入最後階段。宣傳品的印刷、展場的佈置、展品的借取和運送、展板和場刊的文字、數碼補充資料的製作、相關人物及專家訪問片段等，全部都準備就緒。

至於另一邊的香港版畫回顧展，所有作品也已經安排好了，除了悲老師的新作。容姐給他預留了位置，說最後限期只能延遲到九月初。行事謹慎的容姐已經訂立了後備方案，萬一悲老師趕不及完成新作，她便用工作室收藏的一幅他的得獎舊作頂替。

我和以西斯的工作大體上已經完成，可以幫忙的也只是些瑣碎的雜務。我原定九月會回到大學上課，但對於自己的狀態依然沒有信心。以西斯卻是十分期待，可以跟我一起參加仙老師的畢業論文指導班。不過由於疫情沒有緩和的跡象，開學後很可能要繼續採用網上授課的形式。這對我肯定有好處，因為可以紓解跟同學見面的壓力，也避免過多的舟車勞頓。

話雖如此，我其實每兩週也會到大學的靈魂治療中心和娜美會面。我無法評估治療的效用。娜美從來不把我的狀況視作精神病，也沒有做任何事去防止或者壓抑我的幻覺。對她來說幻覺與真實、靈界與意識，並沒有清晰的界線，而且都屬無害。她把所有事情都視為靈魂的顯像。靈魂是一個整全的現象，當中只有包容，沒有排斥。而所謂的治療，就是把分割和排斥所造成的碎片，回復到整全的樣態。但整全並非一致，也非單一，因為一致和單一是經由分割和排斥，以及壓抑和支配所造成的。整全是一而多，多而一的狀態，就像字靈所說的一樣。

我慢慢理解自己的靈魂的渴求，但面對一個已經失去靈魂的世界，個別的靈魂非常脆弱，甚至是不堪一擊。也可以說，靈魂之所以以個別的形式存在，是因為缺乏和其他靈魂融合的條件。這種靈魂的分裂，就是世界失去靈魂的意思。如果世界的靈魂得不到治療，個別的靈魂也不能自保；就算保住了自己，終究還是斷裂的，不是整全的。我認為重寫香港字神話，以及重鑄香港字，就是恢復整全的一步，縱使宏觀來說，這也只是局部的整全而已。

所以就算力盡精疲，我也要堅持降靈者的角色，完成戴福的故事。問題是戴福的故事和我能夠追溯的戴家的故事之間，依然存在一道裂縫。戴福和幸兒這一對，最終能否共偕連理，依然是未知之數。而如果戴德只是戴福的養子，那麼戴福與後來的戴氏便沒有血緣關係，《復生六記》的主旨也就說不上是我們家族的傳承故事。除非，所謂的傳承有另外的意思。

我還有一絲奢望，雷師傅會帶給我一點啟示。

我約了雷師傅在上環一間茶餐廳見面。他說這家是全區碩果僅存的舊式茶餐廳，其他店鋪早已面目全非了。就如許多經驗豐富的長輩一樣，雷師傅是個健談的人，說話一開始就由他主導。他問了我一些家裡的情況和成長的經歷，然後便侃侃而談他在外公手下當學徒的舊事。我只有點頭靜聽的份兒，完全沒有插話的空間，但我並不心急，靜待時機的來臨。

雷師傅對我媽媽的成長非常熟悉。我媽媽成年之前，他還在外公的店裡打工，就算是自立門戶之後，也常常回來拜訪師父，可以說是親眼看著媽媽長大。關於媽媽小時候的情況，他主動地說了很多，但有好些爸爸已經說過，所以也不算十分新奇。唯一比較令我在意的，是他不斷強調外公和媽媽的親密。他的解釋是，媽媽是外公的么女兒，當然是如珠如寶，像公主一樣地寵愛。那也是最合理不過的說法吧。

前輩滔滔不絕地暢談了兩小時之後，我掏出一批鉛字請他鑑別。那是我從上環老家找到的活字中挑選的，當中有三十幾枚小字和十幾枚大字。另外我又讓他看我儲存在手機裡的活字和排版工具照片。我問他這些字是不是當時常用的。事實上，在這之前我已經在電腦上核對過，這批活字的筆畫和造型，跟荷蘭鑄字廠所存的香港字字表中的範例十分相似。但我希望得到專家的意見。

雷師傅換上老花眼鏡，以一雙金睛火眼仔細地檢視每一顆活字，然後斷然地說：

不是！不是我們那個時代常用的字。這種應該是更早更舊的字，到六、七十年代已經沒有人用，也沒有人鑄造。

那你知道這是甚麼字嗎？

他摘下眼鏡，用力揉搓著眉心，苦苦地思索著，然後說：

我不知道它有沒有甚麼名堂，但我知道師父收藏了一批家傳的舊字粒。我親眼見過的只有一次。那大概是我學師的第二、三年，有一晚收工後，師父坐下來小酌一杯，可能是突然來了興致，抽出一個舊皮箱，把裡面的一堆字粒拿出來，說那是他阿爸留給他的東西。我當時還傻傻地說：那即是家傳之寶啊！沒料到師父卻說：寶甚麼？只是一堆廢鐵！一個錢都唔值！他嘴裡雖然是這麼說，但我看他心裡還是珍惜的，要不就不會一直藏著了。之後我就再沒有見過，但據我推斷，應該就是你手裡這些。

那麼，你有沒有見過我外公用這些字印出來的東西？例如家譜，或者甚麼文章？

這次雷師傅想也不用想便說：

文章沒有，家譜倒是見過。應該是用這些大字印的，我們叫做一號字。家譜是師父自己編排的，所以裡面有他所有的兒女的名字，當然也有他的祖先的名字。我記憶中，對上三、四輩都有。他之上是戴德，再之上是——

戴福。

對！是戴福。他還告訴我們，戴德是戴福的養子，所以在血緣上，他和阿爺沒有關係。

我雖然早就料到，但聽雷師傅親口說出，心裡還是禁不住震動。我用顫抖的雙手抱住顫抖的身體，盡量保持冷靜，繼續問：

阿公有沒有說，他知不知道自己的阿嫲是誰？我指戴德的生母。

有，他說過一個名字，但是——我想不起來了。

一直自信滿滿的雷師傅，首次陷入困惑中。我掏出另一個信封，把裡面的六枚一號大字倒出來，在他面前拼成兩個名字，說：

戴復生即是戴福，那戴德的生母，是黎幸兒嗎？

雷師傅像是解開了千古之謎似的，忍不住喊了出來：

是幸兒！師父說的就是幸兒！

我頓即感到釋然，但又同時感到虛脫。承受這些揭示令我的神經負荷達到極限。我勉力再追問了一句：

阿公有說任何關於幸兒的事嗎？

沒有。他說他沒有見過他的阿嫲，他阿爸也從來不說，所以他知道的只是一個名字。

看來線索到這裡便斷了。我已經沒有力氣追問下去。正當我想禮貌地做個收結的時候，雷師傅突然關切地說：

輝妹妹，你的氣息好像不是很好。

不好意思，雷師傅，我一直有點病。

是嗎？不是很嚴重的吧？

我覺得沒有必要隱瞞，便說：

我去年曾經自殺。

他大吃一驚，滿臉憐惜地說：

年紀輕輕，為甚麼呢？為情嗎？

不是啦，不過，我也說不清楚。也許是媽媽的遺傳吧。

聽到我這樣說，雷師傅的臉色大變，陷入沉默之中，好像思考著甚麼重大的事。我知道不適合在這裡終止談話，便靜待著他的反應。半天，他以完全不同的緩慢而低沉的聲音說：

輝妹妹你聽住，這件事我曾經發誓永遠也不會說出來，但是，剛才聽你談到你的事和你媽媽的遺傳，我覺得你有權知道，或者這樣會對你有幫助。不過也很難說，也可能會對你造成不良影響。我真的不知道。我帶著這個秘密幾十年，本來以為永遠也沒有說的機會，也沒有說的必要，這樣就不會背叛師父。但是，上天安排我遇上了你，又安排我和你談到你媽媽，如果我不把握這個千載難逢的機會，把事實說出來，我就對不起你媽媽，也對不起自己的良心。

他停下來安頓激動的心情，呷了一口茶，再說：

你媽媽十六、七歲左右，曾經試圖自殺。她不知從哪裡弄來大量安眠藥，一次過吞了下去，但很快就被發現，立即送去醫院，救回了一命。這件事雖然不是很多人知道，但店裡的夥計都有聽聞。但我想說的不是這件事，而是導致阿晴自殺的另一件事。那是稍早之前的一個晚上，我收鋪之後照常走路到德輔道搭電車，臨上車才發現自己把錢包留在店裡，於是便回去拿。當時已經是晚上十一點幾，我掏出鎖匙開了鐵閘上的小門，看見我的錢包就在近門口的櫃台上，便閃身進去拿回。這時候我聽見店裡面放雜物的小房間裡，發出古怪的聲音。我靜心細聽，發現那是一男一女的聲音。男的很明顯是師父，女的我後來聽出是阿晴。店裡一片黑暗，我很奇怪他們在做甚麼。但我立即明白了。阿晴發出微弱的哭聲，而師父則發出一種喘氣聲。那種聲音，男人一聽就知道是甚麼回事。我嚇得把錢包掉在地上，發出啪的一聲。我連忙摸黑撿起它，頭也不回地穿過小門，快速但小心地把門關上。我獨自在街上走著，想作嘔又嘔不出來，想大叫又叫不出來，結果只有跑起來，才勉強壓住了心中的恐懼。我沒有坐車，一直跑回西環的家。過了兩天阿晴便吞安眠藥自殺。這時候我才懂得懊悔。如果當時我不是那麼的怯懦，也許我可以阻止事情的發生。但是我又跟自己說，這樣做一點好處也沒有，不但師父不會放過我，連阿晴也可能會受到更大的羞辱。那時候我們沒有那種意識，覺得做這種事的人要受到懲罰，尤其是那人是自己的師父，是長輩和老闆。我們只懂從恥辱方面去考慮，盡量維持大家的體面。現在回想起來，我知道自己做錯了。所以，我要鄭重地向你道歉！

雷師傅站起來，神情凝重，向我彎腰鞠躬。我挨在椅背上，按著胸口，感到快要窒息。我頭暈轉向，看見茶餐廳的屋頂在震動，桌椅快要翻倒，杯碟發出乒乒乓乓的聲響。整個世界，彷彿都要崩塌了。

據雷師傅的說法，媽媽的首次自殺，是由具體的事件引發的。那麼她後來再次自殺，背後有沒有實在的原因，有沒有同樣具體的事件？我無法不聯想到外公，聯想到媽媽的第一次自殺。如果真的有那麼的一件事，那肯定不會發生在媽媽死前的幾年內，因為那時她已經精神失常，很少外出。最大的可能性，是在我出生之前。據說那時候媽媽和外公的關係還很緊密，還時常帶年少的哥哥回去老家。我不敢再推論下去，因為這會引至極為可怕的結論。雖然無法證實，但這個可能性一旦出現，便無法勾銷。它終日像鬼魂一樣伴隨著我，令我寢食難安。我吞下多少鎮靜劑和安眠藥也沒有用。它就像打在我身上的烙印，終生無法消除，而且灼痛難當。

然後我接到悲老師的電話。他說他想見我，請我到他家裡談些事。我雖然狀態很差，但也二話不說便答應了。我順便把畫冊帶去還給他。

這次我買了日本產的草莓給他。悲老師穿著背心，露出壯實的手臂，但臉色卻十分頹唐，好像命懸一線的樣子。工作桌上放著一塊大木板，橫向約有一人之長，但板面卻用帆布蓋著。我把草莓洗乾淨，裝在大盤子裡，著他吃一點。他每次一口吃一顆，但沒有表示任何感覺。也許他已經吃不出食物的味道。不出一會，他就把整盤草莓吃光了。我不敢問他多久沒有吃飯。

吃完草莓，他請我去看他的畫。掀開帆布，露出來的是一幅黑白雙色的印版。為了方便雕刻，畫家會先把版面塗黑，下刀削出的部分會露出淺色的木質，於是預計印出來後的實色和空白的地方便會一目了然，唯一的分別是左右倒轉。

悲老師沒有詳加介紹，只是讓我自己細細觀賞。他比以前變得沉默，好像甚麼說話都顯得多餘。畫像能表現的，不加言語也能表現；要附加言語來解釋，說明了畫像本身的不足。所以畫本身是無言的，也是自言的，是不言之言。我完全領會悲老師的意思。所以，我也無法用言語去形容眼前所見。要說概念的話，一切都包含在它的題目和作者名字裡。之前他利用草圖所作的構思，大體上都實現了。整幅畫只差中心的部分留了空白——不，應該說是留了黑色未雕的一塊。這時候，悲老師開腔了。

你也看見了，畫只差一點點便完成。但這一點點，其實也是它的全部。這中心的部分失敗，就等於整幅畫的失敗。中心部分成功，代表整幅畫的成功。所以，現在進入關鍵時刻。在這時刻，我需要你的幫忙。你有讀過《地獄變》嗎？

他走到書架前，抽出一本薄薄的舊版書。那是芥川龍之介的中譯本，跟我在上環老家找到的是同一個版本。我拿過書，說：

我有看過。我媽媽也有這本。

他微弱地笑了一下，說：

這麼巧！那就好了。小說中的畫師良秀，受王爺之命畫地獄變屏風，畫到最後，只剩中間的一輛燃燒中的蒲葵車無法畫，於是請求王爺當著他的面焚燒一輛車，讓他摹描那個景象。良秀又說，他打算在燃燒的蒲葵車裡，畫一個仕女被火焰折磨的模樣。王爺早就覬覦良秀的女兒，但一直被她拒絕，於是王爺決定把良秀的女兒放在車裡一併燒死。好狠的王爺啊！但良秀呢？難道他不知道這就是他求之不得的結局嗎？當他望著女兒在車裡被燒死的時候，由開頭的恐懼和痛苦，慢慢變得平靜，甚至帶著鑑賞的心情，來享受眼前慘烈的畫面。那就是他夢寐以求的畫面啊！芥川真是，太可怕的作家！

他停下來，忍不住打了個冷顫，身體不自然地扭動，好像要掙脫甚麼似的。半晌，他以低沉的聲音說：

我第一次讀這篇小說，是念大學的時候，當時只是覺得當中寫的是一種極端的完美主義，即是為了創造出完美的作品，不惜以自己最珍愛的東西為代價，甚至是，不這樣做的話，不可能達至完美。老實說，當時一方面非常佩服芥川的功力，另一方面卻也有點反感。我是學木刻的，木刻的原始精神是同情受壓迫者，反抗權威。小說中掌握權力的人，不但是王爺，也是良秀，只是兩種不同的權力之間的鬥爭而已。表面上王爺佔上風，壓倒良秀，但良秀通過極端的藝術，反過來挑戰王爺，而且在完美和永恆兩方面，反敗為勝。但是，那個無辜被燒死的女兒呢？她的死，是王爺和良秀合謀的結果。不是說良秀不愛他的女兒，而是說，他越是愛她，她便越成為他的藝術的犧牲品。於是小說中就有兩個父親形象，一個是代表世俗權力的殘暴不仁的王爺，一個是代表超凡的精神力量的畫家父親。兩個看似對立，其實是一體兩面的。很不幸的，這個雙重形象出現在我自己的父親身上，也即是大雕塑家費大同。我從年輕時開始，就一直反抗他所代表的這兩種父性的力量。自從我認識我太太，然後跟她結婚，我以為自己找到了抗衡父親的，屬於母性的力量。但是，後來我們的初生幼兒卻夭折了，連太太也死掉了，我便覺得，自己身上有某種原罪。我是我父親的兒子，我無可避免地繼承了他的罪。那是父性的原罪。我看到這種原罪，不斷地在世界上傳承、散播，不斷地以完美為名，向無辜的幼女施行殘暴，而我自己也參與其中，對此我感到極度的內疚和痛苦！我發現我不是反抗者，而是壓迫者！身為男人、丈夫、老師、藝術家，還有潛在的父親，這一切都令我感到可厭可恨！但是我無法不繼續扮演這些角色，無可抗拒地走向良秀和王爺的對決和合謀。我終於明白，所謂藝術家，就是注定要成為一個著魔者。我無法扮演一個正義的戰士，跟外在的惡魔搏鬥。我只能和自己身上的惡魔搏鬥，並且與惡魔同歸於盡。

他停下來，平復激動的心情，然後從草圖堆裡面抽出其中一張，在我面前攤開，說：

這就是我的畫的核心圖像。這個巨大的半天使半金剛模樣的人物，是敵基督或者敵菩薩。他的許多條手臂裡，拿著各種各樣的刑具。而趴在他面前的這個瘦小的人像，就是蛭子神。蛭子神承受著全部世人的苦難，發出代表世人的悲鳴。

他深呼吸了一口氣，說：

晨輝，我希望你能當蛭子神的模特兒，但你知道，我需要畫一些裸體草圖。你放心，我不打算放火。但那也不是簡單的事情。我請你慎重考慮。

我輪流望了望草圖、手中的書和狠下心的版畫家，說：
讓我考慮一下。

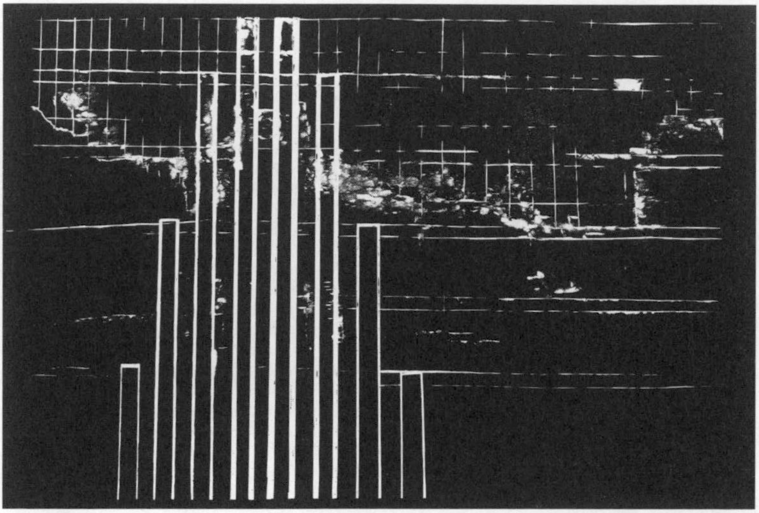

機械與靈魂

復生六記 下

Hong Kong
Type

四　愛情

我應該叫你幸兒，定係朝雲呢。想唔到冇見你一年有多，你已經改換名分，唔再係店東千金，而係上環大寨阿姑。我早前滯留江蘇，屢遇倥傯，每有片刻安頓，都會想起你嘅聲音面容，耳邊都會響起月下窗前嗰一首粵謳解心。唉，心各有事總要解脫為先，心事唔安解得就了然。只不過，心事千條就有一千樣病症，大抵癡字入得症深都係情字染病。我呢個鈍人，年二十有三，至曉得情為何物。北上之初，我雄心萬丈，以為千里送字，可以助洪大哥一臂之力。不料爐火一燒，鉛字皆熔，資政變革，盡皆變空。驀然回首，那人卻在燈火闌珊處。我心裡認定，你就是那人。我要回來找你，不拘你身世，不懼你父阻撓。我原以為一切並未太遲，畢竟你年事尚少，談婚論嫁仍然甚有餘裕。點知道你原來已經墮落紅塵，委身花街柳巷哩。

余回港，即赴阿昌影相樓，想與汝見面，表白思念之情。至擺花街口，竟見鋪頭人去樓空。街上檔口繁花依舊，西人妓樓酒館，熱鬧如前，喧囂不絕，然佳人已去，不知所終。向街坊打聽，方知東主阿昌素來品行卑劣，嫖賭飲吹，無一不好。當初自西人手上繼承店鋪，亦疑有詐，於西洋影相之術，只學得幾件散手，濫竽充數。近年債台高築，迫得出售店鋪，只保留少數架撐，遷往上環橫街。至於所謂養女，不過是貪其半唐半番，相貌標緻，可作搖錢之樹。原欲貸之於番鬼豪強，作小妻包養，然見本地妓樓興旺，洽得好價，遂將孤女拋落火坑。此等里巷謠傳，未知真假若何，然此人平日口沒遮攔，好自吹噓，其敗德惡行，人盡皆知。余數年來學師於印刷所，專心一志，別無他想，汝父之事，全然不知。如今想來，余孤陋寡聞，不諳世事，實該深為自責矣。

事出突然，余既驚且怒，不知所措，遂即往水坑口，找汝父問個清楚。果尋得阿昌影相樓，只小鋪一間，藏於陋巷，店外掛滿發黃舊相，除風景之外，多為唐人裸婦，搔首弄姿，猥褻不堪。及進店內，見汝父斜挨椅上，抽其大烟，閱覽淫書豔詞，不知所謂。彼見余至，以為有客，堆起邪笑，起身欲迎。不料我直指其面，質問其女何在，何以不盡父職，賣女求榮。彼嬉皮笑臉，左右其辭，後顏色突然一變，反唇相譏道，我認得你，你係英華教會嘅人。之前見你成日詐諦話嚟派傳教單張，其實係想借啲二親近我個女，你唔好以為我唔知。你地班人滿口上帝，假仁假義，不過係死鬼漢奸洋奴，有乜嘢資格喺處指指點點。我話你知，呢個衰女係個野種，天生水性楊花，我唔賣佢，佢都會去勾佬。而家我幫佢搵個好地方落腳，叫做有個歸宿，衣食唔憂，講真已經仁至義盡，佢重想點樣。你係佢乜誰，我地家事，關你撚事。想講耶穌，唔該行埋一邊，想搵我個衰女，唔該你自己儲夠錢，有本事就去大觀樓買佢大局，唔好喺處阿吱阿咗。聽彼強辭奪理，我知與其爭吵無益，雖極氣憤，然亦無所作為。遂出，至上環妓樓一帶，尋大觀樓，因值午後，未曾開門，窺內裡慵懶寂靜，只隱隱傳來樓上彈唱之聲。我徘徊再三，不敢逕入，氣急敗壞而歸。

適值此年理先生中國經典第三卷付印，所內日夜加班，我雖心煩意亂，然亦戮力以赴，無暇顧及額外之事。其時黃勝先生已應上海道台丁日昌之邀，往上海廣方言館任教，湛孖士先生亦早已調任廣州，印刷所未有另聘主管，仍由理先生親自監督。我因學師已滿，工作表現良好，獲得略加薪水。為此更加不敢怠慢，做好本分。然每想起你在重門深鎖之中，我卻無力解救，心裡既恨且羞。至年中，好不容易書經印刷竣工，余始得閒暇為汝事籌謀。其時我已搬出宿舍，於太平山租屋，因見姊已出嫁，家母不宜獨居，乃欲自九龍遷母同住，然家母不喜城市，仍住芒角村。大舅於余北上期間已逝，然梁氏諸兄仍許余母居於村內。余打工所得，半數歸母，又聘僕婦一人照料起居，盼其得享天年。然余之餘資，捉襟見肘也。母見余已成年多時，業又已穩，便時時促余成家立室。多次找人說媒，皆為余所辭，蓋我心中，非汝不娶也。你聽我如此說，一定不信，或笑我癡人說夢，異想天開。蓋你我交往全無，彼此不識，惟少時有過一言兩語，此時身分又如天涯相隔，說到非汝不娶，豈非妄哉。但係我終得會令你知道，此言不虛。

是年秋，我求助於王韜先生。彼素出入風月場中，來港之後，亦漸混熟本地花街。我告之先生，余有一小時同學，乃半唐番女，不幸為父所賣，於大觀樓掛牌，余不諳箇中規矩，未知如何得見。王先生果真風流常客，即道，你所言者，係叫做朝雲唔係。先生居港三年，於粵語已粗略掌握，能言數語，聽則無礙，續道，此女我見過數次，皆於酒局之中，雖非國色天香，但亦嬌豔欲滴，楚楚可憐，尤其那華夷莫辨之容，為一般阿姑所無，特具風情。事頭婆就是看中這一點，標奇立異，招徠貪好新鮮之徒。此女大概年資尚淺，曲藝一般，但是通曉英文，識唱洋歌幾首，甚可娛賓。是以掛牌不久，已經大受追捧，前途無可限量。但係亦聽人說，彼性情不是太柔順，有時不肯接客，龜婆亦施過些許教訓。另有一事余亦有所疑。汝等廣府娼寮有所謂琵琶仔，即從小為寨主所買，教以詩書曲藝，及至成長，初亦只彈唱陪酒，並不賣身。後經恩客競逐初夜，價高者得，為梳櫳之禮，伺之十日，然後戴孝，喻其夫已逝，可以陪寢，稱為老舉。然朝雲入寨之後，未為琵琶仔，此事何解，余未可知也。聽先生娓娓道來，余心潮起伏，不能自勝。先生見余對汝情有獨鍾，雖不明箇中原委，卻也甚感同情，遂語余曰，小福，如果你唔介意踏足歡場，我可以陪你與朝雲買個酒局，待汝等相見。

某個晚上，涼風有信，王韜先生與余到上環酒家，闢一私房，招來豆粉水，往大觀樓遞花箋，邀朝雲出局。不久，回說朝雲有客。等待半晚，再招，始姍姍而至。只見你進房來時，頭戴金釵，耳掛玉墜，上身一件紅底綠邊無領大襖，下身一條彩繡百褶裙，款款而行。你身後跟著妹仔一人，幫你持琴。汝見我在座，愕然一頓，滿臉緋紅，更勝胭脂。你定下神來，先招呼一聲王老闆，再轉向我，道，呢位應該係，戴老闆咯。聽你此話，我五內發熱，悲從中來。先生知我心焦，遂從容自若，與你談笑起來。你還說認得先生，久仰其名，今天有幸伺候，當令先生盡歡。我痛不能言，獨飲悶酒。未幾，先生請你彈唱一曲，你拿過琵琶，道，小女子出道甚遲，學藝未精，請勿見笑。遂輕撥幾下，略調音色，彈將起來。細細一聽，竟是這樣的曲詞，云，點得長日發夢，等我日夜共你相逢，萬里程途都係一夢通。個的無情雲雨把情根種，種落呢段情根莫俾佢打鬆。雖則夢裡巫山空把你送，就係夢中同你講幾句，亦可以解得吓愁容。君呀你發夢便約定共我一齊方正有用，切莫我夢裡去尋君你又不在夢中。君呀你早食早眠把身體保重，心想痛，問你歸心何日動，免至我醒來離別獨對住燈紅。一曲唱罷，你我都淚下如雨。此刻心裡，除了悲傷，也有快慰。

一抬頭，先生已悄悄離座，連那妹仔也不見了，房間內只有我倆。你道，唔好意思，我太失禮，客人係尋歡，唔係尋苦。我道，我唔係客。你道，你唔係客，你係邊個。我道，我係要娶你嘅人。你道，你莫個咁天真，你知自己講乜嘢唔知。我道，我非你不娶。你笑道，噉你注定做一世王老五。我道，我會的起心肝儲錢。你笑道，講埋街飲井水，時候太早。一則你冇咁多錢，二則事頭婆唔會輕易放我走。我道，我可以等。你道，你知我人盡可夫，等到我人老珠黃呀。我道，我可以做拉尾一個。你道，你講真定講假，你個人真係癡得咁交關。我道，你叫阿幸，我叫阿福，我地天生一對。你大笑道，你睇我地而家，可以叫得做幸福麼。你莫再講呢啲，越講只會令我越心翕。你花錢買我，我俾你開心，噉樣好容易過。你同我講心，我會覺得好羞家，事關我俾唔到個心你。我個心已經碎咽，我係個冇心嘅人，我淨係得翻個身。我呢個身，你有錢嘅話，可以想點樣就點樣。我記起你阿爸如何話你，似有七八分真，心甚憂懼，但又不敢直言，惟有探問，點解你唔可以淨係做琵琶仔，陪酒賣藝。你臉色發白，低下頭，半晌才道，我年紀大，人地琵琶仔，十二三歲就開始學藝。我入寨時十五歲，今年已經十八。不過，就算做琵琶仔，遲早都係變老舉。我問，所以你，早就已經。你低聲說，我本來，就唔係個乾淨嘅人。我震驚莫名，追問道，係幾時嘅事。你咬著唇，哽咽道，請你唔好再問，你問我呢啲，即係攞我條命。你抱著琵琶，站起來，道，我睇我都係走先。我連忙道，對唔住，係我唔著，我以後唔再講。你復又坐下來，我道，我重可以見到你唔可以。你道，你買酒局，我會嚟。我道，我講過，我唔係你嘅客。你道，唔係幫襯，唔可以隨便見到我。我便道，我可以寫信過你。你嘆了口氣，道，我下晝通常冇事幹，淨係練下琴，你嚟送個信，我可以收。此時王先生回到房裡，你問先生還有甚麼吩咐，先生問我如何，我說可以了，你便起來告辭。

當時我所言之書信，就是本書前面三章的內容。我願你從頭仔細認識我，知我出身和為人，也知我對你用情之真。雖然，余亦承認自己魯鈍，遲疑，無知，教汝未能及早知我心意，以致弄到今日局面。不過我不信事情已無可挽回。人只要立定心志，未有不能成之事。縱使我無法救你於人世，我至少可以救你於天國。此事我曾向理先生請教，彼猶記得汝年幼時就讀英華之事，於汝之身世遭遇，亦極為同情。我問理先生，基督徒與妓女交往，可否。理先生謂，只要內心不存淫念，不為私欲，為彼之得救，盡心關懷，竭力相助，未有不可。又問，若人曾為妓，從良後，可否娶之。彼曰，只要真心悔改，信主耶穌，罪皆得赦，未有不可。又曰，耶穌與稅吏罪人同食，不畏眾議。馬太福音云，人有百羊，而喪其一，舍九十九羊於山，往求其喪者，其為此一羊喜，勝於九十九之不喪者。罪人中有一人悔改，勝於九十九善人不待悔改也。然先生亦囑余警惕，蓋人性本惡，心志雖堅，立意雖善，未必免於誘惑。余銘記在心，然亦未敢言，靈魂救贖與兒女私情，孰為余心之所重。惟得牧師許可，心乃稍安。

余按汝言，於午後至大觀樓，因王韜先生與寨中師爺相熟，遂託其轉遞信函。等候數日，杳無音訊，余又修書一封，再交師爺手中。師爺與余曰，你的信與別不同。余不明其意，然亦未有追問。再越數日下午，至大觀樓查看，見師爺走出，遞與我信件一封，曰，係朝雲自己寫嘅，唔係我代筆。余拆信展讀，乃手抄曲詞一首，云，煙花地苦海茫茫，從來難搵個有情郎。迎新送舊不過還花賬，有誰惜玉與及憐香。我在風流陣上係咁從頭想，有個知心人仔害我縱死難忘。有陣丟疏外面似極無心向，獨係心中懷念你我暗地淒涼。今晚寂寥空對住煙花上，唉，休要亂想。共你有心都是惡講，我斷唔孤負你個一點情長。我讀後心情激盪，知汝未有心死也。當日無心之言，想必只是一時之氣。汝於我有情，可明證矣。

如此來往數回，一日汝之妹仔捎來字條，曰，可一見，請帶些傳單來。我聞此言，心又定了不少，膽又壯了許多，趁公餘印了聖經數篇，帶去大寨分發。某日下午請了假，託詞出去分書，來到大觀樓後門，遞了個信。一會，妹仔阿蘭下來，請我上樓，領我到一小室，著我飲茶。半天，你翩然而至，薄施脂粉，衣裝平常。我拿出單張與你，你道，有人問起，你就話係嚟傳教嘅。我方知你拿這個當掩眼之法。我和你略聊幾句，你講起我信中所寫，似有所動情，又問我單張是否親手所印。我便拿過單張，告汝曰，此乃新約門徒約翰一書第四章，經云，凡我良朋，宜相愛，有愛心，則上帝賜之，能愛人者，為上帝子而識上帝，於此可見矣。上帝仁愛，不愛人者，則不識上帝。上帝遣獨生子降世，使我賴以得生。上帝之愛我，於此昭然，非我愛上帝，乃上帝愛我，遣子代我罪，為挽回之祭，愛之實在此矣。良朋乎，上帝既愛我如此，則我亦當相愛。人未有見上帝者，若我相愛，則上帝心交我。我之愛上帝，充然無間。我心交上帝，上帝心交我，何以見之，因上帝以其神賜我。又云，我處世效上帝，則愛充然無間，待鞫日無懼。愛者不懼，我之愛充然無間，則懼心泯矣。有懼者有憂，懼者不能擴充其愛。我愛上帝，因上帝先愛我。惡兄弟而謂愛上帝，則誣矣。已見之兄弟，猶不愛，則未見之上帝，焉能愛之。愛上帝者，亦當愛兄弟，此我所受之命也。汝聽罷，甚喜，問，當愛兄弟，亦愛姊妹嗎。我道，愛。汝道，我愛兄，你愛妹，好唔好。我道，好。汝嬌羞道，你唔係話要同我做夫妻嘅咩。我急道，係夫妻嗰種兄妹。汝笑道，你呢個人仔吖。

以後每一兩禮拜，總使阿蘭來通傳，約我去見面，都是半點鐘左右，匆匆幾句，或講下近況，或憶下從前。你每必叫我誦讀單張經文，聽得津津有味，但似都領略到別個意思，與信仰無甚關係。我也不太理會，只樂於可以同你私語一番。一次果被鴇母撞見，彼卻無當場斥責，竟還掛上笑臉，道，哎喲，阿雲你讀過洋書，浸過洋水，重有哥仔同學時時嚟同你敘舊添，真係巴閉呀你。哥仔你喺邊間洋行做買辦呀，有錢就堂堂正正行入嚟大觀樓買個大局，唔好日頭流流喺處偷偷摸摸啦。我不善招架，坦言，我喺英華做嘢。鴇母作恍然大悟狀，道，哦，原來係嚟傳福音嘅，阿雲你真係神心咯，拜得神多自有神庇祐，睇吓你地洋鬼子個上帝靈，定係我地唐人個觀音菩薩靈啦。你竟然也不甘示弱，道，你拜觀音，我信上帝，各施各法啫。鴇母聞言，大笑三聲而去。

一日，午間私會時，汝與我桃花扇曲詞，問我可否譯成英文。我雖然奇怪，但也覺得可以一試。回去琢磨數天，譯出個粗淺大概。下次將譯詞與你，你手抱琵琶，竟就吟誦起來。我幫你糾正發音，講解詞義，你興致勃勃，樂不可支。半天，真的彈唱出一首 Peach Blossom Fan 來。未幾，就傳出大觀樓紅牌阿姑朝雲，用英文唱桃花扇的佳話，成為酒局必點名曲，摵時摩靈靠鬧得之名亦不脛而走。龜婆見你打出名堂，客似雲來，自然亦不作責備，管束也漸漸寬鬆了。一次我午後隨興來訪，未有通傳，見你在房中與一舅少調笑甚歡。你著我到客房稍候，半天才整頓姿容，姍姍來遲。我問你那是乜誰，你道是某公白行東主兒子。我聽後心裡一沉，但未有發作。當日聖經，乃約翰福音書第八章，經云，有婦人行淫，為法利賽人所執，置於耶穌之前，曰依摩西律，宜石擊。耶穌鞠躬，以指畫地，起曰，爾中無罪者，可先石擊之。復鞠躬畫地。眾聞言而內自訟，由長至幼，一一皆出，惟婦猶在。耶穌謂之曰，訟爾者安在，無人罪爾乎。我亦不爾罪，爾去，勿再犯也。讀畢，汝驚動不已，淚流不止，啜泣道，我身只一個，你想我點樣。我共你唱同心草，同人地唱容乜易，你應該知我個心向誰。我係罪人，你係聖人，你可以定我罪，向我掟石頭，我死而無憾。我同哭道，我點會，我點會噉做。

我日夜渴望，有日可以幫你埋街，到時你重新做人，耶穌必會恕你，天堂之門亦會為你而開。我嘗告汝，余每思吾業，並不為恥。西洋活字印刷之術，大勢所趨，將必通行於中國。余為先進，假以數年，精進技藝，成業中翹楚，將大有可為。爾時雖不至飛黃騰達，然亦當足以為汝贖身。汝身縱受千刀萬割，只要汝心堅貞，即為完人。余將不畏人言，正娶為妻，蓋經云，愛者不懼也。印刷所完成中國經典卷三之後，業務清閒，余經理雅各先生特准，兼職於孖剌西報，排印羅存德先生所編之英華字典，前後兩年有餘。排到Free字的時候，特有所感，茲錄如下。Free，自主，自由，自為主，自己作主，有治己之權，不拘，隨隨便便，正直，寬心，寬大，自然，無掛慮，不介意，無事，釋放，自得，自若，自如，從從容容，脫脫略略，脫甩，甩身，脫身，自作主意，有自釋之權。Freedom，自主者，無拘束，治己之權，任意行之權，直白者，胆敢者，任意講之權，為城之赤子。蓋此字之義，用於汝身，條條皆宜，項項俱真。於人生之真諦，振聾發聵，如雷聲焉。余讀之不厭，思之良久。除印字典，余亦經黃勝先生介紹，於報社兼些編務，做些零碎翻譯工夫，積少成多，節衣縮食，盼早點能儲足資金，助你回復 Freedom 也。

余日夜劬勞，與你少見，然亦勤與你寫些短箋，交與阿蘭傳遞。一日阿蘭來報社，竊與余曰，小姐打算同劉舅少埋街。劉舅少者，公白行東主之公子也。余初不信，遂找個下午清靜之時，到大觀樓與你一見，問個明白。上樓時碰見師爺，彼見我情急，竟叫我節哀順變。我心感不妙，至汝房，見汝斜躺床上，吸食大烟。汝見余突至，大驚失色，待心神稍定，語余曰，你已經知道麼。我點頭，問，點解。汝低頭道，我個心雖然係你嘅，但係身不由己。你知我上岸，應該戥我開心至係。我強忍妒恨，曰，如果你真係搵到戶好人家，我甘願放棄，但係你明知呢個人，唔可以付託終身。你笑道，我唔求入天堂，只求離開地獄。我道，嗰個只係另一個地獄。你忿然道，你莫個句句都義正詞嚴噉樣好唔好，你講嘅天堂，冇人去得到，唔該你放過我啦。說罷，汝背向我，默默垂淚。我不知如何撫慰，頹然無語。

往後月餘，余未往見汝，只靠妹仔聯絡，探汝近況。適余再次申請受洗，見理先生，問答數遍，考核教義，皆順利通過。然理先生見我心緒不寧，遂細問究竟。我不便明言，只約略回答。理先生曰，汝乃本校所出，業有所成，信仰亦堅，我等對汝寄望甚殷，實不願見汝過度用情，行差踏錯，半途而廢。蓋當時唐人教友之中已有傳言，謂我借傳教之名，出入娼寮，私通妓女。只因我素來人品端正，處事誠實，才未被公開指責。此事對教會聲譽甚為不利，余知當謹言慎行。然汝之命運已佔我生命全部，雖百般自制，亦不能置身事外。後與王韜先生商量，謂余欲於大觀樓買朝雲大局，所費不菲，傾囊盡出，尚有差欠，望先生慷慨相助，他日必全數奉還。先生即曰，小福，你此舉豪氣干雲，令人佩服，我雖寒酸，亦願共襄善舉。先生遂差人安排，不日定局。

是晚，余置新衣一套，由王韜先生相偕赴局。雖云大局，人數甚少，只我與先生與汝，並琵琶仔一人彈琴助興。酒席之中，汝狀若無事，談笑自若，呼余老闆，語甚諂媚，實則生疏。余啞忍之，至席終，歸房就寢。汝坐床上，正欲寬衣，余坐椅上不動。你道，過嚟啦，花咁多錢，你唔係想買我嘅咩。我道，我想要你，但係唔係買。你道，你明明已買，莫個假正經啦。我道，我想要嘅嘢，錢買唔得到。你道，錢買唔得到嘅嘢，我冇。我道，點會，你重有個心。你道，我個心唔喺處。我道，咁喺邊處。你道，喺你嗰處，我早已經俾咗你，我冇心，至可以同第二個埋街。我拗不過你，憤恨捶胸，你上前拉住，軟語道，莫個噉樣，我唱支曲過你聽。你拿過琵琶，彈起前奏，唱道，煙花地是邪魔，有咁多風流就要受咁多折磨。雪月風花我亦曾見過，無限風流問你買得幾多。只有當佢係過眼煙雲若係癡就會錯，恐怕鑿山難補個的冇底深河。若講到真義真情邊個共你死過，總怕金盡床頭好極都要疏。大抵花柳害人非獨一個，唉，須想過，好熄心頭火，普勸世間人仔莫誤結個段水上絲蘿。曲罷，默然半天，曰，阿福，我係罪人，我冇得救，你莫個俾我拖累。過咗今晚，唔好再掛住我，就當我已經死咗。你今晚使嘅錢，我私底下俾翻你，你冇俾錢，唔係買我，知道冇。我地就做一晚夫妻咁多。

年初，大觀樓半唐番紅牌阿姑朝雲埋街飲井水，嫁劉氏少爺為妾，年方二十歲，大寨中人，莫不羨妒交加。汝出嫁當天中午，昂船州存火藥船突著火爆炸，如驚雷貫耳。傳道大樓玻璃窗盡皆破碎，下市場禮拜堂樓頂倒塌，全港樓房震動不已。烏煙毒霧，籠罩天地，如末日焉。

余於妓樓擺大局的消息，傳遍教會，何福堂先生召我面見，勸余暫停洗禮。是為余第二次受洗失敗。理雅各先生大感失望，於是年三月離港返英，與家人團聚。同年十二月，王韜先生應理先生之邀，起程赴英，共事中國經典之翻譯。余經歷雲海變幻，到頭來萬事皆空，能不茫然哉。

我講完喇。

信已經寫完？

本來係。

幸兒重想收信。

你重想聽？

冇理由咁樣就完。

好，我下次再寫俾你。

五　靈魂

幸兒，我以為以後再唔會寫信過你，但係見你淪落到噉嘅境地，我真係唔忍心唔理。請你聽我講，痛改前非，否則你嘅靈魂就會永遠墮落，永不得救。我在你離開我嫁與他人之後，驟覺生命空虛，頗有些遁入佛門的意思，不再信靠耶穌的道理。因緣和合，原來都只是虛幻的假相，無常無我，方正係人生的真諦。執著於欲念同情愛，只係無謂的貪癡。我萬念俱灰，如行屍走肉，亦沒有再去教會崇拜。我是個罪人，我是教會的叛徒。

與爾別後，心猶依依。汝雖已委身他人，然非汝不娶之誓言，決不願改。想汝如今之生涯，只是表面風光，內裡未必順遂，心有慽慽然，然已不能置喙。未料家母於是冬病故，余不能圓其所願，娶妻生子，實為大不孝，雖懊悔不已，亦不能償矣。由是倍加悲憤，終日長嗟短嘆，鬱鬱寡歡。一日，偶經下市場，見華人禮拜堂已重修，裡面傳出頌唱之聲，不禁駐足傾聽。不覺間，已自走近，站立門旁。只見何福堂牧師正向會眾宣讀福音，經云耶穌被執於祭司長前，彼得三次不認主，出而痛哭。我聞言亦淚流滿臉，不能自已。何先生見余在，趨前執余手，曰，浪子回頭，猶死而復生，失而又得也。眾教友亦接納余之復歸，待我如主內兄弟。重回教會後始知，屈昂老先生已於家鄉病逝，然其音容猶在，似勉我不要消沉，重新振作。想先生畢生屢遭窘迫，而信仰不改，余只是稍逢挫折，便已經灰心喪志，豈不愧哉。遂閉門靜思己過，不憚改也。

蓋信仰者，靈魂之事也，非此身之事也。靈魂者，人皆有之，為動物所無。人身之欲，即動物之欲，生而有之，死而失之，非永恆也。永恆者，心之所向，靈魂之所慕也。然人生而有罪，此乃原祖亞當夏娃禍延所致。罪者，求人身之欲，不求靈魂之養，遂使靈魂喪失，不得天堂永福，而墮落於地獄永苦矣。要救靈魂於永禍，不能求諸己，而須求諸耶穌基督，蓋人子降生受難，乃為世人贖罪，不信靠耶穌，無以得救。此道理原易明白，毫無疑義，然目睹世間之悲苦，不能即助其解脫，而必待死後之安慰，於心難忍。惡之見容於世，與上帝之至善，非牴觸乎。或曰，世間之苦，為懲罰，為試煉，人必受之，然後分善惡，治賞罰。然世間一程，公義不彰，善人遇害，惡人享福，靈魂永生之事，於未信者眼中，口惠而實不至。於信者眼中，縱遇世間萬惡，亦不動搖，知靈魂之永存也。余於汝事之過者，一為私情過甚，二為信心不足。即謂，余欲救汝身，多於救汝靈魂也。救汝身而不得，亦失汝靈魂。而思及汝身既喪，汝靈魂亦無從得救，余心復悲且痛。若能救汝靈魂，即不得汝身，余亦無憾。此乃余前所未悟者也。今思之，甚悔。

此時理雅各先生身在英國，傳道站及印刷所由滕納先生監督，而黃勝先生自上海回港，仍然擔任主管。近年我所鑄字訂單大減，蓋上海美華書館主管姜別利，經營極具野心，搜羅大小各種活字以複製之，又推出自家活字以補其不足。後於中國教會新報上，見美華書館之告白，共有六種活字出售，按大小分為一至六號，其中一及四號，原為英華所出，即香港字也。蓋姜氏向我所訂購每個單枚活字之時，理先生應早料到對方有此一著，然彼不以為意，全無從生意利弊著眼。接任之滕納先生，似亦對印刷業務不甚關注，余即感英華之前途，未必久已。然其時本港未見有可取而代之者，理先生亦計劃回港印行中國經典餘下卷章，是以印刷所將存續數年，亦可定矣。余之生計雖暫可保，然亦宜思索出路矣。

年底，於畢打街遇阿旺，初未認出，蓋彼身穿長衫馬褂，一副闊少模樣，與昔時截然不同。待彼喚我，始知是阿旺。彼此睽違五年有多，大喜，問彼何時回港，彼云已有月餘。遂同往茶樓敘舊，聽他細細道來，始知其有過一番奇異經歷。彼當初搭船往新金山掘金，半途水手譁變，脅持船長，蓋屢受其逼迫虐待，不堪其苦也。事變未平，船隻偏離航道，竟又遇上颶風，船桅盡斷，船員半數落海。破船於海上漂流月餘，始見陸地，船客爭相乘坐小艇上岸，墜海者溺死無數。至岸，乃荒蕪之地，猛獸橫行，蛇蟲密佈，又有食人之族，獵殺難民。流落蠻荒二月，始得救，倖存者送往澳大利亞達爾文港，惟原數之三分一而已。阿旺於遭難期間，曾助一西人脫險。此人乃羊毛商，於澳大利亞牧場收購羊毛，售廠商加工。阿旺乃成其助手，三四年間走遍大洋兩岸新舊金山諸州，學得流利英語並經商技巧，又屢次代表西商往來中國口岸。今年中，彼請辭回港，入某織品洋行為買辦。余聽其言，嘖嘖稱奇，見昔日不學無術之小子，今竟成買賣之才，其父在天之靈，堪可告慰矣。

後與阿旺不時相約飲茶，順便向他傳些福音，蓋富人欲進天堂，尤難於駱駝穿針孔。遂告彼進小門走窄路之論，勸其別為錢財所迷，忘此身之外，有極寶貝之靈魂，不可丟失。彼每聽余講耶穌，必笑語打發，既不公然反對，也不真心領受。多次邀彼參加崇拜，只是敷衍兩句，終未露面。阿旺除了拜金若神，亦染上風流惡習，不時流連花街柳巷。有次告我，上環有一半唐番阿姑，姿色甚佳。我問他阿姑名誰，他道，朝雲。我大驚失色，問，在大觀樓麼。他道，冇咁高等，係天香樓。我又問，你買過佢冇。他笑吟吟道，買過兩次，天香樓大局甚便宜。我拍案而起，怒道，你我以後絕交。即奪門而去。事後回想，知阿旺並非有意，然我心之驚愕與痛楚，又有誰知。汝與我不識之人共寢，我猶可忍，汝為我識之人所玷，我何能忍焉。雖非彼之過，也非汝之過，然我心如尖刀所刺，血跡斑斑矣。至於汝為何復又墮落風塵，余思疑之，惴惴不安。

我曾嘗置之不理，自謂曰，汝事已不關己，然汝於火中煎熬之貌，日夜在我眼前，揮之不去。汝出身不良，為富家妾已遭白眼，今又重蹈火坑，地位尤賤，恐無地自容。余不信汝自甘墮落，當中定有隱衷也。思前想後，終按捺不住，親往妓樓尋汝，然亦不敢貿然，蓋不知汝之情，亦恐怕教會中人再有誤會。余曾於主內兄弟之前，立誓不再踏足煙花之地也。余於街角徘徊再三，見妹仔阿蘭出，遂上前問之。阿蘭見我，又驚又喜，拉我至後街，謂余曰，小姐慘哉，嫁與劉舅爺之後，為家翁婆所憎，蓋彼乃擅娶，未為父母所准。彼將小姐置於另居，猶私家妓女，喜則來，不喜則去。小姐父亦頻頻上門討錢，小姐不與，彼即向舅爺勒索，舅爺不勝其擾，遷怒於小姐，又打又罵。後小姐父至劉家糾纏不休，翁婆大怒，勒令舅爺即與小姐解婚，否則逐出家門。舅爺從之，逐小姐，小姐無處可歸，惟有重操故業，投天香樓。天香樓非大寨，格調低下，小姐屈而就之，羞上加羞。小姐乃紅牌阿姑，不能無婢。蒙小姐不棄，我還跟在小姐身邊。我願服侍小姐，至死方休。我聽其言，知阿蘭乃忠義之女，甚為感佩。

余不知汝想見我否，遂回家修書一封，託阿蘭傳遞，將你我別後之情，向你細訴。又談及靈魂之事，蓋我不欲見汝生前坎坷，死後猶受永恆之苦。邪惡之現世，我等獨力難鬥，然終極之來生，我等猶未絕望。經上有云，稅吏與妓女，先司祭長入天國，惟汝必先悔改信主。汝甚喜之經云，凡我良朋，宜相愛，有愛心，則上帝賜之，能愛人者，為上帝子而識上帝，於此可見矣。又云，上帝既愛我如此，則我亦當相愛。如汝仍信世間有愛，此愛乃賴上帝之愛而存，上帝即愛也。此愛非情，更非欲，超然於兩者，為永恆靈魂之相親相偕。世間之一切惡人惡力，無法將之破壞，無法減損其一分一毫。昔余欲靠個人之力，救汝之身，終不成事，今我盼能靠救主耶穌之力，挽回汝之靈魂。請信我之真心，決與你同生共死。送信後，等汝之回音，一禮拜有多，阿蘭傳語曰，小姐暫不欲見，請先生稍等。余黯然，無奈應之，然心未死也。囑阿蘭常來報，知汝之近況。

翌年初，阿蘭忽來曰，小姐病，請先生往見之。余即至天香樓，至汝室，破陋不堪，不比從前。見汝臥病在床，桌上有烟槍烟燈等具。汝見我入，大驚道，邊個叫你嚟。始知召我乃阿蘭之意，非汝之意也。汝反身掩面，不欲我見汝之病容。我見你形銷骨立，容顏憔悴，知汝病不輕，甚為心痛。我坐汝床邊，執汝手，曰，點解唔肯見我。汝以背向我，曰，我爛泥扶唔上壁，莫個嘥心機啦。我道，你早啲搵我，我可以照顧你，何必再入歡場。你轉身向我，哀求道，你我情義已盡，唔該你莫個總係多管閒事。你講嘅耶穌，我再唔愛聽。我道，你先聽我講。你突拂袖怒道，你地聖經有話，非以役人，乃役於人。我役於人咁耐，生不如死，有乜嘢益處。又話，有人批左頰，轉右頰向之，欲得爾裡衣，外服亦聽取之，有人強爾行一里，則偕行二里，求爾者與之，借爾者勿卻。我俾人批完兩邊面，攞我內外衣衫，迫行千里苦路，重要苛索不斷。又話，敵爾者愛之，詛爾者祝之，憾爾者善視之，陷害窘逐爾者，為之祈禱。噉樣嘅要求，係不近人情唔係哩。我千依百順，以德報怨，換嚟嘅係乜嘢下場。你莫個同我講乜嘢靈魂救贖，我連個身都守唔住，個靈魂又點會得安樂。我情願根本就冇靈魂呢樣嘢，同禽獸一樣，生前點樣都好，死咗就一了百了。乜嘢慈航普渡，乜嘢天堂永生，越聽就只會越教人無地自容。你莫個再悔改前，悔改後噉講嘢，我有嘅罪，就只係生喺呢個世界。可以揀嘅話，我情願唔生。而家搞到滿身罪孽，你估係我自己攞嚟嘅咩。你同一個污糟邋遢嘅人，講佢個身有幾污糟，教人情何以堪。阿福，請你放過我啦。聽汝此話，我哀痛難當。原來我一番善意，只係增加你的折磨。我無言以對，告以改日再訪。

呢段對話，我覺得似曾相識。

係因為靈魂嘅遺傳。

靈魂點可以遺傳？

靈魂超越時間。

你係話，幸兒係我靈魂嘅前世？

我唔係講緊輪迴，我係講緊意識嘅遺傳。

即係我同前代人嘅意識相通？

意識嘅遺傳，就係所謂命運。

我嘅命運即係早已注定？

所謂注定，就係條件嘅限制。

但係限制，唔代表決定，係咪？

冇錯。條件會施加限制，但係條件亦都唔係唔可以改變。

只要改變條件，命運就會有新嘅方向？

靈魂，就係呢個改變嘅歷程。

但係阿幸嘅命運，可以改變嗎？

噉你就聽我講落去。

我回家自省，不明汝為何相拒。然當務之急，卻是救你出火坑。余苦思良久，決定找阿旺幫忙。我在茶樓怒斥阿旺，與彼絕交，實一時衝動。我至洋行，向彼道歉，阿旺亦不嫌我，共我坐下商量。我將與汝歷來之事，盡皆相告，彼方大悟，知我當時怒之所由。我謂彼曰，為今之計，先將阿幸贖出，免其再受折磨。我對阿幸絕無強佔之意，願租一屋任其居住，令其養病，每月之資，我尚可出。惟贖身之事，我難獨力承擔，亦不便出面。我多年所儲，約銀五百元，不足之額，望向彼借貸。阿旺諾之，往與天香樓事頭婆洽談。彼乃講價能手，金額遂甚合宜。余往見汝，蓋此事還須你親自首肯，自由與否，非縱於他人之手。我執汝手道，汝前所言，我已細思之，與其空談身後之事，不如濟你當下之急。我雖非大富，然多年所積，加上朋友之助，足夠還你自由之身。贖身之事，非賣身與我，你對我並無責任。我所付之金錢，你亦無須歸還。我友阿旺，只屬出頭人，你與他亦無拖欠。你贖身後日常生活支出，暫由我所付，待你病好，將來生計再從詳計議。我非聖人，亦非想借此自義。就算你不信主，不想聽聖經，不願我以大義曉你，也不欲理會靈魂之事，我亦無怨無悔。我只願你當我仍為當初那個癡情小子，無論你愛我與否，我都一廂情願，以汝痛為己痛，以汝憂為己憂，盡我所能，不求回報。汝默許，低頭垂淚。

是年東華醫院成立，乃華商贊助之慈善機構，總理多公白行東主。黃勝先生乃社會名人，亦在其中。余問先生，與鴉片烟商並列，可否。先生曰，誠有憾，然有益於公眾，亦勉為其難。天國之事，黑白分明，世間之事，多含混不清，惟自守其德而已矣。先生亦應清廷之邀，北上帶領百名幼童赴花旗國留學，接受西式教育，誠為我國之創舉也。先生離港，命余為印刷所暫代主管，先生於船頭貨價紙編務，亦委與余。余常羨先生少時能遊學西洋，大開眼界，惜余正式教育只及三年，雖略嘗新鮮，未能有所進境。今只能靠日積月累，深耕細作，得事業之小成。同年理雅各及王韜先生亦先後回港。理先生受聘為佑寧堂牧師，為期三年，不居傳道會大樓，自住於半山。余亦準備就緒，全力投入先生大作中國經典卷四及五之排印。王韜先生經歐羅巴一行，脫胎換骨，有豪傑氣勢，約余上大酒樓敘舊，議論滔滔，更勝從前，摩拳擦掌，欲有一番作為也。余告先生汝事，彼大為感嘆，又喜汝已得安置，約定不日來訪。

余為汝租屋於西環海邊，地方簡潔，環境清靜，仍聘阿蘭為妹仔。治病之事，汝云有相熟醫生，召之出診，來者竟是黃寬先生。原來先生當年派駐廣州之後，與傳道會方多有齟齬，後乃辭，入本港政府醫院任職。多年來，亦為汝私診，甚為相熟。黃醫生云，汝所患非惡疾，然心神有憂慮之象，氣喘甚重，務必戒烟，免操勞，多加休養。余甚憂心，囑阿蘭好好照顧。惟此以外，生活得一陣平靜。時維同治九年，西曆一八七零年中也。

未完，待續。

六 復生

終於嚟到最後。

我知，我等緊你。

噉我講喇。

幸兒，往後之事，已不可追，然而你我之情，從頭到尾，仍想講個完整。雖云完整，亦已破碎，無從修補矣。余作此記述，不冀還爾名譽，蓋世間之人，樂於詆譭，甚於讚美。汝本一片清心，見擲於沉濁，非汝之罪。余為濁世所蔽，不明汝之真心，致汝含恨而終，方為大罪人也。此書結局甚慘，余不忍詳述，乃略言之，以了心事。

此二三年間，乃我事業之大關鍵。余為英華印刷所暫代主管，主理中國經典印刷，次年又有總理各國事務衙門之活字訂單。本港之兩家西報，亦相繼出版華文日報，先有香港中外新報，後有香港華字日報，標榜為華人所編，不受西人左右。余因黃勝先生關係，參與香港中外新報編務，而華字日報則以陳藹廷先生為主編，王韜先生為社論主筆。余剛屆而立之年，於印刷出版業中，略有所成。余於教會亦未有或忘，再有受洗之意。然何福堂先生於佛山新建教堂遇襲，飽受衝擊，未幾竟不幸病故，余受洗之事亦因而延誤。

汝安頓於西環之後，我礙於人言，不便經常出入，只能間中悄悄探望。我自忖，汝身患重病，心亦重傷，需時痊癒，婚姻之事，不宜急躁。此時汝心境似無異樣，雖虛弱無力，言笑不多，然亦甚恬然，無昔之怨憤。於黃寬醫生監督之下，汝已戒掉烟癮，氣喘之症狀，亦見減緩。一晚至汝家，見汝父走出，余即避於街角。及見汝，問汝何事，只道，與他些少零用而已。余不以為意，未有深究。後又一次，見汝床頭有一時辰鏢，似為男子之物，余大惑，一時按下不表。越數日，疑心愈重，午間竊往汝家，聽見室內傳出彈唱之聲，有陌生男子之笑語。大驚，不敢扣門，躲藏窺之。半天，見汝送男子到門口。余不忍當場揭穿，改天求證於阿蘭，彼女有口難言，然終坦白道，小姐有舊客來過。我胸口如受重擊，閉翳難當，問，何以至此。彼曰，小姐父來苛索金錢，小姐不欲騷擾先生，遂忍氣吞聲，自求解決。我方知，是邪魔咬著你不放也。然此頭等大事，汝竟不與我商量，情願偷偷重操故業，籌金之餘，亦涉偷歡，余何忍也。我思前想後，妒恨交加，美滿期望，盡皆破滅。余與汝晚飯，食不下嚥，質汝男客之事，憤然道，汝一日為妓，終身為妓，如何得改。汝道，確然，你早知如此，當初為何贖我。我道，我信你會為我改過。你道，你不知我如何為你。我反問，事已至此，我怎能娶你。你道，你本就不應娶我。我道，你何必自暴自棄。你道，我本非自暴，也非自棄。我先是見暴，後是見棄，亦命當所該。說罷，簌簌淚下。余不察汝話中意思，只覺被你所欺，心生怨懟，遂避而不見。今日回想，實狠心太過，愚蠢太甚矣。

一日汝父突至印刷所求見，與余一信封，打開一看，內為相片數張，皆汝童稚少女之時，類彼所售之猥褻造像。余大怒，欲撕之，彼笑道，毀之無用，我有底片。余道，底片何價。彼道，無價，先生現今非從前可比，余甚敬仰，以後還望先生多加關照。語畢，鞠躬而去。余既驚且羞，蓋汝有此隱情，余不知也，猶責汝不肯潔身自愛，情何以堪。余急往汝家，見汝俯伏在床飲泣。余擁汝曰，我已知你之苦衷。汝駭然，目我道，你見過我父。余道，我見過相片。汝咬牙恨道，彼非我父，乃我敵，奪我童貞，賣我身，毀我名譽，不欲見余安好，而喜見余墮落。彼若只為金，尤可恕也，惟自母亡，彼獸心漸露，於我極盡操縱侵佔，以辱我為樂，非極惡邪魔哉。我為敵所脅，非不得已，常欲殺之，脫其魔爪，憾無力也。又嗚咽道，汝為我贖身，我銘感於心，然早知不能長久，幸福之事，不敢企盼。想汝年少時，攜來親印單張，甚為自豪，汝今事業有成，該當自重，不應受余拖累，請任我自生自滅。我乃污穢之人，沾我身者，不得潔淨。余之孽債，自行了斷，不假汝手。今汝已睹我不堪之狀，余羞之甚矣，再無顏面見汝。遂反身向壁，以背向我，默默垂淚。

汝拒相見，甚決絕，余不敢強汝所難。適詩經與春秋英譯之印刷，如火如荼，職責纏身，不能旁貸，余內心之煎熬，無以復加。一夜，阿蘭急來我家拍門，呼叫道，小姐出事。問何事，乃曰，小姐父來擾，小姐見彼醉，佯裝順從，後送彼出，至海邊，突攬彼蹈海，欲同歸於盡。父遂溺死，小姐亦昏，幸為途人所救。余即偕阿蘭赴醫院，囑其曰，汝乃目擊者，若差人問汝，只道父失足墜海，女欲救之。彼諾。至醫院，見汝昏迷不醒，黃寬醫生道，彼無生命危險，然神志不寧，疑激動過度所致，剛服藥昏睡。余坐汝床邊，目汝蒼白消瘦之姿，心如刀割。翌晨，汝醒，與余曰，阿福，你點解喺呢處，我唔係同你約好喺郵局見面嘅咩。一會，又曰，今晚你買我大局，我地就做一夜夫妻啦。又曰，你印俾我啲單張呢，去咀邊處，掉咗落海呀。汝激動不已，撕扯衣衫，余按汝在床，汝喊道，敵爾者愛之，敵爾者愛之。事件經警方調查，乃意外失足，無可疑。余代為清理汝父遺物，尋得相片及底片，悉數燒毀。余至醫院告汝，事已終，勿慮。汝只顧梳頭，喃喃自語道，一梳梳到尾，二梳梳到白髮齊眉，三梳梳到兒孫滿地。黃醫生招余一旁，告余曰，彼有孕，已三月，胎安，其父不知何人。余道，寬兄，我欲娶幸，可否為我證婚。婚禮甚簡，於註冊處簽名而已。

汝住院至臨盆，誕一男，余偕汝出院，仍回西環家。汝乳貧，強哺，撫嬰頭，與余曰，你睇吓我地個仔，幾可愛。阿福，你幫佢改個名。我道，就叫阿德。汝忽舉嬰至頭上，欲擲於地，道，呢個邪魔，你點解唔肯放過我。嬰大哭，余即奪之，汝哭笑不分，胡言亂語。余甚憂，不敢離汝身邊。一晚，汝一改平常，狀甚安靜，謂余曰，你以前嚟睇我，總會讀聖經過我聽。我問，而家想聽唔想。你點頭，我問，想聽邊一篇。你道，使徒保羅達哥林多人前書。我當初與你之單張，仍保存完好，置於匣中。我抽出一張，朗讀道，我如能言諸國方言，與天使之言，而無仁，則猶鳴金敲鈸。雖能先知，探奧，識理，且篤信得以移山，而無仁，則無益。雖罄所有以濟貧，舍身自焚，而無仁，則無益。仁寬忍，慈愛，不妒，不誇，不衒，不妄行，不為己，不暴怒，不逆詐，不喜非義，乃喜真理，隱惡，信善，望人之美，忍己之難。惟仁無隕，但言未來事之能將廢，言諸國方言之才將止，知識亦廢。吾今知識未全，先知未全，其全者得，未全者廢。素為赤子，則所言如赤子，意見亦如赤子。成人，則赤子事廢矣。今我人昏然如隔琉璃，後所觀乃親晤對。今所知未全，後必深知，如主知我焉。所存於今者，信也，望也，仁也。三者之中，仁為大。讀畢，汝臉泛微笑，怡然神往，道，多美，多好。忽又嘆道，我但願我能信主，然我不能。我罪太深，已不能救。我道，只要悔改，罪即得赦。你搖頭道，我不悔，我願下地獄。我道，如你下地獄，我隨你去。你道，你此話太傻。我道，你受苦，我不得安，願與你同苦。汝撫我臉，潸然淚下。翌日，汝趁余上班，命阿蘭抱嬰往奶媽處，上吊自盡。遺書一封，曰，愛者不懼。余葬汝，養汝子，視如己出，仍使阿蘭照料之。

同治十二年，西曆一八七三年初，王韜先生共陳藹廷先生合資，以一萬銀元購入英華印刷所機器並活字，成立中華印務總局，余隨之，為印刷部主管。是年三月，理雅各先生功成身退，離港歸國，謂此將一去不返。理先生臨行前，語我曰，阿福，我知你為信仰篤實之人，只是為情所誤，如你願意悔改，我可為汝施洗。余婉拒之，非不信也。蓋汝下地獄，余不忍入天堂。汝不得救，余亦不欲得救。余願與汝同罪，於地獄再遇，永不分離。然因教養阿德，余暫不能死。我等雖絕望，然赤子無辜，以我等之死，換彼之生，拔邪惡之根，種復活之樹，也是一種贖罪的方法。

我話過，我會寫信過你，終於寫到最後一封。想我第一次喺英華書院見到你，我只有十一歲，你只有六歲，到你離開人世，我三十一歲，你二十六歲。二十年來，縱使我地聚少離多，但係我總係覺得你喺我身邊。我總以為，只要我地努力，就可以喺埋一齊。但係世間事顛簸不定，稍縱即逝，生死榮枯，變化莫測。昨日同歡，今日永隔，信誓旦旦，又有何用。我呢個字癡，從小就以為，字裡有靈，只要不斷寫字，排字，印字，讀字，就可以心心相印，靈犀互通。可惜寫到呢處，你我嘅故事已完，無可再寫。而呢封信，你亦永遠都唔會收到。

我收到。

幸兒，你真係收到？
阿福，我等咗你好耐。
阿幸，我都係。
你究竟去咗邊？
我去嘅地方，既非天堂，亦非地獄。
咁我可以喺邊度搵到你？
我活喺文字之中。
咁我呢，我又喺邊度？
你都一樣。
我喺你嘅文字裡面？
文字無分彼此，你在我內，我在你內。
你寫我，我寫你。
你讀我，我讀你。
我地嘅靈魂，終於可以合而為一。
永不分離。

無題

晨輝遺書六

Hong Kong
Type

17

戴福終於講完他的故事了，我也知道他和幸兒最後的結局了。按照降靈書寫的講述，戴福在得知幸兒懷孕之後，決定和她結婚。幸兒產子之後自殺，戴福便把嬰兒收養。孩子的真正父親，究竟是其中一個嫖妓者、狎玩者，還是幸兒的養父黎阿昌，已經無從稽考，而且也不重要——那不過是無數的男人所匯合而成的一股父性的惡勢力。但戴福出於對幸兒的愛，包容了一切，把她的孩子當作自己的孩子，戴氏於是便傳承了下來，有沒有血緣關係已經不再重要。

戴福給幸兒的信，藉著我的手而寫出，讀信的我，卻成為了幸兒。通過這些文字，我認識戴福，也認識幸兒，也即是認識自己。我就是幸兒。戴福的信，相隔一百五十年，終於送到幸兒的手上。這是一封遲到了一個半世紀的情書。但它最終還是送達了，被啟讀了，被領略了，以至於，被回應了。我千辛萬苦地尋找的那個父，竟然也是我的愛人，而那個母，就是我自己。

我突然對一切感到釋懷。雖然承受著無限的悲哀，但痛苦已經沒有那麼尖銳。我凝視著鏡中的自己，終於明白了自己為甚麼是個受詛咒的存在。但我覺得自己得到了啟蒙，正如經文所說：

「素為赤子，則所言如赤子，意見亦如赤子。成人，則赤子事廢矣。今我人昏然如隔琉璃，後所觀乃親晤對。今所知未全，後必深知，如主知我焉。所存於今者，信也，望也，仁也。三者之中，仁為大。」

文中所用的「仁」字，後來的版本改用「愛」字。戴福當年把這篇經文排印出來，向幸兒誦讀，當亦想到愛。

我終於知道那批活字的意思。那個深夜我在餐桌上，把所有字排起來，還原成那三段經文。分別出自馬太傳福音書第五章、使徒保羅達哥林多人前書第十三章和使徒約翰第一書第四章。當中有些缺漏的文字或句子，不知是甚麼時候丟失了，導致經文未能完整，但大體面貌卻是絕無可疑的了。

爸爸半夜醒來，發現我在大廳中，出來問我在做甚麼。我說我把字排起來了。爸爸湊近，瞇著老花眼，卻看不出所以然。難怪他，字又小，又是反轉的。我告訴他字的出處。他點著頭，因為缺乏宗教知識，其實不知所云。我突然問他：

爸爸，如果我不是你的女兒，會有分別嗎？

他大概還未全醒，或者以為我說夢話，沒有很大反應，還微笑說：

又講甚麼傻話了？

我換一個方式再問：

如果我是媽媽和另一個人所生的，你會怎樣？

他還是不肯認真回答，說：

怎會有這種事？

我鄭重地說：

假設真的有這種事呢？

假設就不是真的，真的就不是假設。他故作巧妙地說。

我鍥而不捨地追問：

那麼，究竟是假設，還是真的？

他陷入了片刻的苦惱，想了一下，說：

有需要分嗎？如果結果都是一樣。

結果都是一樣？

無論如何，你都是我的女兒。

我突然忍不住流淚，執著爸爸的手，說：

爸爸，謝謝你！

我帶著《復生六記》的最終篇去見娜美。

娜美穿了一條黑色吊帶連衣裙，展露出雪白的肌膚和優美的身段，令人豔羨。她配合裙子戴了個黑色的口罩，連豐厚的長髮也染成了烏黑。整個人看上去，就像木刻版畫裡的人像似的，黑白分明。

我照樣挨坐在扶手椅上，她坐在旁邊的矮櫈，眨著濃黑的睫毛，細細讀著戴福故事的結局。可以看見，她的雙眼閃現出異樣的光彩。讀畢，她長嘆了一口氣，說：

這不是一個故事，而是一封情書。你同意嗎？這封情書的收信人不是幸兒，而是她的後代。是你，晨輝。

但戴德不是戴福的兒子，這段承傳不是真的。血緣並不是唯一的真實，真正能繼承的是靈魂，不是肉體。那就正如，就算你不是你爸爸的女兒，你和你爸爸的靈魂也有互通。

娜美，你怎麼會——

她嫣然一笑，說：

我是能讀懂靈魂的治療師啊。

她的話永遠有一種溫柔的說服力，令人安穩踏實。我很自然地告訴她，悲老師請求我讓他畫素描的事。娜美認真地思索了一會，說：

你信任他嗎？

這不是信任的問題。我只是感到，去到這個地步，那幅畫非如此畫不可，我根本沒有選擇的餘地。如果沒有選擇，那和強迫沒有分別。我完全願意幫悲老師，甚至赴湯蹈火也在所不惜，但是，那必須是出於自我的意願。

對，的確是這樣的。我們都重視自己的意志。這是靈魂的本質。沒有意志，就沒有靈魂。但意志也有個別的意志，和融合的意志，也即是那個一而多，多而一的問題。從融合的意志的角度，沒有選擇的問題，一切都是水到渠成，順理成章。有一個詞，叫做義不容辭。這裡的義，不是一般的道德上的義，而是宇宙的公義，也即是靈魂的總體意志。為了這個公義，縱使是死，縱使是傷，縱使是屈辱，也不會推辭。這是靈魂的最高法則。

娜美的話非常深奧，我陷入苦思之中。她把椅背的角度降低，讓我仰臥著，說：不要心急，你現在需要的是放鬆和休息，而不是思考。如果能夠做夢，就更好了。

她的聲音有催眠的效果，我覺得眼前的視野開始柔化。從上而下地俯視我的娜美，脫下黑色口罩，露出真實的臉容，向我展示如日初昇的微笑。那張臉似曾相識，但我說不出在哪裡見過。然後她也幫我除下口罩，讓我無拘無束地呼吸。

我慢慢地進入夢鄉。我發現自己身處悲老師的工作室。在工作室中間的地上，有一對裸身相擁的男女。我看不清楚他們的臉容，但直覺告訴我他們是年輕的悲老師和他的妻子。他們在一塊木板上激烈地做愛，最後達到欲生欲死的高潮。那個女的緊緊地摟著那個男的，在他的肩上露出一張泛著紅暈的、如朝陽初露的臉。我突然認出那張臉來。同一刹那，兩人不知所終，只剩下地上那塊木板。我上前，蹲下，揭開木板，發現那原來是一塊上了油墨的刻版。下面的白布上，壓印出一對裸身男女糾纏的圖像。從那個女人的下體，溜出了一團模糊的黑色東西。我用手指觸碰那團東西，感覺粘粘滑滑的。收回手指一看，指尖都染了黑血的顏色，散發出腥臊的氣味。娜美的聲音告訴我，那是蛭子神，他要回歸了。

我打電話給悲老師，說我可以來。

他已經在工作室的中央準備了一個空間，在地上鋪好了瑜伽墊子。他給我一條大毛巾，說我可以在房間裡換下衣服。我包著毛巾出來，看見窗簾沒有拉上。他說那個方向是塊空地，沒有其他房子，沒有人會看進來。他希望採用自然光。他坐在窗子的右邊，示意我面向他的方向，光線會斜斜地打在我身上。他雙手做了個分開的動作，我便把圍在身上的毛巾解下來，丟到旁邊的椅子上。因為情況太特異，我的情緒就像來不及反應似的，空空的沒有特殊的感覺。

他示意我跪下來，向我複述了草圖的構思。他叫我想像，在我的身後，是那個半天使半金剛的敵基督或者敵菩薩。他正在用手上的刑具折磨我。我笨手笨腳地嘗試了幾個姿勢，但他也覺得不滿意，說不是那回事。他焦躁地走來走去，一時命令我這樣做，一時又命令我那樣做。我從未見過這樣的悲老師。他好像變了另一個人，甚至已經變成怪獸。我想起芥川筆下的良秀和他的女兒。

無法達到心中所想的他突然大吼一聲，說：你是不是想我放火？我被他嚇得渾身顫抖，覺得隨時烈焰焚身。他使勁地拍打自已的臉，改變語氣說：對不起！我不是這個意思！但是，怎麼辦呢？怎麼表現地獄的折磨呢？不用火，可以用水嗎？他自言自語地走進浴室，拿著一個膠盆出來，把滿滿的冷水潑在我的頭臉和身上。我默默忍受，迫出了眼淚來，但他還是不滿意。他突然又有了新的主意，拿了條舊毛巾，把它撕成條狀，然後充當繩子把我的手腳綑綁起來。他一邊綁，一邊用抱歉的語氣說：對不起！你忍耐一下！會有點痛的，但是不痛不行！地獄不可能是舒舒服服的。我大聲叫了出來，但他沒有停止，反而加倍用力。綁完之後，他像打造泥塑像似的，用手粗暴地搓揑我的身體，扭曲我的手腳，直至達到他滿意的效果。然後他跑回窗邊的位置，拿起畫簿，一邊盯著我，一邊狂亂地在紙上畫了起來。他著魔似地大叫：張開！張開！盡量張開！一定要看到大腿上的蛭子！為了維持他需要的姿勢，我的四肢抽搐，胸腹好像快要裂開，渾身上下的骨頭都要分崩離析。到了一個點，我的生命的所有委屈、羞恥、恐懼、悔恨，都同時爆發出來。我感到一股可怕的力量，沉重地壓在我的身上，令我瘋狂地掙扎、尖叫和哭泣。這時候，悲老師停下筆來，凝住了動作，嘴唇顫動著，也哭成了淚人。

我好像昏倒過去。醒來的時候，身上的繩子已經解開，皮膚也乾爽了。我以蜷曲的姿勢躺在墊子上，身上蓋著一張溫暖的毯子。我坐起身，抬頭望向窗子，夕陽的霞光悠悠地透射進來。空調發出微微的震動，像一種永恆的韻律。我找遍了屋子也不見悲老師。只見他在桌面留下了字條，寫著：晨輝，我沒有資格說感謝，也沒有資格繼續被你稱為老師。請原諒我。悲鳴兒。

如果你今天問我，是不是真的曾經發生那樣的場面，我也沒法告訴你真相。不如這樣說吧。所有在夢裡發生的事情，都是真實的，所以我們也須為夢境負責。如果我做了那樣的夢，悲老師也做了那樣的夢，我們便是真實的共謀。

從一個夢出來，也不過是進入另一個夢裡，一層又一層的，永無止境。既然如此，便必須在自己有意識的情況下做點甚麼。就算最終發現，那不過是夢中的作為。

展覽將會展出的珍本實物，已經陸續從大學圖書館等收藏機構借到手上，當中有馬禮遜編撰、東印度公司澳門印刷所以逐個雕刻的鋼活字排印的《華英字典》（1823）和《廣東省土話字彙》（1828），馬禮遜譯、馬六甲英華書院木刻版印的《我等救世主耶穌新遺詔書》（1823），香港英華書院印刷所用香港字排印的委辦本《舊約全書》（1864），理雅各翻譯、香港英華書院排印的《中國經典》第一卷（1861），以及羅存德編撰、於《孖剌西報》以香港字排印的《英華字典》（1866）。我把這些一百六十年至接近二百年前的舊書捧在手裡，想像著它們所蘊含的心血，所經歷的時代顛簸，不能自已地感到渾身顫抖，熱血沸騰。小心翼翼地翻著那些發黃的、變得脆弱的書頁，讀著那些千錘百鍊而成的字體，字靈所言、戴福所說的種種往事，都一起湧上心頭。歷史彷佛只是一個模糊的概念，評價、立場、意識形態等等，也不過是後世所加。唯實物所承載的重量，所展露的質感，所呈現的形象，是一切靈感的泉源。也許，它們除了帶給我震撼，也會帶給其他參觀者類似的感動。我們之前已經利用這些珍本的網上掃描檔，選定將要展示的內容，現在真的親手把書頁翻開，反而好像進入夢幻，幾近不能置信。

接觸到歷史珍本，令我產生一股衝動，想用阿公留下來的鉛字，排印出戴福所選的那三段經文。但那由始至終都是我的個人神話，我不想張揚這件事。為此，我需要以西斯的幫忙。以西斯聲稱自己懂得印刷機的操作。他在訪問新世代活版工藝業者的時候，把操作過程詳細地拍攝下來，也曾經觀摩過樂師傅如何印刷展覽的宣傳品。

以西斯問過容姐，說想借印刷機一用，印製一些文學活動的詩作單張。容姐原則上答應，但囑咐他找樂師傅幫忙操作。距離展覽開幕還有一個禮拜，印藝工作室的同事都忙於在場館協助佈置。以西斯藉口要回去拿東西，問容姐借了工作室的鎖匙。我在家裡早已排好印版，用行李箱運到工作室。兩台海德堡風喉照鏡機當中，狀態較好的一台已經搬到博物館展出。留下來的一台，據說由於保養不佳，性能較差，但相信還能運作。我再次檢查了印版，確保活字都安裝得穩妥。以西斯心情緊張地按著事先寫下的步驟，嘗試啟動印刷機。我們準備了適當大小的紙張，以及常用的普通黑色油墨。因為毫無經驗，弄了大半天才把印版裝好。

以西斯開動油墨滾筒，印刷機順利上墨。他興奮地做出那個中頭獎的動作。下一步就是送紙和印版的壓印。以西斯搓著雙手，好像要應付甚麼巨大挑戰似的。我站在旁邊觀戰，心臟也幾乎要跳出來了。他按了其他按鈕，存放在左邊的紙張，被輸送桿吸進印版的位置。油墨滾筒掃過印版，印版隨即往紙張壓上去。印版打開，紙張被輸送桿吸出，傳送到右邊的收集處。以西斯把機器停下來，我們拿起印好的紙張檢視。油墨分佈有點不均勻，可能是壓力調整的問題，也可能是舊鉛字本身的狀態欠佳。縱使印刷質素有待改善，我們也為親手印出可讀的印本而充滿成就感。

既然成功印出了一份，沒有理由不繼續嘗試下去。以西斯在機器上做了些調整，又把印版拆下來，用膠紙加厚後面的墊板。他說這一招是從一位小師傅那裡學來的。再次啟動的時候，出來的效果果然有所改善。以西斯像中了連環大獎，手舞足蹈起來。機器一連印了幾十張，感覺非常暢快，但是到了後來，紙張運送突然卡住了。以西斯試圖糾正錯誤，但不知按錯了甚麼鍵，機器發出粗濁的聲音，然後便開始冒煙。我們大嚇一跳，想停止它的運作，但它卻像一頭失控的巨獸，瘋狂地橫衝直撞。不知是發生短路還是甚麼，印版的位置閃出了火光。煙霧觸動了防火警鐘，大樓的保安人員拿著滅火筒趕到。

我們闖了這樣的大禍，容姐十分生氣。為工作室搞出了這樣的麻煩，又連累了以西斯，我覺得非常內疚。幸好意外的範圍不算大，沒有令工作室蒙受重大損失，只是那台印刷機報廢了，裝在裡面的鉛字也燒毀了，變成了一團一塌糊塗的物質。有可能是香港字的家傳之寶，就這樣付之一炬。奇怪的是，我沒有哭，甚至沒有感到震驚，好像知道這樣的事情注定會發生似的。活字從火中來，也從火中去，是那麼的理所當然。就算處心積慮，結果也只是徒然。到頭來所有事情的證據都煙消雲散，所有的追尋和確認，也被一筆勾銷了。事實的最後堡壘失守，剩下來的只有虛幻的想像。我將無法說服任何人，我所說的故事有半點可信性。不過，與接續發生的事情相比，這場火只是小事一樁。

我今天以猶如止水的心情，敘述這件往事，聽來可能會顯得冷漠無情。但對當時的我來說，這是人生中經受過的最大打擊。之前每一次的打擊，都無法跟這件事相提並論。這就是我能用語言去描述的程度。

在展覽開幕前三天，悲老師自殺死了。過程我是後來才得知的。他在地上鋪上白畫布，把完成的刻版塗上油墨，然後吞下大量藥物，躺在刻版上，用自己身體的重量，把圖像壓印在白布上。他手抱妻子的遺像，就這樣死在自己的作品上，或者說，他用自己的死亡，來完成最後的作品。他選擇在凌晨四點舉行這項儀式。在臨失去意識之前，他傳了短訊給容姐，預計她早上醒來時會看到。容姐七點收到訊息，立即報警，並且趕到現場。悲老師已經沒有任何生命徵象。移開他的遺體，揭開印版，下面是完整的新作。老師早前已經提交了紙本的版畫作展出之用，但他留下的遺書說，布本才是終極的成品。他希望展覽能同時展出紙本和布本。容姐遵從他的遺願照做了。所以，在博物館中展出的，品質較好和印刷較精美的是紙本，墨跡參差但卻充滿原始力量的則是布本，也即是悲老師以自己的死亡創作的地獄圖。一向被認為風格保守的悲老師，這次終於破格地加入了行為藝術的元素。

我沒有去看展覽。在悲老師被發現自殺而死的當天晚上，猶豫再三的容姐終於打了電話給我，親口向我傳達噩耗。我沒有說話，只是嗯了一聲便掛線了。放下手機，我跟自己說，這應該只是另一個夢。我很快就會醒來的。但是我沒有醒來。我從窗口望向對面馬路旁邊的那排影樹，看見一個高大的身影站在下面，抬頭仰望。我心裡笑了出來，跟自己說：悲老師不就站在那裡看著我嗎？他答應過我，下次我想跳下去的時候，記住他會站在下面看著我。他絕對不想看見我跳下去。但是，老師你在哪裡呢？你為甚麼不站在那裡呢？

對面大廈的女孩，赤裸著身子，爬到窗子上，縱身而下。

18

晚上十二點，我拿著早已收拾好的行李，離家出門。為免在地上拖行發出聲音，驚動已入睡的爸爸，我把沉重的行李箱挽起，逐步把它移到大門口。我已經盡量少帶東西，但禦寒衣物還是特別厚重。

我望向窩裡熟睡的狐狸，本來想忍住不跟他告別，但他卻突然站了起來，在黑暗中朝我走過來。我蹲下去揉搓他的脖頸，讓他舔我的臉。他好像完全明白我的心思，靜靜地跟我道別，沒有發出半點聲音。我小聲在他耳邊說：狐狸，等我，我會回來的。他送我到門口，關門的時候鼻尖一直向著我，那雙烏溜溜的眼睛閃閃發光。我拭去眼角的淚水，走進電梯。

我早前給阿來傳了信息，說我明天要出發去荷蘭了，晚上想來跟他說再見。他同意了。他明早要上法庭聽取裁決。律師說入罪機會很大，會即時還柙，估計量刑在二至三年之間。

我拖著行李過了馬路，經過那排影樹，彷彿看見一個高大的身影站在下面，抬頭仰望。一眨眼，那個影子又沒有了。然後我經過那個曾經躺著一個女孩的破碎身軀的位置。我在大廈門外的對講機按了阿來的單位號碼，大門隨即自動打開。

到了二十樓，我一眼就看出，來開門的不是阿來，而是阿修。他的眼神露出驚訝和厭煩，但他還是讓我進去。他在家沒戴口罩，我也把口罩除下。阿修大概覺得不應對自己另一個人格的朋友太無禮，便邀我在沙發上坐下，還問我要不要喝點甚麼。

做乜咁夜搵阿來？

我約咗佢。

咁真係對唔住！我都唔想突然間走出嚟阻住你地，但係無計，唔到我控制。

咁阿來幾時返？

阿修大笑出來，說：

你估佢去咗街咩？幾時返？我都唔知幾時會調翻轉。有時係瞓一覺之後，有時會突然間頭暈暈，然後就好似俾人偷換咗個魂魄咁。

他見我低頭不語，又說：

咁你想唔想等下？或者第日再嚟？

我唔等得，我聽朝要搭飛機去荷蘭。

去荷蘭？做乜？

造字。

唔明。咩叫造字？啲字造出嚟嘅咩？

用一個銅模，注啲鉛合金入去，然後鑄出活字，即係字粒，用嚟印刷嘢啲。

你去打工？冇雷公咁遠去荷蘭打工，做外勞呀？仲要鑄鐵，聽落都幾辛苦架喎，你一個弱質女流，得唔得架？

我知道你聽日上庭。

阿來話你知？係呀！好大機會入冊。入咗去，都唔知幾時先返得嚟呢間屋。

我想去你間房睇下。

說罷，我站起來，逕自往他的睡房走去。

喂！喂！有乜好睇？唔好入去啦！

阿修追上來，想拉著我，但我一意孤行，他也沒我辦法。

我站在那張單人床旁邊，面向著他，身後的牆上就是那張裸女海報。我逐粒解開上衫的鈕扣，阿修大吃一驚，說：

你做咩？你等一等！阿來可能好快會返嚟！

我把上身的衣服脫下來，拋在椅子上，開始脫下身的裙子。

你想點呀？你咁樣我好難做！你係阿來嘅朋友，我唔可以——

阿修雙手抱臉，像是陷入極度的苦惱。

我對這種事一點經驗也沒有。極端的羞恥感令我渾身顫抖，但我咬著牙關忍受下來。這是我面對作為蛭子的自己的唯一機會。我催促他說：

快啲啦，我地冇時間喇！

他茫然地垂下雙手。

我拿開一直遮掩著胸脯和下身的雙手，說：

雖然差好遠，但係，你就當我係三上悠亞啦，就好似我當你係阿來一樣，可以嗎？

那個晚上，我大腿上的蛭子流了血。我夢見悲老師和他妻子。我夢見外公和媽媽。我夢見戴福和幸兒。我夢見我和阿來。

天未亮我便醒來。阿修或者阿來在我旁邊熟睡。他的樣子看來很累，我不想驚擾他。我悄悄起來，穿上衣服，拿了行李，離開了那個破敗的家。我希望阿來至少會在夢中留有我和他共度一夜的殘影。

在微明的天色下，我登上了往機場的巴士。巴士經過青馬大橋的時候，晨光從東方的雲端透出，遠山青葱一片，海面閃閃發亮。我從背包裡掏出帶在身邊的刻有我的名字的鉛字。那是外公留給我的紀念。無論這個名字背後有多少黑暗，我對賴晨輝這三個字還是充滿感恩。

巴士到達機場離境大樓。我提著行李下車。入口有工作人員駐守，查看出境旅客的登機證明。我掏出護照，打開手機，準備出示電子登機證。

但我找不到登機證。我明明下載了，但我找不到。我開始慌亂了。我登入航空公司的網頁，輸入航班號碼，但找不到自己的預訂資料。機場職員開始有點不耐煩了。我試圖解釋說：

沒可能的，我已經訂了航班，而且在網上辦好登機手續，就只差寄運行李，你們讓我進去，我去航空公司櫃位詢問，很簡單的，一問就知道，一定是電腦出錯，你們讓我進去，很容易便可以解決，請你們讓我進去，我要去荷蘭，飛機九點就開了，我有很重要的任務，我要去鑄字，是活字，是鉛字，知道嗎，是香港字，你們不知道香港字嗎，大家都是香港人，你們應該知道香港字，那是很重要的東西，請你們讓我進去！

我試圖硬闖，但幾個壯碩的男人立即撲過來攔著我。我高聲尖叫，激烈掙扎。然後我聽到有人叫我的名字。

攔阻我的人鬆開了手。我頹然坐在地上。我看見爸爸在我的右邊，容姐在我的左邊。他們都在叫喚我的名字，好像要把我從深淵拉上來一樣。我有氣無力地說：

你們為甚麼會在這裡？

開口解釋的是容姐：

你爸爸看見你留下的字條，但你的手機打不通。他在網上找到印藝工作室的專頁，留下了訊息，我便跟他聯絡上。然後我們便趕來機場。

但是，我要去荷蘭啊！容姐，我們不是已經說好了嗎？我做得到的，我不會令你失望！

容姐握著我的手，不住地點頭，說：

晨輝，回家吧！

眼淚簌簌地落下。這是一場痛苦的夢醒。夢是那麼的美妙，醒是那麼的可怕。我失去了最後殘餘的力量，像個斷線木偶似地癱瘓下來。容姐摟著我，撫著我的背，輕柔地說：

你終有一天可以去的，但不是現在，你可以的，但不是現在，回家吧！

我又回到那個安靜的繭。沒有值得令我歡笑，但也沒有值得令我哭泣的事物。

疫情起起伏伏，世界不斷發生變化，我卻像住在監獄裡的人，完全不知道外面已經換了另一番面目。

我整天坐在房間的窗前，望著對面大廈那個空置單位的窗子，或者那排沒有人站在下面抬頭仰望的影樹。

在覺得冰冷的時候，我會摟著狐狸，感受動物的溫暖。那比人間更能教我安心。

有時也會想起阿來。想起他跟我一樣，住在某個監獄裡，我便有跟他同在的感覺。

倒是以西斯常常來探我，帶著他養的刺蝟，談到生活裡的小幸運時，還會做出那個中頭獎的動作。

我穩定下來之後，去找過娜美，但那棟大樓只有十層，根本就沒有十一樓，也沒有靈魂治療中心。但我一點也不驚訝，反而覺得該當如此。

雖然對不起仙老師，但我沒有回校上課，也不介意是否要退學。不過我還能讀文字。文字是我生存唯一的食糧。

我開始寫，唯有在寫的時候，我活著，我活在文字之中。除此之外，我沒有生命。

我重讀了《復生六記》，想著戴福，那個其實不是我血緣上的祖先的男人。他的故事無從證實，他的文字也得不到任何確認。但對我來說，他是個神話般的存在，也即是說，是個真實不虛的存在。在他身上，我感受到一份無用的愛。正因為無用，才是真正的愛。

半年後，我在容姐的陪同下，去看了那個我有份籌備的展覽。（博物館因為疫情一度關閉，卻因此延長了展期。）我先看了香港字和本地印刷史的部分，然後才看香港版畫藝術回顧展。

我站在悲老師的遺作前，第一次親眼見到它完成後的模樣。由悲鳴兒所刻印的，〈無罪者的地獄〉。在畫的中心位置，是以我為模特兒的受難的蛭子。我忽然明白，我當時所受的痛苦，以至於悲老師的死，大家所付出的代價，都是相稱的。為此我感到苦澀的欣然。

如果有一天我死了，這將會是我的遺書。但在這之前，我會一直耐心等待，有一天把香港字重鑄出來。為的並不是任何外在的成就，或者對歷史的貢獻，而只不過是靈魂的圓滿，並且為神話故事畫上句號。對我這個毫無作為的人來說，這是我畢生的任務。

直到盡頭

後記

從歷史到傳奇，從傳奇到神話

二零二零年十月二十五日重陽節，我在位於沙田的香港文化博物館，看了「字裡圖間——香港印藝傳奇」展覽。當天晚上我跟妻子說，我要寫一部關於「香港字」的小說。我在展覽中，第一次知道有「香港字」，也第一次見到「香港字」的真身。那一刻，我實實在在地被震撼了。也因而著了魔，彷彿有聲音呼喚我，把它的故事寫出來。通過小思老師的介紹，我接觸到策展人，香港版畫工作室的翁秀梅。通過翁秀梅，我了解到「香港字」的前世今生。我開始蒐集有關中國印刷史、基督教來華傳教士、太平天國、香港開埠初期歷史、英華書院校史、早期香港報業等資料。

然後，故事便慢慢在心中浮現——「香港字」本身的故事、成長於早期香港的少年的故事，以及在當下發現和發掘「香港字」的過去的少女的故事。這三個故事構成了小說的三個部分。〈活字降靈會〉是歷史整理。為了避免枯燥的事實鋪陳，我把「香港字」化為眾數的「字靈」，由他們來口述自己的故事。〈復生六記〉寫的是一段絕望的苦戀，因為採用了前現代的敘事形式，所以亦可以視為一則愛情傳奇。至於最長的〈晨輝遺書〉，描寫的是在動盪不安的時代中，個人如何克服自身的精神困境的歷程。「香港字」的故事，是另外兩個故事的紐帶，把相隔一個半世紀的兩人連繫起來。這條紐帶除了是物質上的，也是精神上的、意識上的，所以是一種「神話式的連結」。

就人類文化發展而言，一般是先有神話，再有傳說（或傳奇），然後才出現歷史。在這本書中，我把這三個階段逆轉了——從歷史出發，創造出傳奇，再而創造出神話。這就是所謂的「靈魂」的溯源或尋根的過程。關於「自己的神話」或「個人的神話」，我受到榮格派精神分析師及心理治療師河合隼雄的著作的啟發。我們可以把〈活字降靈會〉和〈復生六記〉，也即是歷史和傳奇，視為賴晨輝的個人神話建構工程的組成部分。所以，與其說這是一部歷史小說，不如說它是一個創造神話，或者神話的創造。當然，最樸素的讀法是，這是一個愛情故事。一個愛人，愛字，愛香港的故事。

我希望在這裡對協助我寫成這本書的人表示謝意。首先是香港版畫工作室的翁秀梅。不是因為她策劃了這個展覽，我不會知道「香港字」；沒有她打下的基礎和開拓的方向，我也無從著手進行研究。版畫工作室的另一位成員黃洛尹主持的工作坊，令我有機會淺嚐活字排版和印刷的滋味。也很感謝 Ditto Ditto 的姊妹拍檔 Donna 和 Nicole 接受我的訪問，讓我了解新一代如何把活版印刷變成創意產業，還有小師傅 Max 向我示範和講解海德堡風喉照鏡機的操作。

另一位要鳴謝的是《鑄以代刻》的作者蘇精先生。在西式活字印刷傳入中國這個課題上，蘇先生是首屈一指的專家。我因在坊間找不到蘇先生的其中一部早期著作《馬禮遜與中文印刷出版》，向台灣編輯友人陳逸華求助，不料逸華竟然找上了作者本人。蘇先生得知我尋找此書的目的，慷慨地把珍貴的絕版著作送贈給我。我以蘇先生的研究成果為出發點，再去尋找和閱讀相關的原始資料。若非得到蘇先生的指引，我恐怕多花幾年也無法弄清楚這個課題的基本面貌。當然，小說中出現的任何歷史錯漏或虛構，都是我本人的責任。

在本書的美術製作上，非常感激香港版畫工作室提供了五十多個「香港字」原型圖像，作為書名、作者名和章節標題之用。也很高興能請到香港年輕版畫家劉家俊，為這本小說創作插畫。劉家俊運用了三種不同的手法，呈現出小說三個部分的不同品質，為本書增添了飛躍的想像。

最後，要感謝我太太黃念欣。她幫我從中文大學圖書館借回來大量參考書籍，令我只要安坐家中，便可以享受到周到的外送服務。我不是學者，但這大半年也稍微感受到學術工作的趣味和辛勞。我但願能夠寫出一本夠好的小說，讓所有曾經熱情相助的人不至於白費心機。

董啟章

二〇二一年十月四日

附錄一：「香港字」名稱的來由

因小說中未及交代「香港字」作為一個專有名稱的來由，特此補充幾句。

查「香港字」一詞最早見於中文文獻，是在張元濟、賀聖鼐所編的《最近三十五年之中國教育》。此書出版於一九三一年，為慶祝上海商務印書館創立三十五周年之紀念刊物，字體、排版及印刷極為精美，盡顯中國現代印刷技術的最高水準。書中有賀聖鼐所撰之文章〈三十五年來中國之印刷術〉，概述活字印刷由西方傳教士引入中國的經過，其中兩段如此記載：

同年新嘉坡倫敦教會之台約爾教師（Reverend Samuel Dyer）研究中文，乃造字模大小二種，建屋曰華英書院。鴉片戰後，遷入香港，開局印刷，惟台氏未竟其業，即於一八四五年時在中國逝世，生前刻得字模，僅計一千八百四十五枚。（註：「同年」指道光十八年，即西曆一八三八年。）

道光二十四年（即西曆一八四四年）美國長老會設花華聖經書房於澳門，以美人谷玄（Richard Cole）主其事，谷玄以印書之需要，乃以台約爾之字模繼續鐫刻，廣印書籍，更作小學及數目等共數種。是時他處印書購用華文鉛字，悉於此取給。當時刻成之字，其大小與今之四號字等。因其製於香港，故又稱之謂「香港字」。

這兩段文字不但過於簡化，而且錯漏百出，但我不必在這裡加以糾正。詳細史實可參見本書相關章節的記述。最重要的是，這是在中文印刷業界中，第一次正式提及「香港字」這個名堂。可想而知，這種活字在當時具有獨特的身分，其歷史淵源得到特別的重視。亦可推論，在更早之前，很可能在十九世紀末葉，「香港字」一詞已為中文印刷業界人士廣泛應用，作為識別這種活字的名稱。我不是歷史研究專家，暫時無法找到更早的證據。如各方高人得知相關的材料，懇請不吝賜教。

附錄二：關於版畫

本書插畫由香港年輕版畫家劉家俊創作。初次接觸劉家俊的版畫作品，是一個十二生肖的系列，裡面用上很多象形文字和古文引述，可見他對文字的濃厚興趣和獨特觸覺。恰巧我剛完成有關「香港字」的小說，當中有一個版畫家的角色，也有意把原理相同的版畫和活版印刷並置，於是便想到邀請劉家俊為小說創作插畫。

我對他的唯一要求，是不要直接描繪小說的內容和場景，而是用自己的方法，呈現自己的思考和感觸。插畫之於小說，不是說明或裝飾，而是對話與回應。劉家俊曾經表示，他對小說中的版畫家頗有共鳴，但是，我認為他在心態上毋寧更接近主角兼敘述者賴晨輝。我希望賴晨輝這個人物，多少能說出他這一代的心聲。劉家俊的參與，令這本書載有真正的新人的創意。對於心境日趨老化的我來說，這件事具有非凡的意義。

董啟章

附錄三：版畫家簡介

劉家俊

畢業於香港中文大學藝術系，二〇一九年獲香港版畫工作室頒發「Hong Kong Fine Print」獎項。其中一個身分是以木版雕刻為主要媒介的版印創作人，閒時亦會創作雕塑、裝置和錄像，當中最喜歡自己的錄像作品。

參考書目

中文著作

上海魯迅紀念館、江蘇古籍出版社編，《版畫紀程：魯迅藏中國現代木刻全集》（南京：江蘇古籍出版社，1991）。
王韜，《王韜日記》（北京：中華書局，1987）。
北京魯迅博物館編，《魯迅編印版畫全集》（上海：譯林出版社，2019）。
米憐編，《察世俗每月統記傳》（馬六甲：英華書院，1815-1822）。
米憐，《幼學淺解問答》（馬六甲：英華書院，1816）。
米憐，《張遠兩友相論》（馬六甲：英華書院，1819）。
米憐編，《聖書日課初學便用》卷一及二（廣州：1831）。
米憐，《進小門走窄路》（馬六甲：英華書院，1832）。
朱少璋編校，《粵謳采輯》（廣州：廣東人民出版社，2016）。
松浦章、內田慶市、沈國威編，《遐邇貫珍：附解題．索引》（上海：上海辭書出版社，2005）。
卓南生，《中國近代報業發展史1815—1874》（臺北：正中書局，1998）。
委辦本聖經《新約全書》（香港：英華書院，1854）。
委辦本聖經《舊約全書》（香港：英華書院，1855）。
洪仁玕，〈洪仁玕自述〉，楊家駱編，《太平天國文獻彙編》第一、二冊（臺北：鼎文書局，1973），頁846-855。
洪仁玕，《資政新篇》，楊家駱編，《太平天國文獻彙編》第一、二冊（臺北：鼎文書局，1973），頁523-541。
約翰．哈勒戴（John Holliday）（顧華德譯），《航向中國：英國傳教士麥都思與東西文化交流》（台北：宇宙光全人關懷，2019）。
馬禮遜譯，《耶穌基利士督我主救者新遺詔書》（廣州：1813楷書大字刻本）。
馬禮遜譯，《我等救世主耶穌新遺詔書》（馬六甲：英華書院，1817）。
馬禮遜、米憐譯，《神天聖書：載舊遺詔書兼新遺詔書》（馬六甲：英華書院，1823）。

馬禮遜譯，《年中每日早晚祈禱敘式》（馬六甲：英華書院，1830）。
馬禮遜夫人編（艾思莊・馬禮遜）（鄧肇明譯），《馬禮遜回憶錄：他的生平與事工》（香港：基督教文藝出版社，2008）。
陳學霖，〈黃勝——香港華人提倡洋務事業之先驅〉，《崇基學報》（1964:5），頁226-231。
海恩波（Marshall Broomhall）（陳賜明譯），《馬禮遜：傳教巨匠》（香港：基督教文藝出版社，2018）。
高永偉，〈羅存德和他的《英華字典》〉，《辭書研究》2011:6，頁146-158。
張元濟、賀聖鼐，《最近三十五年之中國教育》（上海：商務印書館，1931）。
張秀民，《中國印刷史》（上海：上海人民出版社，1989）。
張秀民，《中國印刷術的發明及其影響》（上海：上海人民出版社，2009）。
張洪年，《香港粵語——二百年滄桑探索》（香港：香港中文大學出版社，2021）。
張海林，《王韜評傳；附容閎評傳》（南京：南京大學出版社，1993）。
張靜廬，《中國近代出版史料初編》（上海：群聯出版社，1954）。
麥沾恩（G. H. McNeur）（胡簪雲譯），《梁發傳；附勸世良言》（香港：基督教輔僑出版社，1959）。
麥沾恩（G. H. McNeur）（朱心然譯），《梁發：中國最早的宣教師》（香港：基督教文藝出版社，1998）。
麥都思，《上帝生日之論》（新嘉坡：堅夏書院，183?）。
麥都思，《中華諸兄慶賀新禧文》（新嘉坡：堅夏書院，183?）。
麥都思，《清明掃墓之論》（新嘉坡：堅夏書院，183?）。
麥都思，《普度施食之論》（新嘉坡：堅夏書院，183?）。
麥都思，《媽祖婆生日之論》（新嘉坡：堅夏書院，183?）。
麥都思，《論善惡人死》（新嘉坡：堅夏書院，1837）。
麥都思譯，《養心神詩》（巴達維亞：倫敦會傳道站，1838-1843?）。
梁發，《勸世良言》（廣州：1832），哈佛大學圖書館影印本（臺灣：臺灣學生書局，1965）。
催之清、胡臣有，《洪秀全評傳；附洪仁玕評傳》（南京：南京大學出版社，1994）。
禕理哲，《地球說略》（寧波：華花聖經書房，1956）。
劉紹麟，《古樹英華：英華書院校史》（香港：英華書院校友會有限公司，

2001）。

衛斐列（顧鈞、江莉譯），《衛三畏生平及書信》（桂林：廣西師範大學出版社，2004）。

韓山文（簡又文譯），《太平天國起義記》（燕京大學圖書館印本，1935）（臺北：臺灣學生書局，1973）。

戴紹曾、張陳一萍，《雖至於死：台約爾傳》（香港：海外基督使團，2009）。

蘇精，《清季同文館及其師生》（臺北：作者，1985）。

蘇精，《馬禮遜與中文印刷出版》（臺北：臺灣學生書局，2000）。

蘇精，《中國，開門！馬禮遜及相關人物研究》（香港：基督教中國宗教文化研究社，2005）。

蘇精，《上帝的人馬：十九世紀在華傳教士的作為》（香港：基督教中國宗教文化研究社，2006）。

蘇精，《鑄以代刻：傳教士與中文印刷變局》（臺北：臺大出版中心，2014）。

譚淵，〈歌德筆下的「中國女詩人」〉，《中國翻譯》2009:5，頁33-38。

英文著作

Ball, J. Dyer, *Cantonese Made Easy*. Hong Kong: Printed at the China Mail office, 1888.

Bowman, Marilyn Laura, *James Legge and the Chinese Classics: a brilliant Scot in the turmoil of colonial Hong Kong*. Victoria, BC, Canada: FriesenPress, 2016.

Bridgman, Elijah Coleman, *A Chinese Chrestomathy in the Canton Dialect*. Macao: S. W. Williams, 1841.

Girardot, Norman J., *The Victorian Translation of China: James Legge's Oriental Pilgrimage*. Berkerley: University of California Press, 2002.

Hamberg, Theodore,（韓山文）*The Visions of Hung-Siu-Tshuen, and Origin of the Kwang-Si Insurrection*. Hong Kong: The China Mail Office, 1854.

Legge, James,（理雅各）*The Chinese Classics*, Vol. 1, *The Confucian Analects, The Great Learning, and The Doctrine of the Mean*. Hong Kong: At the Author's, 1861. (Printed at the London Missionary Society's Printing Office)

Legge, James, *The Chinese Classics*, Vol. 2, *The Works of Mencius*. Hong Kong: At the Author's, 1861. (Printed at the London Missionary Society's Printing Office)

Legge, James, *The Chinese Classics*, Vol. 3, *The Shoo King, or The Book of Historical Documents*, Part 1 & 2. Hong Kong: At the Author's, 1865. (Printed at the London Missionary Society's Printing Office)

Legge, James, *The Chinese Classics*, Vol. 4, *The She King, or The Book of Poetry*, Part 1 & 2. Hong Kong: Lane, Crawford & Co., 1871. (Printed at the London Missionary Society's Printing Office)

Legge, James, *The Chinese Classics*, Vol. 5, *The Ch'un Ts'ew, with the Tso Chuen*, Part 1 & 2. Hong Kong: Lane, Crawford & Co., 1872. (Printed at the London Missionary Society's Printing Office)

Legge, James, The Chinese Classics, Vol. 1, *The Confucian Analects, The Great Learning, and The Doctrine of the Mean.* (Second edition, revised) Oxford: Clarendon Press, 1893.

Lobscheid, Wilhelm, *English and Chinese Dictionary, with Punti and Mandarin Pronunciation*. Vol. 1-4. Hong Kong: Daily Press, 1866-1869.（羅存德，《英華字典》，香港：孖剌西報，1866-1869。）

McIntosh, Gilbert, *The Mission Press in China: being a jubilee retrospect of the American Presbyterian Mission Press, with sketches of other mission presses in China, as well as accounts of the Bible and Tract Societies at work in China*. Shanghai: American Presbyterian Mission Press, 1895.

Medhurst, Walter Henry,（麥都思）*China: its state and prospects, with special reference to the spread of the gospel: containing allusions to the antiquity, extent, population, civilization, literature and religion of the Chinese.* London: John Snow, 1838.

Medhurst, Walter Henry, *English and Chinese Dictionary*, Shanghai: Mission Press, 1847.（麥都思，《英華字典》，上海：墨海書館，1847。）

Morrison, Robert, *A Dictionary of the Chinese Language*. Macao: East India Company's Press, 1815-1823.（馬禮遜，《華英字典》，澳門：東印度公司澳門印刷所，1815-1823。）

Morrison, Robert, *Vocabulary of the Canton Dialect*. Macao: East India Company's Press, 1828.（馬禮遜，《廣東省土話字彙》，澳門：東印度公司澳門印刷所，1828。）

Thoms, Peter Perring,（湯姆斯）trans. *Chinese Courtship*（《花箋》）. Macao:

East India Company's Press, 1824.

Williams, Samuel Wells,（衛三畏）*The Middle Kingdom. A survey of the geography, government, literature, social life, arts, and history of the Chinese empire and its inhabitants.*（中國總論）New York: C. Scribner's Sons, 1882.

期刊文章

Chinese Repository, (February 1833), pp. 414-422, 'Chinese Printing.'

Chinese Repository, (March 1835), pp. 528-533, 'Chinese Metallic Types.'

Chinese Repository, (March 1845), pp. 124-129, 'Characters Formed by the Divisible Type Belonging to the Chinese Mission of the Board of Foreign Missions of the Presbyterian Church in the United States of America.'

Chinese Repository, (May 1850), pp. 247-253, 'Movable Metallic Types Among the Chinese.'

Chinese Repository, (May 1851), pp. 281-284, 'Literary Notices.'

Missionary Magazine and Chronicle, no. 293 (October 1860), pp. 270-277, 'Visit of Edkins and *et al.*, to Soochow.'

Missionary Magazine and Chronicle, no. 294 (November 1860), pp. 299-302, 'Visit of Missionaries to Soochow.'

Missionary Magazine and Chronicle, no. 298 (March 1861), pp. 54-58, 'John's Letter about His Visit to Nanking.'

Missionary Magazine and Chronicle, no. 302 (July 1861), pp. 197-209, 'Muirhead's Visit to Nanking.'

Northern China Herald, no. 519 (7 July 1860), 'A Visit to the Insurgent Chief at Soochow.'

Northern China Herald, no. 524 (11 August 1860), 'Questions Recently Addressed to the Kan Wang, with Answers.'

網路資料

小宮山博史，〈小宮山博史的活字百寶箱〉（華康字型網頁，「字型故事」專欄連載）。

早期粵語口語文獻資料庫 database.shss.ust.hk/Candbase/

華人基督教史人物辭典 bdcconline.net/

蘇精，〈姜別利這個人〉（華康字型網頁，「字型故事」連載）。

文學森林 LF0151

香港字
遲到一百五十年的情書

作者
董啟章

一九六七年生於香港。香港大學比較文學系碩士。現專職寫作，寫作生涯接近三十年。一九九四年即以〈安卓珍尼〉獲聯合文學小說新人獎中篇小說首獎，〈少年神農〉獲同屆短篇小說推薦獎，令當時從未懷疑過這兩篇皆出自「同一人」之手的評審們為之讚嘆。寫作從虛擬到現實，似真似幻，卻又寫入家庭、妻子與兒子，並以自身的寫作語言回應世界。「精神史三部曲」、「自然史三部曲」為其著名系列。其《體育時期》改編成舞台劇，並售出國外電影版權；《地圖集》也已翻譯成多國語言。近年於長篇小說創作大有突破，從《愛妻》到《後人間喜劇》，拓展更貼近大眾的寫作路線。

二〇〇六年《天工開物‧栩栩如真》榮獲第一屆紅樓夢獎決審團獎。

二〇〇八年再以《時間繁史‧啞瓷之光》榮獲第二屆紅樓夢獎決審團獎。

二〇一二年《地圖集》獲國際「科幻&奇幻翻譯獎」(Science Fiction & Fantasy Translation Awards)長篇小說獎。

二〇一四年被選為香港書展年度作家。

二〇一九年《愛妻》獲台北國際書展大獎小說獎；二〇二〇年此作令他三度獲紅樓夢獎決審團獎。

著有《安卓珍尼：一個不存在的物種的進化史》、《地圖集：一個想像的城市的考古學》、《體育時期》、《天工開物‧栩栩如真》、《時間繁史‧啞瓷之光》、《夢華錄》、《繁勝錄》、《博物誌》、《名字的玫瑰：董啟章中短篇小說集I》、《心》、《神》、《愛妻》、《後人間喜劇》等多部短篇集、長篇小說及各類文集。

封面設計 Bianco Tsai
責任編輯 詹修蘋
行銷企劃 羅士庭
版權負責 陳柏昌
副總編輯 梁心愉

初版一刷 二〇二一年十月三十一日
定價 新台幣四二〇元

ThinKingDom 新經典文化
發行人 葉美瑤
出版 新經典圖文傳播有限公司
地址 10045臺北市中正區重慶南路一段五七號十一樓之四
電話 886-2-2331-1830 傳真 886-2-2331-1831
讀者服務信箱 thinkingdomtw@gmail.com
臉書專頁 http://www.facebook.com/thinkingdom/

總經銷 高寶書版集團
地址 11493臺北市內湖區洲子街八八號三樓
電話 886-2-2799-2788 傳真 886-2-2799-0909
海外總經銷 時報文化出版企業股份有限公司
地址 桃園市龜山區萬壽路二段三五一號
電話 886-2-2306-6842 傳真 886-2-2304-9301

香港字：遲到一百五十年的情書/董啟章著. -- 初版. -- 臺北市：新經典圖文傳播有限公司, 2021.10
352面；14.8×21分. -- (文學森林；LF0151)
ISBN 978-986-06699-9-2 (平裝)

857.7 110016214

First published in 2021 by Thinkingdom Media Group Ltd.